中国古代文学审美视觉与价值研究

闫伟哲　周双喜　阿期克哈◎著

中国出版集团　现代出版社

图书在版编目（CIP）数据

中国古代文学审美视觉与价值研究 / 闫伟哲，周双喜，阿期克哈著. -- 北京：现代出版社，2024.1
ISBN 978-7-5231-0725-6

Ⅰ．①中… Ⅱ．①闫… ②周… ③阿… Ⅲ．①中国文学－古典文学研究 Ⅳ．①I206.2

中国国家版本馆CIP数据核字(2024)第003905号

著　　者	闫伟哲　周双喜　阿期克哈
责任编辑	杨学庆

出 版 人	乔先彪
出版发行	现代出版社
地　　址	北京市安定门外安华里504号
邮政编码	100011
电　　话	(010) 64267325
传　　真	(010) 64245264
网　　址	www.1980xd.com
印　　刷	北京建宏印刷有限公司
开　　本	787mm×1092mm　1/16
印　　张	10.5
字　　数	203千字
版　　次	2024年1月第1版　2024年1月第1次印刷
书　　号	ISBN 978-7-5231-0725-6
定　　价	78.00元

版权所有，翻印必究；未经许可，不得转载

前 言

中国古代文学是一座丰富多彩的文化宝库，深刻地反映了中国古代人民的审美观念与文化价值观。在这个古老而辉煌的文学传统中，我们可以找到无数珍贵的艺术作品，这些作品不仅在当时的社会背景下具有重要的文化价值，而且在今天仍然具有深刻的启发意义。

鉴于此，本书围绕中国古代文学审美视觉与价值展开研究，首先阐述中国古代文学的理论概述，内容包括文字与文学概述、中国古代文学的观念、中国古代文学的理论、中国古代文学的研究；其次分析中国古代文学的演变，内容涉及先秦时期的古代文学发展、两汉时期的古代文学发展、唐宋时期的古代文学发展、蒙代时期的古代文学发展、明清时期的古代文学发展；再次探讨中国古代文学的题材审美视觉表现、审美体系与价值；接着研究中国古代文学的视觉传播与现代发展，内容涉及中国古代文学的视觉传播功能与目的、中国古代文学的视觉传播影响、中国古代文学的视觉传播方式、中国古代文学的视觉传播现代发展；最后探索中国古代文学的文化建设与自信发展，内容涵盖中国古代文学在广告视觉创作中的应用、中国古代文学在服装视觉设计中的应用、中国古代文学在旅游资源开发中的应用、中国古代文学在文化创新产业中的应用。

本书结构完整，覆盖范围广泛，层次清晰，在内容布局、逻辑结构、理论创新诸方面都有独到之处。该书适用于广大从事中国古代文学研究的专业人员、高校师生和知识爱好者阅读，并具有一定的参考价值。

本书在写作过程中，笔者获得了许多专家和学者的帮助与指导，在此表示衷心的感谢。由于笔者的能力有限，加之时间紧迫，书中可能存在一些疏漏之处，希望读者们能够提供宝贵的意见和建议，以便笔者进行进一步的修订，使其更加完善。

目 录

第一章 中国古代文学的理论概述 …………………………………… 1

    第一节 文字与文学概述 ………………………………………… 1

    第二节 中国古代文学的观念 …………………………………… 7

    第三节 中国古代文学的理论 …………………………………… 11

    第四节 中国古代文学的研究 …………………………………… 15

第二章 中国古代文学的演变 ………………………………………… 20

    第一节 先秦时期的古代文学发展 ……………………………… 20

    第二节 两汉时期的古代文学发展 ……………………………… 34

    第三节 唐宋时期的古代文学发展 ……………………………… 36

    第四节 蒙代时期的古代文学发展 ……………………………… 42

    第五节 明清时期的古代文学发展 ……………………………… 47

第三章 中国古代文学的题材审美视觉表现 ………………………… 54

    第一节 中国古代文学中桃花题材的审美视觉表现 …………… 54

    第二节 中国古代文学中蔷薇题材的审美视觉表现 …………… 61

    第三节 中国古代文学中芦苇题材的审美视觉表现 …………… 80

    第四节 中国古代文学中松柏题材的审美视觉表现 …………… 89

    第五节 中国古代文学中灵芝题材的审美视觉表现 …………… 93

第四章 中国古代文学的审美体系与价值 …………………………… 100

    第一节 中国古代文学的审美体系 ……………………………… 100

    第二节 中国古代文学的认识价值 ……………………………… 111

第三节　中国古代文学的教育价值 …………………………………… 112

第五章　中国古代文学的视觉传播与现代发展 ………………………… 117

　　第一节　中国古代文学的视觉传播功能与目的 ……………………… 117
　　第二节　中国古代文学的视觉传播影响 ……………………………… 118
　　第三节　中国古代文学的视觉传播方式 ……………………………… 119
　　第四节　中国古代文学的视觉传播现代发展 ………………………… 122

第六章　中国古代文学的文化建设与自信发展 ………………………… 138

　　第一节　中国古代文学在广告视觉创作中的应用 …………………… 138
　　第二节　中国古代文学在服装视觉设计中的应用 …………………… 144
　　第三节　中国古代文学在旅游资源开发中的应用 …………………… 149
　　第四节　中国古代文学在文化创新产业中的应用 …………………… 156

参考文献 …………………………………………………………………… 160

第一章　中国古代文学的理论概述

第一节　文字与文学概述

一、文字

（一）文字的演变

中国的汉字尤其适于流传，而且适于永久性的流传。先不说字形和字体，只看传播文字的载体便可看出中国先民杰出的智慧。中国文字的产生，就现存史料而言，是在约公元前14世纪的殷商后期，形成初步的定型文字，即甲骨文，以文字形式用刀雕刻在龟甲或大块兽骨上，然后集中存放，长期保存流传后世。甲骨文既是象形字又是表音字，还有一些和图画一样的象形文字，十分生动。致使3000余年后的人们从土里将其挖掘出来后基本还能认识，能读懂大体的意思，这真是个奇迹。

到了西周后期，发展演变为大篆。大篆的发展结果产生了两个特点：一是线条化，早期粗细不匀的线条变得均匀柔和了，它们随实物画出的线条十分简练生动；二是规范化，字形结构趋向整齐，逐渐离开了图画的原形，奠定了方块字的基础。

后来秦朝丞相李斯对大篆去繁就简，改为小篆。小篆除了把大篆的形体简而化之，还把线条化和规范化达到了完善的程度，几乎完全脱离了图画文字，成为整齐和谐、十分美观的基本上是长方形的方块字体。但是小篆的线条用笔书写起来很不方便，所以几乎在同时也产生了形体向两边撑开成为扁方形的隶书。

至汉代，隶书发展到了成熟的阶段，使汉字的易读性和书写速度都提高。隶书之后又演变为章草，而后今草，至唐代有了抒发书者胸臆、寄情于笔端表现的狂草。随后，糅合隶书和草书而自成一体的楷书（又称真书）在唐代开始盛行。我们今天所用的印刷体，即由楷书变化而来。介于楷书与草书之间的是行书，它书写流畅，用笔灵活，据传是汉代刘德升所制，传至今日，仍是我们日常书写所习惯使用的字体。

到了宋代，随着印刷术的发展，雕版印刷被广泛使用，汉字进一步完善和发展，产生了一种新型书体——宋体印刷字体。印刷术发明后，刻字用的雕刻刀对汉字的形体发生了深刻的影响，产生了一种横细竖粗、醒目易读的印刷字体。北宋时雕版印书通行的结构方正匀称的印刷字体，后世称之为宋体。到了明代隆庆、万历年间，又从宋体演变为笔画横细竖粗、字形方正的明体。原来那时民间流行一种横画很细而竖画特别粗壮、字形扁扁的洪武体，职官的衔牌、灯笼、告示、私人的地界勒石、祠堂里的神主牌等都采用这种字体。以后，一些刻书工人在模仿洪武体刻书的过程中创造出一种非颜非欧的肤廓体。特别是由于这种字体的笔形横平竖直，雕刻起来的确感到容易，它与篆、隶、真、草四体有所不同，别创一格，读起来清新悦目，因此被日益广泛地使用，成为16世纪以来直到今天非常流行的主要印刷字体，仍称宋体，也叫铅字体。

在中国文字中，各个历史时期所形成的各种字体，有着各自鲜明的艺术特征。篆书古朴典雅；隶书静中有动，富有装饰性；草书风驰电掣、结构紧凑；楷书工整秀丽；行书易识好写，实用性强，且风格多样，个性各异。

汉字的演变是从象形的图画到线条的符号和适应毛笔书写的笔画以及便于雕刻的印刷字体，它的演进历史为我们进行中文字体设计提供了丰富的灵感。在文字设计中，如能充分发挥中国文字各种字体的特点及风采，运用巧妙，构思独到，定能设计出精美的作品来。

总之，文字产生的过程是漫长的，由于生产能力的提高和交流记忆的需要，人们逐渐用一些符号来记载事物，随着符号的增多和共同使用，数量日多，使用范围日广。到仓颉时期，文字已经基本成形，由于仓颉的专门书写，再进行一些创造，使之进一步规范和便于掌握。又经过数百年甚至上千年的流传、增广，文字数量更多。秦始皇统一天下，为方便统治，必须统一文字，于是由当时文化水平最高又掌握实权的李斯来统一书写，使天下文字完全统一起来，这便是篆书，也称"小篆"。其后经过隶书化和楷体化，文字便永远流传下来，发展成为世界主要的几种文字之一。

（二）文字的内涵

文字是人类用表义符号记录表达信息以传之久远的方式和工具。文字的内涵如下。

第一，文字是视觉符号系统。文字作为符号系统，符合一般符号的特征，如文字的能指是字形，文字的所指是字音和字义。文字的外形具体可视（盲文较为特殊，将可视符号转为触摸符号），所以，文字是以"形"来表现其特征的，即文字是以自己的"字形"来表达内容的。

第二，文字与具体语言相联系，是一种不自足独立的符号体系。文字记录语言，文字系统与特定的语言相联系，一种文字符号被用来记录另外的语言，则文字符号与语言的对应关系发生了改变，只能认为是另一种文字系统。故书写不同语言系统的同类型文字属于不同的文字系统，但这些文字系统具有亲属关系，如汉字系文字、拉丁字母系文字。字符除了形体要素之外，还要与语言的音义结合，文字记录了语言，也就具备了音义特征。文字不能脱离语言而独立存在，文字相对于语言具有不完全自足独立性。

第三，文字指称的是文字系统。文字的总体是成系统的，是按一定的区别原则和组构手段结合而成的体系。讨论文字的性质要看整体系统，而不应拘泥于一字一符或某一类字符。每一种文字均是一套符号体系，只有成系统的符号才是文字。

（三）文字的特点

1. 历史悠久，造字方法规律

中国文字在造字方法上经历了很多阶段，如象形、指事、会意、形声等。华夏先民用图画对事物进行记录时，慢慢将一些事物变得抽象化，利用象形的方法对象征符号进行再创造，同一个阶段用指向性符号将部分简单意思进行表现，这些即象形字，也是汉字最早的形态；之后，先民为了能将比较复杂的意象表达出来，便试着用指示性符号和象征性符号将一些意义充分表达出来。后来，由许多文字相结合形成的字体也逐渐出现，该类会意字的存在，虽然打破了早期的造字模式，但突破了汉字形体的约束，成为汉语言文字造字的常见方法之一。最后，形声字的存在让汉语言文字具有更强的可扩展性，据不完全统计，现代汉语言文字常用字中大部分都是形声字。这种形声字的义符通常是高度概括的类名，并不表示此字的含义，而声符不只是标声，通常也有表意的功能。

2. 用法变化较多，信息量很大

汉语言文字的语法不具备较大的强制性，在语言组合上的灵活性相当强。相同字的语法功能较为宽泛，在各种语序环境下语法成分容易出现各种变化，而且一些古代汉语用法的遗存，导致部分文字表述不能直接定义成字面意思，有些表达的意义必须要结合感悟才能理解和体会。

3. 发音独特富有音乐美感

汉语言文字特点为元音与辅音的结合，但就汉语言文字来讲，属于元音占优势的文字，元音发音非常响亮清晰，而且短促有力。就算同音字中也有着不同的语调遣词造句时，若汉语言文字的其中一个字在词句中处于不同位置时，也会有半读以及轻读等变化，而且原本就有各种声调，每个发音所表达的含义均有差异，音乐性相当强。此外，汉语言文字中也有许多语气词，该类词语的存在对阅读时的语气造成了很大的影响。因此，我国汉语言文字有着相当高的音乐性，发音比较灵活。使用汉语言文字书写文章时利用语调的不同，形成不同的押韵方法，不仅可以发挥出言简意赅的重要作用，而且使文章更具阅读性。

（四）文字的作用

文字的作用是无可替代的，它在人类文明的发展中扮演着不可或缺的角色。文字不仅仅是信息传递的工具，更是思想、文化和知识的承载者。下面将详细探讨文字的多重作用。

第一，文字是信息传递的关键。文字的最基本作用是将信息传达给他人，它允许人们记录和分享各种形式的知识。文字的存在使得信息可以被保存下来，不受时间和空间的限制。这种传递信息的能力是人类社会和文明的基础，也是现代社会运作的核心。

第二，文字是思想表达的工具。通过文字，人们能够将自己的思想、感情和想法表达出来。文字作为一种表达方式，能够让人们更深入地思考和交流。艺术家通过文字表达情感，学者通过文字阐述观点。文字的表达能力丰富了文化和艺术的多样性，促进了人类思想的发展。

第三，文字是文化传承的工具。文化是一个社会的灵魂，而文字是传承文化的桥梁。通过文字，人们可以记录下自己的文化遗产，包括语言、价值观和传统习俗。文字可以保存和传递这些文化元素，使它们在不同的时代和地域得以保留和传承。这种文化传承的机制有助于人类在历史中建立联系，了解自己的根源。

第四，文字是知识积累的工具。从古代的经典文献到现代的科学论文，文字记录了人类对世界的认知和探索。知识的积累离不开文字的记录和传播。文字不仅使得知识能够被保存和传递，还促进了知识的共享和合作。今天，互联网和数字技术进一步加强了文字在知识传播中的作用，使得人们可以更容易地获取和分享知识。

第五，文字也具有启发和引导人们行为的作用。文字书写的作品可以启发人们思考自己的行为和生活方式，引导他们朝着积极的方向发展。文字也可以传达警示和警告，提醒人们注意道德和伦理的问题。

二、文学

文学是一种用口语或文字作为媒介，表达客观世界和主观认识的方式和手段。

（一）文学的产生

文学的产生可以追溯到人类文明的早期阶段，它是人类语言和思维的产物。文学是一种表达、传达和记录思想、情感、经验和文化的方式，通常通过书写或口头表达来实现。

文学的产生经过以下阶段。

第一，口头传承。口述传统形成文学的早期形式，如史诗诗歌、民间故事和口头传承的传统。

第二，书写的出现。人们开始将文学作品记录在书写材料上，如纸张、石碑、羊皮纸等。这使得文学的传播更为广泛，并且能够长期保存下来。

第三，文学体裁的演变。随着时间的推移，不同的文学体裁和文学流派逐渐形成，包括诗歌、散文、戏剧、小说、散文随笔等。每种文学体裁都有其独特的特点和目的，反映了不同时代和文化的观点和审美趣味。

第四，社会和文化背景。文学的产生与社会、文化和历史背景密切相关。不同的时代和文化背景下，文学作品反映了当时社会和文化的价值观、信仰、冲突和变革。

第五，个体和创造力。文学作品通常由个体创作者创作，这些作者通过他们的创造力、想象力和语言技巧来表达他们的观点和情感。文学作品常常反映了作者的独特视角和风格。

第六，文学传统和影响。文学是一个连续的传统，新的作品常常受到早期文学作品的影响和启发。作家可以借鉴前人的思想和技巧，同时也可以挑战和颠覆传统，创造出新的文学形式和风格。

（二）文学的特点

文学具有多种特点，这些特点可以帮助我们理解它作为一种艺术形式和表达方式的本质。文学的主要特点如下。

第一，创造性。文学作品是创作者的创造性表达，通常包括想象力、艺术性和独特的风格。

第二，语言艺术。文学注重语言的运用和艺术性，包括词汇的选择、句法的构建、修辞手法的运用等。文学作品常常以美丽、有力或引人入胜的语言来吸引读者。

第三，表达情感。文学是一种情感表达的方式，可以传达作者的情感、思考。读者也可以通过文学作品的情感共鸣和情感体验来理解和感受作者的情感。

第四，主题和思想。文学作品通常涵盖深刻的主题和思想，反映了人类生活、社会问题、道德价值观和哲学思考等方面的关切。文学作品可以引发对这些主题的讨论和反思。

第五，文学体裁。文学包括多种不同的体裁，如诗歌、散文、小说、戏剧等。每种文学体裁有其独特的特点和写作规则，用于表达不同类型的内容和情感。

第六，读者参与。文学作品通常需要读者的参与和解读。不同读者可能会从同一作品中得到不同的理解和感受，这种多重解读是文学的魅力之一。

第七，历史和文化背景。文学作品常常反映了它们所属时代和文化的背景。作品中可能包含历史事件、社会风貌和文化传统的元素，帮助读者更好地理解其背景和内涵。

第八，艺术价值。文学被视为一种艺术形式，其作品常常具有审美价值。文学作品可以通过艺术性的表达方式来吸引读者，激发他们的审美感受。

第九，意义深远。许多文学作品具有持久的影响力，它们超越了时空和文化的限制，产生深远的影响，激发后代作家和读者的创造性思维和反思。

（三）文学的作用

文学在人类社会中发挥着多种重要作用，它不仅是一种艺术表达方式，还具有深刻的文化、社会和个体影响。文学的作用表现在以下方面。

第一，文化传承和保存。文学作品记录了不同文化和时代的价值观、信仰、历史和传统。它们帮助文化传承，保存了重要的文化遗产，使后代能够了解和尊重自己的文化根源。

第二，思想和观念的传播。文学作品可以传达复杂的思想、哲学观点和社会评论。它们可以挑战现有的思维方式，启发读者进行深刻的思考和讨论。

第三，情感表达和共鸣。文学作品通过描述角色的情感和经历，帮助读者更好地理解和表达自己的情感。它们可以引发情感共鸣，让读者感到理解和不孤独。

第四，社会评论和反思。许多文学作品探讨社会问题、不平等、政治权力等议题。它们可以促使社会对这些问题进行反思和改变。

第五，启发创造力和想象力。文学作品通过想象力丰富的叙事和虚构的世界激发读者的创造力和想象力。它们鼓励人们思考不同的可能性和解决问题的途径。

第六，教育和知识传递。文学作品可以用于教育，帮助人们学习文化、历史、道德和人性。文学作为一种教育工具，可以增加知识和理解力。

第七，文学艺术和审美价值。文学作品通常具有高度的艺术价值，它们以美丽、精致的语言和叙事吸引读者，提供审美体验。

第八，建立身份和认同感。文学作品可以帮助人们建立个人和集体身份，加强归属感和认同感。文学可以展示不同社群的经验和声音，强化文化认同。

第九，娱乐和放松。文学也是一种娱乐形式，它可以带来乐趣和放松，使人们逃离现实生活，进入虚构的世界。

三、文字与文学的联系

文字和文学之间有密切的联系，二者互相依存、相辅相成。

第一，文字是文学的表达媒介。文学是通过文字来表达的艺术形式。作家使用文字来创造角色、情节、对话和描述，以构建故事和传达思想。文字是文学作品的基本构建元素，没有文字，文学就无法存在。

第二，文字传递文学作品。文学作品通常以书面形式存在，包括小说、诗歌、散文等。这些作品使用文字来记录和传递作者的创意、情感和观点。读者通过阅读这些文字来理解和体验文学作品。

第三，语言的艺术性。文学强调语言的艺术性，作家常常运用修辞、隐喻、比喻、排比等修辞手法来增强文字的表现力和美感。因此，文学作品的语言部分通常更具有艺术性和感染力。

第四，文字的选择和排列。文学作品的质量和表现力受到文字的选择和排列方式的影响。作家会精心选择每个词汇、句子和段落的位置，以实现情感、情节和主题的最佳表达。

第五，文字与文学风格。作家的文学风格体现在他们对文字的处理方式上。不同的作家有不同的语言和文字偏好，这构成了他们独特的文学声音。

第六，文字的演变与文学。文字随着时间的推移在不同文化和历史时期发生了演变。这些文字的演变反映在文学作品中，它们可能包括不同的拼写、语法和词汇，有助于研究文学的历史和文化。

第七，文学扩展文字的用途。文学作品不仅是传递信息的工具，它们还扩展了文字的用途，使文字成为艺术和情感表达的一种媒介。

总之，文字是文学的基础和媒介，文学则是通过文字来实现情感、思想和创意的表达。二者相辅相成，共同构成了文学的本质。文字的运用和文学的创作相互影响，共同塑造了文学的多样性和丰富性。

第二节　中国古代文学的观念

文学观念不仅是文学史家们关注的焦点，也是文学学科赖以成立的基础和前提。用历史的眼光去观察古代文学观念，我们就会看到，不同历史时期人们对于文学的认识是不一样的。用历史的观念去理解古代文学观念，就是要在弄清古代文学观念的全部现象和全部事实的基础上，寻找各种现象和事实之间的历史联系，构建具有整体意义的历史语境，将具体的文学观念放在具体的历史语境中去理解。用历史的方法去解析古代文学观念，就是要在古代文学观念的研究中尽量采用历史学普遍采用的方法。用历史的态度去评论古代文学观念，就是要站在历史的角度，尊重古人，正确评价古人的文学观念。因此，下面将简单列举几个观点。

一、"文，心学也"——中国古代的文学表现论

"物"是"道"的派生，"道"是心造的幻影，"经"为人心的表现——"文本心性"。古代文论论及作家把握现实的方式：由物及我，以物观物；由我及物，以我观物。这既有由我及物、以我观物的一面，也有"心学"的投影。

文学构思是在主体范围内展开的。对构思中心灵世界的图景做出栩栩如生的描述，构思心态论——"虚静"说，特征论——"神思"说，灵感"活法"不仅是"随物赋形"之法，而且更主要地表现为"因情立格"之法。按照古代的审美理想，表情达意不宜直露。"用事"的方法，通过"赋物"来"赋心"的"赋"法，委婉地达意之需要产生的审美创作方法。

"文气"说把文学不朽的生命力归结为人的主体的精神——生命力量；"言意"说侧重从人的主体性方面规定文学内容；"意境"说强调在有限、有形中包含无限、无形的"意"；"平淡"的风格说崇尚"言近旨远"，"辞达而已"的形式美论以恰当的达意之辞为美的文辞。

由于"文以意为主"，所以古人强调"披文入情"，最终"但见情性，不睹文字"。在"言""象""意"三者皆备的作品中有两步：通过语言文字把握到它所描绘的物象；通过物象把握到它所象征的情意。作家的审美是一种"表现"，读者的阅读欣赏也是一种"表现"。

中国古代文学作品中有相当一部分具有美感动能。古人很少称"美"，普遍地称之为"趣"。"趣"与"旨趣"之"趋"通。古代文论把"意"与"味""美"连在一起，是表现主义文学观念对审美论的渗透。表现主义是贯穿中国民族文论中的一根红线，中国古代文学原理，可名之表现主义文学原理。

二、"观乎人文"——中国文学观念的视角转变

随着人类社会的发展，人类早期对大自然的崇拜，在继续"观乎天文[①]，以察时变"的同时，把很大一部分注意力转移到对世俗生活的关注和建立理想社会秩序的实践中来，逐步形成"观乎人文，以化成天下"的思维模式，完成了从"观乎天文"到"观乎人文"

[①] "观乎天文"是中国古代文明的一个重要阶段的文化现象，以"通天"为核心的"天文"之学又是当时的主要学术。

的视角转换。这种转换从政治历史观引发，辐射到社会政治制度、文化理念和文学观念中来。如周公"制礼作乐"是中国文学观念重要的体现，"制礼作乐"，实际上是以礼乐为核心建立的一整套行之有效的制度，使之成为能够约束人们日常行为的社会规范，从而使社会既有秩序又和谐，其思考的中心始终是人。以周公为代表的周人所开启的西周礼乐文明无疑是中国古代文化转换的枢纽，也是中国古代文学观念转换的枢纽。

三、"诗言志"——中国古代文学观念发生的一个标本

诗是中国文学大家庭中最早最重要的成员，在中国古代文学观念发生的过程中，诗扮演着十分重要的角色。而在诗的发展中形成的"诗言志"的观念被近代学者视为"千古诗教之源"，又被现代学者视为中国诗论的"开山的纲领"，它不仅对先秦儒家的文学观念有着直接的启发，而且对人们所提倡的诗教也有重要影响。诗在中国古代文学中始终占据着重要位置，诗论和诗教也自然成为中国古代文学观念的重要内容。因此，从某种意义上说，"诗言志"可以作为中国古代文学观念发生的一个标本。

春秋时期，"诗"逐渐摆脱礼乐束缚而获得独立发展，"诗教"的兴起，成为主流社会意识形态，使"诗言志"的文学观念发生着根本性的改变，实现了质的飞跃。其间的变革发展主要通过两个途径来实现。

第一，"赋诗言志"。人们通过"赋诗言志"的春秋诗教赋予了诗的独立性价值，摆脱乐教束缚，从而凸显诗的独立"言志"功能，文学观念的私人化开放出个体人格和精神情感的奇葩。当诗获得独立性价值并与个人精神生活和人格修养联系在一起，独立的文学观念也就同时发生了。因此，文学观念的正式提出发生在春秋末年绝不是偶然的。

第二，"礼""仪"之辨。人们通过"礼""仪"之辨以摆脱典礼式的束缚，从而凸显诗的内在意义价值。

二者相辅相成，形成春秋诗教传统，为诗的观念解放和文学观念的形成奠定了基础，也使诗进入表达个体情感和培养独立人格的发展新阶段。

四、"君子谋道"——中国古代文学观念的主体意识

"君子"是中国古代历史上最早出现的知识分子，或者说是中国早期知识分子的典型代表。"道"是君子即中国早期知识分子的最基本的文化理念，也是他们的价值目标，因此，"君子谋道"便成为他们的主体意识。不仅儒家学者论"道"，先秦诸子无不论"道"，以老庄为代表的道家更是以"道"为其中心话语。"道"具体体现在以下方面。

第一，"道"是中国知识分子的价值理性，也是他们的价值目标。人性的不断增强促进着中华民族价值理性的觉醒，这种觉醒成为人们的信仰从天道转向人道的枢纽，成为中

— 9 —

国知识分子诞生的思想文化背景。中国早期知识分子在西周以来价值理性发展的基础上，把"道"作为一个核心概念，赋予它超越一切的地位，用以消除天命观念的影响。因此，"道"是价值理性，是万事万物之源，也是万事万物之理。正是因为"道"具有本原性、超越性、无所不在性，所以任何事物都不可能离开"道"。中国早期知识分子对"道"的维护也就成了对理性的维护，成了知识分子对自身价值的维护，成了知识分子寻求独立与尊严的一面旗帜，体现了他们的文化主体意识。后人谈论文学，总爱讲"道"，其根本原因就在这里。

第二，"道"是中国知识分子的人文理想，也是他们的道德追求。"道"是万事万物之源，也是万事万物之理。孟子以为"道"之根本在"德"，"德"之根本在得"仁义"之本心，循此以进。孔子便从来不主张将"道"的问题形式化，他虽然十分注重礼节仪式，但他并不认为这些礼节仪式就是"道"，礼乐问题，并不就是玉帛钟鼓的问题，关键是对它们的认识、理解、接受的问题，即是否"心悦诚服"。与孔、孟将内外本末打成一片不同，荀子实际上已将内外本末分开，认为通过外在的规范可以影响内在的品格，通过外在的形式可以把握内在的本质。这样，"文"与"道"的问题就演变为形式与内容的关系问题，文学问题也就成为一个可以在形式上加以讨论的问题，甚至儒家经典也就可以作为一种文学形式被肯定和被模仿了。这不能不说是文学观念的巨大进步，也是对"文""道"关系的巨大推进。

总之，文学观念的产生和文学主体的变迁是同步的，而文学主体的文化精神也与文学观念的发生基本一致与吻合。文学观念的诞生，是在礼乐文化衰微而道德文化兴起之际。这是因为，礼乐文化指向群体秩序，其中的人道思想和人文精神也就受到一定程度的压抑。而道德文化是从礼乐文化脱胎而来，它既强调群体秩序，又指向个体完善，尤其提倡通过个人努力实现人生价值，以"立德""立功""立言"代替"世卿世禄"以寻求"不朽"。人间性和人文性既是礼乐时代开始以后的文化特点，也是独立文学活动得以开展的社会意识形态前提。

人文学术发展成熟在春秋时期，而人文精神的勃兴也是在春秋时期，所以明确的文学观念也在这一时期诞生。中国文学观念的诞生不仅从一开始就与人道思想和人文精神结下不解之缘，而且从一开始就是作为登上历史舞台的中国早期知识分子的价值体现而呈现在世人面前。

中国古代文学在古代中国似乎一直是社会关注的热点，很少被边缘化和冷漠化，重道的传统观念不能不说是一个重要原因。事物都是具有两面性的，重道的传统加强了文学家的社会责任感，使得文学能够更多地关注社会和人生，提高了文学的社会影响力。

第三节　中国古代文学的理论

中国古代文学的理论，是我国优秀的文化遗产，蕴含丰富的文化内涵、思想内涵，以及高尚的人格、渊源的民族精神，是中国人民思想、智慧、感情以及真善美的融合结晶。"中国古代文学理论是范畴文学理论，所有重要范畴都具有准体系的特征，注重经验性，追求直观，讲究感悟，同时，并不缺乏理论的思辨。"①

一、中国古代文学理论的价值

（一）文化内涵价值

中国古代文学理论多是包含政治、杂话、史志中的非自觉性理论，因此今人多从儒、道、释等角度出发，也有人从民俗、历史、书法、音乐、绘画、文献、经学、考据等多方面学科进行深入探讨与分析。

针对古代文学这一特征，以文化经济学为出发点，认为这是一个富矿型学科。虽然它作为传统学科，必然出现很多超积累研究现象，且学术人口超编严重，但是由于它的内存丰富，并可提供多元化学术选题，因此不会出现"词穷""学术撞车"等现象，这也是其天然、科学的优势，利于不断积累价值。

（二）文学现象的阐释价值

中国古代文学理论是对古代文学现象的直接阐述，同时是现代文学研究的重点对象，可发挥"以古释古"的作用。由于它没有时代的差距和语境的隔阂，因此具有现代文论中缺乏的直接性、有效性。这种"以古释古"仅是诸多阐释方法的其中一种，而任何一种方法都不是唯一的，但可以产生独特效果，可见中国文学理论的价值性。再加上先天近缘的便利性，在阐述古代文学时，古代文学理论更具有优先性。因此，研究中国古代文学理论，不仅是"知识考古学"，而且更具有现实意义。

（三）社会政治价值

社会政治功能是古代文学理论的最主要价值，历代文学家都非常重视此类研究。由于

---

① 李健. 中国古代文学理论范畴的当代价值 [J]. 南京社会科学, 2011 (4): 133.

这种功能具有较强的实用性，因此促进文学理论直接参与到现实政治斗争中，并从中获得较好的政治功利效益。如"乡人""事君""化下""邦国""经国""润色鸿业""劝善惩恶""匡主和民"以及"移风俗""厚人伦""美教化""文以载道""有补于世""补察时政"等，无不体现出古代文学理论的社会政治功能。

（四）思想文化价值

中国古代文学理论作为一种丰富的精神文化遗产，促进人类通过对历史的了解而认识自身，并从中获得自身能量与进步。虽然古代文学理论并没有对现代创作与作品进行直接阐释和指导，但是也为文学理论提供了参考、比较等依据，促进现代文学理论既获得根性自信、有限启示，也以此校正自身发展方向，最终落实为统一的历史逻辑。

任何时间段内思想的正确性，都需要经过历史检验，而中国古代文学理论已是被历史证明的思想，因此指明了现代创作与理论走向，从历史反思中推论其价值的逻辑性、合理性与正当性。而未来的文学理论发展，也需要建立在历史的逻辑基础上，才能提高可行性与真实性。因此，当前盛行的只重视感官愉悦、忽略深刻的大众主义文化，无论从写作层面还是阐述层面来看，都需要与历史密切联系，也就是说古代文学理论对当前时代、偶然、媚俗等思想倾向具有匡正价值。

（五）审美娱乐价值

审美娱乐是古代文学理论研究中的重要文学价值，如在魏晋南北朝时期，人们已经对文学理论的审美功能有了深刻认识，例如：陶渊明的《五柳先生传》中提出"著文自娱"；钟嵘在《诗品序》中提出诗可以让人"贫贱易安，幽居靡闷"；陆机的《文赋》中，认为创作是"可乐之事"；颜之推的《颜氏家训》认为文学"陶冶灵性"；萧统的《文选序》中指出作品具有"悦目之玩""入耳之娱"的功效价值。而自唐代至清代，大批文论家也提出"相娱""相慰""消愁""解闷""娱耳悦目""以文为戏"等观点，其论述的范围由诗文扩大到小说戏曲等。可见，审美娱乐论主要体现了"自娱""娱人"两方面，具有深刻的价值。

二、中国古代文学理论的成果

中国古代文学理论的研究，在近半个多世纪中所取得的辉煌成就是有目共睹的。近年来，许多学者已把注意力转向中国古代文学理论的系统研究，取得重大进展。

（一）文原论

文源于道，这是就文学发生而言；文以明道，则是就文学的功能作用而言。文原论是含有文学本体论、文学的本质论或文学的基本原理之类的意思。这也是符合中国古代哲学、文学理论中所习惯用的概念，就是宋濂用这个词语时也有"本体"的意思。

中国古代把文学的原质和道联系起来，和天地万物联系起来，和圣贤之道联系起来，从而引申出"成孝敬，厚人伦，美教化，移风俗"和"发乎情，止乎礼义"等一系列议论，成为中国古代文学理论中具有纲领性的见解，而且作为正统思想在中国文学史上影响几千年，这也许是中国古代文学理论的一大特色吧。

中国古代文学理论中，明心见性、独抒性灵、才胆识力等，都把作家的主体精神提到十分重要的地位。这些理论，对我们现代文学理论的建构也是有借鉴意义的。

总之，强调文学的社会政治功能，强调文学的教化作用，这是占主导地位的观点。无论是原道说、情志说还是政教说，说的都是文学本原也即是文学本体的社会属性问题，而对文学的艺术本质特征，则尚未更多涉及。而意境论则是中国古代文学艺术本质特征的极具民族特色的理论概括，是足以表述中国文学艺术审美属性的理论概念，所以，把它称作中国古代美学的基本范畴，它包含有极其丰富的美学内涵。

（二）创作论

真正的创作论是研究一些带有规律性的根本问题，在中国古代文学理论中，也有许多精辟的见解，并有系统的论述，分别见于诗论、文论、戏曲论、小说论中。

心物感应论，是中国古代哲学中的一个重要命题，也是文学创作理论的一个基本命题。而中国古代文学理论中，是很明确地把文学创作的冲动，看作是心物感应的结果，是创作主体和客体相结合的产物，而且这是一以贯之的观点，是贯穿在各种文学艺术门类创作中的共同观念。作家在感于物而意动之后，就进入艺术构思过程，中国古代文学理论中，讲神思妙悟、讲兴会神到，都与艺术构思有关。故"神思"一词，已被赋予深刻的美学内涵，并成为中国古代文学理论的专有名词，它足以表明文学创作构思的微妙而复杂的特征。

文学是语言的艺术，表明中国古代文学理论中，对文学艺术思维的特征，早已有了认识；其理论概念和所用词语，虽和西方理论不同，但是，它已注意到文学艺术思维活动的特征，这是很可贵的。中国古代文学理论中，研究语言文字技巧的文章甚多，诸如遣词造句、修辞炼字，以至于篇章结构、详略等。中国古代文学理论中，属创作论范畴的理论很多，诸如赋比兴的方法以及谋篇布局、立意创意、义理辞章、死法活法等，虽多属形式技巧问题，但也是创作经验的总结。

（三）鉴赏论

鉴赏论，也可称作批评论，过去习惯把古代文学理论史称为文学批评史，其实中国古代大量的诗话、词话以及小说戏曲评点，多数是一种鉴赏式的、即兴式的记录，而不是对作家作品的系统分析批评。所以，我们把它称为鉴赏也许更为贴切。

1. 知音识器说

文学鉴赏是一种艺术审美感受，中国古代文学艺术鉴赏，特别强调"知音"。"知音"说成为鉴赏论中的核心问题。知音才能实现真正的鉴赏，这取决于鉴赏者和被鉴赏者（也就是审美主体与客体）双方的条件。就鉴赏对象的作品而言，应该是真正有审美价值的作品；但就鉴赏者而言，就必须有相应的文化修养和相关的理论知识水平，树立一种正确的鉴赏批评的态度。

2. 体性风骨说

中国古代文学批评和鉴赏，喜欢作整体的把握和直观的感受。所以，无论是品藻人物，评点作品，都侧重于对表现出来的风神、气象、风骨、气韵以及意境趣味等类的鉴赏，近似于一种风格美的鉴赏，如常说的"汉魏风骨""盛唐气象"等类，这也是中国古代文学批评鉴赏的一大特色。"风骨"，是对作家与作品间风格差异及其形成因素的深度剖析。至于"风骨"一词，它是对文学作品的情志和辞藻的要求，也可以说是对文风的要求，那就是要思想健康、有感染力，文辞也要有力量，即所谓"风清骨峻""文明以健"，自然是一种健康而又有艺术力量的风格。

3. 阴阳刚柔说

由于文学鉴赏侧重于对审美对象表现出来的风骨、气质、个性的整体感受，所以逐渐形成一些用以表述整体风格的带有类型性质的概念，如阴阳刚柔、婉约豪放之类，合而言之，则有阳刚、阴柔、豪放、婉约等不同的风格。中国古代文学理论的表述方式，毕竟是中国传统文化孕育出来的产物，尤具有民族特色和丰富的美学内涵。

关于阴阳刚柔之说，就是要阴阳调和，刚柔相济。对阳刚美与阴柔美描述得最生动明白的，所有这些阳刚阴柔的风格，在文学作品中又呈现出千姿百态，也不可一概而论，这就需要在鉴赏作品时去细细品味以获得不同的美感享受。可以说，中国古代的文学鉴赏理论，与其说它是理性的、伦理道德的概念化的认知，不如说它是直观的、富于艺术想象和创造的审美心理活动，是一种动态的审美感知。词论中的婉约、豪放的区分，也与阴柔阳刚的观念有关。词体大略有二：一体婉约，一体豪放。婉约者欲其词情蕴藉，豪放者欲其气象恢宏。

4. 滋味兴趣说

文学鉴赏是一种审美活动，读文学作品如同欣赏音乐绘画一样，在审美的过程中，获得思想感情的净化熏陶。所以，中国古代文学理论中，特别强调"滋味"和"兴趣"。其实，也就是用味觉之美去形容听觉之美罢了。中国古代诗文论中讲滋味、韵味、趣味、兴味，都是讲文学鉴赏中的审美感受。

兴趣是诗歌意境给人们的审美趣味，是一种美感经验。关于"兴"的概念，自孔子说"诗可以兴"之后，就把它和文学联系起来，后来产生许多词语如兴象、兴味、兴致、兴寄等，都具有特定的美学含义。而兴趣一词，则是兼容诸说而形成的诗歌审美的美学概念，这就是诗歌鉴赏所特有的美感，它和滋味、兴味、兴致等是有内在联系的。历代诗论、文论、画论中，多用这些词语来表述创作和鉴赏过程中的美感活动，这也是中国古代文学理论的民族特色之一。

第四节　中国古代文学的研究

一、中国古代文学研究的历程

自1949年中华人民共和国成立以来，中国古代文学研究走过了70多年的不平凡历程。如1949—1978年，是中国古代文学研究破旧立新、历经坎坷的30年。1949年中华人民共和国成立，标志中国学术研究跨入了一个崭新的时代，一种划时代的学术传统即当代学术传统也由此拉开序幕。

1960—1962年，中国古代文学研究出现了短暂的复苏。从20世纪70年代末到80年代初，中国古代文学界首先聚焦于"拨乱反正"工作，具体体现的内容包括：①学术"矫正"；②学术"平反"；③学术"定位"。如果说学术"矫正"重在"破"，学术"平反"是由"破"而"立"，那么，学术"定位"则是重在"立"，即通过拨乱反正对中国古代文学研究加以重新定位，涉及研究理念、对象、方法及学科等四个方面，强调中国古代文学研究的学科属性和学术独立性，在赋予其相对独立地位与价值的同时努力探索其发展演变规律，既摆脱了过去以中国古代文学研究为政治附庸的偏向，又清醒地认识到文学与包括政治在内的其他人文学科的密切关系，这对此后中国古代文学研究的复兴和繁荣具有重要意义。由此，中国古代文学研究走上了多元发展之路，从美学热、新方法热与文化热之三"热"，到"重写文学史"大讨论、人文精神大讨论与百年反思大讨论之三"论"的前后相继，大致呈波段式向前推进之势，共同造就了新时期中国古代文学研究的繁荣局面。

总结21世纪近20年古代文学研究的发展趋势与主要成果，大致可以概括为以下五个方面。

第一，文献集成。文献是一切学术研究的基石，中国古代文学研究同样需要根植于这一坚实的基石之上。中华人民共和国成立之初，尽管不时受到各种政治运动与学术批判的干扰，但相对于其他领域而言，文献的整理与研究还是一个比较安全和稳定的学术领域，故其学脉尚能承延于70多年间。就学术成果而言，还是以改革开放40年尤其是世纪之交最为丰硕。进入21世纪之后，由于国家发展实力日益强盛，尤其是国家社会科学重大项目基金对大型文献课题的倾斜，中国古代文学文献整理与研究进入集成化的新阶段。总集编纂的另一个增长点是近年来地方文献的编辑出版渐成热潮，但质量参差不齐。至于别集整理与研究——或新编或重编，也同样趋于集成化之势，在此不再一一列举。

第二，跨界融合。中国古代文学研究的跨界融合，曾得到20世纪80年代"新方法热"与"文化热"的有力推动，进入21新世纪之后则更为突出和自觉，出现了诸多新的学术创新点与增长极。如：①固有学术领域的拓展与研究；②相关理论与方法的引入与重构。这些学术研究，既体现了中国古代文学理论研究的创新性，也体现了中国古代文学理论运用的实践性，具有重要学术意义。以上两个方面集中体现了新世纪中国古代文学研究跨界融合的总体趋势与成果。"跨度"，是指坚守中国古代文学研究本位立场的一种跨界融合，而不是无边界、无限度的跨界融合，否则就会迷失方向和自我。毫无疑问，跨学科交融业已成为现代中国学术研究的主流趋向，而中国古代文学研究领域的跨界融合也将成为推动学术创新的必由之路。

第三，文本回归。在中国古代文学研究领域的文本回归中，需要做"回归文本而又超越文本"的调整与重构。近年来，国内很多专家学者已对该问题展开全面而深入的探讨，取得了丰硕的研究成果，它主要集中在文学经典的概念和特征、形成与建构、解构与边缘化、教育与传播等四大方面。此外，还有一些学者对文学经典的评价问题、鉴赏方法等问题进行了研究。而在中国古代文学研究领域，立足文本—超越文本—回归文本，同样体现回归文本而又超越文本的价值取向，并契合于21世纪中国古代文学文本回归的发展趋势。

第四，技术支撑。随着现代信息科学尤其是人工智能的快速发展，信息技术已在包括中国古代文学在内的诸多学科研究中得到广泛应用。从目前通行的技术路线来看，主要有中国古代文学文献的电子化、中国古代文学研究的数字化以及中国古代文学研究信息平台的集成化应用三种取向，而数据库建设则是上述三者应用于中国古代文学研究的综合集成。

第五，理论自觉。理论自觉发挥着统率与灵魂的作用，也是本时段学科自觉的核心标志。文学史理论研究日渐成熟，文学史学作为分支学科也开始初步确立，可以视为21世纪中国古代文学研究理论自觉的标志性成果。要突破现有的中国古代文学研究格局，必须从空间维度出发研究中国文学史，建立起中国文学是中国各民族文学——"中华文学"的观念，从而建构起"中华文学"的研究大格局。

现代中国古代文学研究的理论自觉，还体现在中国古代文学分支方向或交叉研究的理论建构上，比如从传统的文体学到新兴的叙事学与文学地理学等方面都有一定的理论建树。对于中国古代文学研究而言，理论自觉不可或缺，因为是否具有理论自觉意识以及理论意识的强弱厚薄，都会直接关系到中国古代文学研究的问题发现、领域选择、理论建树与方法创新。从另一方面来看，这里所说的理论自觉，是需要将理论自觉深度融入相关领域、论题的思考与研究之中，以理论为引领，以问题为导向，以创新为动力，如此才会不断有新的发现、新的创作。

总之，纵观中国古代文学研究70多年的发展，三大时段同时具备阶段性、承续性与渐进性特征。未来，中国古代文学研究将继续理论自觉与技术支撑相互融合，并且不会背离上述归纳的五大要素。

二、中国古代文学研究的范围与未来走向

中国古代文学有着历史悠久、积淀深厚的研究传统，此谓之守正。人们在已有的古代文学研究成果基础上，既保持了传统治学的纯正，又在自我审视、自我批判中不断创新，以开放的格局、多元的方法促进中国古代文学向纵深发展。

（一）古典文学与古代文学

在中国学术话语体系中，"古典文学"指向的是具有典范性质的文学经典，古典审美以雅正为主，大部分的通俗文学并不符合这样的标准。由于认识到审美尺度在文学研究中的局限性，杂文观念，观念回归，佛家偈语、道教青词、韵语歌辞等逐渐进入研究视野，这也正是古代文学研究走向方法独立的标志之一。

学术范式是研究理念与研究对象结合的产物，从古典文学到古代文学，本身就是观念的改变，也意味着学术格局的转移。古代文学研究不仅继承了传统古典文学研究擅长实证型研究与鉴赏、批判的传统，还开始向文学规律的研究延伸，在文学与外部世界的广泛联系与内部演变的深入探索中寻找学科生长点，在广度与深度上同时寻求突破。外部研究探讨文学发展的外部规律，探究相关因素与文学之间的关系，形成各个学科之间的跨界融合。文人群体研究、文学世家研究不仅是对创作主体价值的凸显，更创造性地将文学创作的空间分布、时序流动整合起来，成为一种新型的研究范式。内部研究则以文本为中心，向古今文学演变研究、平行影响研究、文体研究等方向深入开拓。从古典文学到古代文学的转变，不仅是研究领域的拓展，更是研究观念的转变，带动多元研究范式的建立，驱动学术不断创新。

(二) 文学批评与文化视野

文学批评与文化视野是一个由新时期文学研究提出的关系。古代文学批评的理论构建离不开对中国古代文学批评史的研究整理。

新时期以来，研究者通过对古代文学批评史的发掘、整理、研究，从中汲取营养，将古代文学研究与当代文学理论建设结合起来。随着学科发展，学者知识结构、研究视野不断扩张，古代文学批评的理论、方法如"知人论世""推源溯流"，不仅为当代学者所继承，也实现了自我更新，综合、转变为更具包容性的文化视野，拓展了古代文学研究的疆域。

西方理论的输入，拓展了固有的学术视野，提供了崭新的理论方法。文化视野中的古代文学研究集中体现为学科的交叉研究，主要向三个方面推进：①古代文学与传统学科的交叉研究。②与地理学、社会学、传播学等新兴学科交叉融合，形成新的研究领域。③受西方学术思潮影响，研究者将以往不太关注的研究对象纳入研究范围，拓展了古代文学研究领域。

目前的研究成果主要呈现出两种研究路径：①将文学置于大文化背景下，或从某一文化视角切入，探讨文学特征。②以文学文本为材料进行归纳、整理和总结，揭示文化现象和文化心理。

(三) 理论探索与文献整理

第一，理论、文献与古代文学研究是"一体两翼"的关系。中国古代文学理论研究的核心与研究焦点之一，是如何处理本土与西方、传统与现代的问题。首先是中国古代文学研究与西方文艺理论的对接。经历数十年的学术实践与探索磨合，西方理论与中国古代文学的对接最终获得了一些成功的典型，形成被学界普遍接受的新范式，如叙事学、接受美学、主题学等，陆续涌现了一批学术价值颇高的成果。

第二，中国化理论体系与话语的重构。中国古代文学的研究趋向多元化，既有对传统方法的坚守，也有对西方文艺理论的借鉴，融合中西理论进行中国古代文学研究已经成为必然趋势。同时，传统的研究方法依然对古代文学的研究助力颇丰，沿着传统的古典文艺理论，将会更好地还原古代文学的面貌。当下研究的焦点在于如何交汇中西、融通古今，建构具有中国风范、中国气派的古代文学理论研究体系，在当代世界学术之林发出自己的声音，并有效服务于未来的理论建设与文学研究。

第三，文献是一切学术研究的基石。70多年来古籍整理工作呈现出繁荣局面，主要体现在以下几个方面：①研究者对已出版全集进行整理、新编、补佚，推动全集进一步完善。②总集、别集的整理成绩显著，为古代文学的研究和普及发挥了作用。③名家文集整理，多种并列，各有千秋，这些整理本的笺注、编年、集释，为深入研究提供了具体而翔实的材料。④作家生平考订研究。⑤出土文献的发现与整理为文学研究提供新材料，并与传世文献互证互释。中国古代文学依然注重文献整理的传统，因而文献整理工作呈现繁荣局面，不仅整理工作的涉及范围广，还在已有成果的基础上精益求精，不断细化和深化。

（四）研究工具的传统与现代

研究的进展与所使用的手段相关联，实际上表现为研究技术工具的使用。在计算机数据建设之前，研究者只能人工检索资料、整理资料。因此，随着数字化技术进步，为古代文学研究提供了新视野和新方法。

如何在海量数据中捕捉有用信息，这需要研究者独特的思考以及专业化训练。各种知识性错误的出现，主要是因为研究者相关学科知识储备不足，对检索到的信息不能有效甄别和合理利用。数字化时代的另一个学术难题，是"伪学术"问题，比如"伪校点""伪学术"等现象时有发生，这恐怕是学术界需要共同面对和解决的问题。

从视野与方法的角度审视中国古代文学研究，毋庸置疑，70多年来成就巨大。本文旨在回顾，较少展望和反思。期待中国古代文学研究者在以后的研究过程中，不断发现问题，解决问题，取得更多更好的成绩。

第二章 中国古代文学的演变

第一节 先秦时期的古代文学发展

一、先秦诗歌的发展

先秦①诗歌的代表——《诗经》，内容来源于商至西周时期的诗歌，产生于不同地域的各个社会阶层，表现了社会生活各个方面的内容。这些诗歌经官方收集后，再加上春秋前期的一部分诗，以诗集的形式流传下来。至春秋后期，只剩下三百余篇，故被称为"诗"，或称"诗三百"。其中大雅、小雅和颂类诗大部分属于西周时期的作品，部分《国风》也作于此时。后来儒家将这些诗奉为经典，称为《诗经》。

（一）《诗经》的思想内容

《诗经》中既有来自贵族士大夫阶层的诗，也有来自普通百姓的歌谣，它所包含的内容和情感十分复杂，既有民族历史、朝廷礼仪、战争宴饮，也有家庭生活、田野劳作和爱情吟唱，较为全面地反映当时的社会生活。

1. 婚恋诗

周人重婚姻，因为它关系到宗族的延续。周代是宗法社会，实行的是嫡长子继承制，所以必须确立适应社会的婚姻关系。对于《诗经》中的婚恋诗，张西堂的《诗经六论》举例最全，分类最细，有一定代表性。他把《国风》中关于恋爱婚姻的诗分为十类：①单相思题材；②两情相好题材；③暂别思念题材；④失恋心情题材；⑤女子对婚姻不自由的控诉题材；⑥写婚后感情深厚题材；⑦写婚后久别的思念题材；⑧写婚后反目、女子遭遗弃题材；⑨其他婚恋题材。这种分法很细致，另外，也有学者从艺术手法方面做出专题归纳，像洪湛侯《诗经学史》从形象的刻画、心理的描写、语言的艺术、想象的虚拟、情景

---

① 先秦时期是指中国历史上的秦朝建立之前的时期，包括旧石器时期和新石器时期，以及夏、商、西周、春秋、战国等历史阶段，时间跨度从远古时代一直到秦朝建立之前的一段时间，长达1800多年。

的融合、结构的完整等方面对《诗经》中的婚恋诗进行了分析。此外，《诗经》中还有反映纯真、深挚的感情和获得爱情的欢愉的题材。

2. 农事诗

中国是一个农业社会，农事诗的内容一部分是表达祈求丰年的愿望，更多是叙述和描写当时的农业生产活动。

《七月》是《诗经》中重要的农事诗。此诗以岁时顺序叙述农夫一年四季的辛苦劳作，记述女子采桑、养蚕、织布，男子耕作、打猎、砍柴等农事活动，体现了农夫的衣食之简以及劳役之重，真实反映了当时贵族压迫下农夫的生存状态。本诗通篇采用"赋"的表现手法，以时间为序，从衣食住几个方面对农夫的生活进行铺叙，长而不乱，条理清晰，语言朴实生动，自然流畅。

3. 史诗

史诗是指以古代重大历史事件、神话传说和部族所崇拜的英雄事迹为题材的、结构宏大的长篇诗歌。《诗经·大雅》中的《生民》《公刘》《绵》《皇矣》《大明》可以称得上是史诗。

从长度来说，这5首史诗，最长的《皇矣》96句。从内容来说，这几首诗较全面地记述了周族起源、迁徙、发展、壮大、鼎盛的历史，基本具备史诗的性质。《皇矣》歌颂周文王讨伐崇、密两个小国的战绩。《生民》讲述周民族的第一个男性始祖后稷神异的诞生，以及后稷发明农业、率领族人定居邰地的历史。《公刘》写周人祖先公刘带领周人自邰迁居豳地以及在此开垦荒地、建设家园的历史。《绵》写古公亶父为避开戎狄的侵扰，率领族人由豳地迁至岐山之南的平原沃野，建"周"的历史。《大明》则赞颂武王在牧野大胜、一举灭商的事迹。

《大雅》中的这5首诗，比较完整地叙述从始祖后稷到武王伐纣的历史，记述周人建国历史中一系列重大事件，歌颂了后稷、公刘、太王、王季、文王、武王这六位对周部族做出过重大贡献的祖先。

4. 颂歌

《毛诗序》云："颂者，美盛德之形容，以其成功告于神明者也。"《诗经》中的颂歌大多是歌颂祖先的诗。《周颂》31篇，除《臣工》《丰年》《载芟》等篇章是为了春夏祈谷、秋冬谢神而作的祭歌外，其余均为对周室祖先的礼赞。

《商颂》5篇《鲁颂》4篇，全是对祖先和国君的歌颂，《大雅》《小雅》中也有颂歌诗。这些诗篇大体都是歌功颂德。《大雅·文王》歌颂周王朝的奠基者文王姬昌，诗共7章，每章8句，写文王承天命建立周，兴国以福泽子孙；歌颂王朝人才众多，得以世代继承；再写周文王承天命兴周灭殷；反映天命无常，殷商贵族成了阶下囚，要以殷为鉴，敬天修德，永葆多福；最后写要效法文王的德行勤勉，才能得天之佑，长治久安。

（二）《诗经》的创作艺术特色

《诗经》作为诗歌总集，反映了西周到春秋时期各社会阶层的生活、个体情感。

1. 《诗经》中比兴的创作手法

《诗经》的创作手法中最有代表性的应该是赋、比、兴。

（1）"赋"。赋诗用于抒情。如《王风·君子于役》全诗记述了思妇对远行服役的丈夫的担忧和思念，质朴率直。诗中所插入的"鸡栖于埘，日之夕矣，羊牛下来"数句，所写的是农家傍晚的情景，那种牛羊归圈的温馨和谐的场景，更加衬托了思妇的孤独，也表达了对和谐安宁的团聚生活的向往。

（2）"比"。即比喻，比喻是《诗经》中最常用的修辞手法，也具有明显的民歌特色。在《诗经》中，有整首诗都比喻某一事物，称为比体诗。如《魏风·硕鼠》表达了对剥削者的厌恶之情，全诗只是用贪婪的老鼠来做比喻，所指责的剥削者并未出现。

《诗经》中更多的是部分采用比喻的方法。最值得称道的是《卫风·硕人》中对庄姜美貌的描写。其诗曰："手如柔荑，肤如凝脂，领如蝤蛴，齿如瓠犀，螓首蛾眉。"所取的喻体都是日常生活中常见的事物，而诗中或取其质地，或取其颜色，或取其外形，分别描写庄姜的手指、肌肤、脖颈、牙齿、额头和眉毛。这一连串的比喻不仅生动形象，而且充分地表达了诗人的景仰之情，表现了诗人丰富的想象力。

（3）"兴"。《诗经》中的"兴"是一个较为独特而复杂的艺术手法。通常，兴是指这样一些意象：它们往往用于诗歌或诗歌中某一章的开头，这些意象本身与诗歌的主题现在看来并无直接的关联。比如同是以"黄鸟"起兴，《秦风·黄鸟》表达秦人对"三良"的哀悼之情，《小雅·黄鸟》抒发身在他乡的艰难之感；而《小雅·绵蛮》所表达的是对教养自己的人的感戴之情。当然，读者也能从一些印象中感受到它和诗歌主题有着某种内在的联系，这种联系可能表现为一种隐约的象征关系。

2. 体制形式以四言句式为主

《诗经》绝大多数诗篇都由四言句构成。《诗经》"风""雅""颂"中，四言诗的比例则以"雅"诗为最高，"颂"次之，"风"最低。《诗经》通常是两个双音节词构成一个二节拍的节奏，四句为一章，一首诗由数章构成。大部分诗歌句式端庄、整饬，节奏舒缓悠扬。当然，《诗经》中也有杂以二言到九言的诗句，于整齐中显得参差，同时也丰富了《诗经》的韵律。

3. 具有诗、乐一体的特征

（1）表现在重章叠句和构词方式上。同一首诗的不同章节，意义相近，句式相同，有些只是文字稍加变化，这就是所谓的复沓，或称联章复沓。

复杂的形式根源于音乐节段的重复，我们能从中感受到回环往复、余音袅袅。《诗经》中的复沓方式是多样的，除上所举全诗中每一章都复沓外，还有部分章复沓，如《陈风·衡门》共3章，后两章复沓；也有一首诗中分成两个或几个复沓的，如《郑风·丰》前两章以一个形式复沓，后两章以另外一个形式复沓。

（2）叠字和双声叠韵。叠字和双声叠韵是《诗经》音乐效果的表现形式。叠字又称重言，如"关关雎鸠"（《周南·关雎》）之"关关"拟雎鸠的鸣和声，"行迈靡靡"（《王风·黍离》）之"靡靡"形容路途遥远、心情萎顿，"杨柳依依"（《小雅·采薇》）之"依依"状柔条飘拂的姿态，都显得节奏舒缓，声律悠扬。

4.《诗经》的押韵

押韵是诗歌的音乐性特点之一。《诗经》的押韵形式多样，有一韵到底，也有中途换韵；有的诗是逐句押韵，有的诗是隔句押韵，还有交韵的情况。从韵在句中的位置来看，句尾韵是最普遍的形式。也有虚字脚，即句尾用一个虚字衬音，无意义。如《邶风·旄丘》《鄘风·墙有茨》《君子偕老》《豳风·东山》用"也"字；《齐风·南山》《小雅·采薇》用"止"字等。一般说来，风诗、雅诗的韵脚较为绵密，显得节奏较为繁急，而颂诗的押韵则较为宽松，甚至有无韵的情况。可见，"风""雅"本身具有较强的音乐特点，而"颂"则更多地依赖音乐的伴奏。

总之，中国是诗的国度，而《诗经》是中国诗歌的源头，对后世有着十分重大的影响。《诗经》四言体的形式得到后世的继承，诗人立足现实而又执着不懈的精神，与儒家所提倡的积极进取的伦理风范相吻合，《诗经》因此被儒家奉为经典。诗歌在很大程度上成为中国传统文人发泄社会情感的一种主要途径，尤其是在自己的理想受到现实政治的阻碍时，文人就会很自然地通过诗歌创作、通过抒情言志的方式宣泄愤懑，表达自己的现实态度。这就是孔子所谓"诗，可以兴，可以观，可以群，可以怨"的主旨。

二、先秦神话的发展

神话是原始先民把自然力神化，并借助想象企图解释它、征服它、支配它，从而产生的文学艺术体裁。神话是远古先民集体创作的口头文学艺术，是我国文学艺术的重要源头之一。神话作为先秦文学的一部分，对后世文学发展产生了深远的影响。神话的艺术规则为后世文学的发展提示了方向，神话所开创的为人生的主题，事实上成为我国文学发展的主流。同时，神话富于情感、富于形象、富于想象的特征，也极大地影响着后世文学的发展。

（一）神话的产生

神话的产生，有其特定的历史背景和认识基础，具体体现在以下方面。

第一，远古时代生产力和认识水平低下，先民们对给人类既带来生存之利，又带来侵袭威胁的自然现象，对世界和社会文化生活的起源和变化，均不能做出科学的解释，只能借助想象和幻想把自然力和客观世界拟人化。

第二，与上古先民解释自然、抗争自然和提高自身能力的强烈渴望有关。这种渴望，促使先民们对自然和社会的种种现象及问题进行思考，并力图对它们做出自己的解释与描述。

第三，与先民们的原始宇宙观和原始思维有关。在争取生存、与自然力抗争的活动中，先民们形成独有的宇宙观，即相信万物有灵，相信有超自然的主宰，相信灵魂和神灵的存在，此外，还有图腾崇拜、自然崇拜、祖先崇拜等。与此相联系，原始思维也以万物有灵为核心内容，以人与自然互渗为原则，以直观感性、充满情感和富于想象力为特点。因而在神话中，一切自然现象和某些社会存在都被看成是有生命的，被赋予人的特点和超自然的能力。

神话产生于原始氏族社会，由于氏族社会有很强的群体性、部族性和地域性，所以神话也带有这种性质，并且随着上古时代漫长的历史进程，不断得到创造和发展。

（二）神话的特色

1. 神话的文学艺术地位

我国古代神话产生于人类的童年时期，是了解人类童年生活和心理的钥匙，对研究古代社会婚姻、家庭制度、风俗习惯等具有重要价值，同时它也是我国文学艺术的土壤和宝库，对后世文学艺术有着广泛而深刻的影响。

（1）它的积极为人生的艺术精神，它的变革现实的创造气魄和改变命运的强烈愿望，它的敢于同大自然作斗争的精神，它的英雄主义、乐观主义以及追求美好生活的坚强意志，对后世的文艺观和我国古代文学艺术优良传统的形成都有着不可磨灭的功绩。

（2）我国神话在艺术形式上对后世文学艺术也有着深远的影响。其丰富多样的题材，往往成为后世文人的创作素材，从《诗经》对禹、契、后稷等上古人物的记载，一直到清代小说《镜花缘》等对《山海经》远国异人、奇怪鸟兽的利用，在我国文学艺术史上形成一组庞大的以神话为素材的作品系列。它的不自觉的积极浪漫主义因素，被后世作家加工成积极浪漫主义的创作方法，在文学艺术创作中广泛运用，从《穆天子传》《庄子》到汉大赋，从唐代诗歌到宋元明清的诗词、小说、戏曲，形成我国文学艺术史上声势浩大、奔腾不息的浪漫主义主流。它的悲剧美与崇高美，对后世的悲剧文学艺术也颇有启迪，《离骚》《孔雀东南飞》《窦娥冤》等伟大作品，以悲来表现崇高、借主人公的不幸遭遇来预示希望和光明，同神话故事所体现的美学精神是一脉相承的。

神话在肖像描写方面的最初尝试，对后世小说戏剧的人物的静态、正面的肖像描写、"脸谱化"及人物外貌的动物性特征等描写都有很大影响。此外，一些经典的神话故事，或被后世提炼为成语运用，或被后世作家作为创作的原型。

2. 神话的特性

(1) 在思想内容方面，其特色主要表现在以下几个方面。

第一，具有较强的现实性。我国神话是原始先民现实生活的反映，从中随处可见当时先民为生存而从事劳动创造的情况。神话中的著名英雄和大神，都是杰出的劳动者和创造者。从神话中，还随处可以看到先民同大自然斗争的具体情形，如鲧、禹、后羿等英雄面对自然灾害的侵袭威胁，与之顽强搏斗，并取得了重大胜利。

第二，将人神化，重视人的力量和人的社会性，体现中华民族的民族精神及民族性格。我国神话，不像古希腊神话将神人化，重视命运的主宰和人的自然性。无论是对世界的形成、人类的起源的真相的探索，对勤劳、勇敢、正义、善良的善的礼赞，还是对崇高、粗犷、神奇、悲壮的美的歌颂，上古神话都在很大程度上反映先民重视人类自身的思想、情感和性格，表现了他们对真理的不懈追求和对理想的热烈憧憬，表现了他们立足现实人生、自强不息、坚忍顽强的斗争精神和奋发昂扬的乐观精神。

(2) 在艺术方面，我国神话首先从其思想内容中表现出了为人生、以人的生存为中心的原始艺术精神，展示了我们民族未来的艺术思维特征，对后世的艺术审美与创作起了重大作用。

第一，我国神话对现实生活的描绘和表现，并不直接、具体，而是通过其幼稚幻想加工成现实。他们一方面把自然力加以神化，一方面又敢于同它进行斗争。在原始生产生活的斗争实践中，他们积累了丰富经验，创造了无数神话中的英雄形象，逐渐形成追求真理、富于理想、意志坚强、积极进取、乐观豪迈的民族性格。在此基础上，形成神话的积极浪漫主义精神。

第二，我国神话成功运用了后世所说的幻想、想象、夸张、拟人等浪漫主义手法。先民们在万物有灵的思维基础上，常常把事物拟人化，并对对象进行奇特的想象和夸张描述。

第三，我国神话体现悲剧美与崇高美的统一。我国一些主要的著名神话，其主人公大都是悲剧角色，具有浓烈的悲剧色彩。但这些神话故事，又不是一悲到底，它们一方面写了自然力的强大和英雄的悲惨死亡；另一方面又写了先民控制自然的信心、力量和幻想中的最后胜利，以及为此所表现出的自我牺牲精神。比如鲧禹治水、精卫填海、夸父逐日等故事，他们的牺牲是悲剧，但他们牺牲是出于崇高的目的，这就使故事悲而不哀，悲而能壮，引起人们对牺牲者的崇敬，同时展示出光明和希望。因而，这类神话既富于悲剧色彩，又充满乐观向上的精神。

3. 神话的类型

神话作为积极浪漫主义文学艺术的源头，对后世的文学艺术精神、文学艺术观、文学艺术思维、文学艺术素材及创作方法都有着很大影响。我国是个多民族的国家，我国神话也是多民族的创造，具有多族多源的特点。按表现内容分，主要分为以下类型。

（1）开辟神话。这类神话是探索天地创始、万物生成和人类起源奥秘的，具有极强的幻想性，最有代表性的是盘古、女娲神话。

（2）自然神话。在我国神话中，自然神话是最先产生的一类神话，多以风、雷、鸟、兽、草、木为描述对象，这些神话在流传中被先民予以充分的人格化，反映先民敬畏和征服自然的心态。

（3）英雄神话。英雄神话反映出人类主体意识的初步觉醒，说明先民们已朦胧意识到了人是世界的中心、宇宙的主人。其主角是半人半神或受神力支持的"英雄"。这类神话数量较多而且壮观，较有名的如《鲧禹治水》，见于《山海经·海内经》。它是以上古先民与洪水搏斗的现实为基础创作的。

（4）传奇神话。传奇神话主要是关于异域奇国、怪人神物的神话，反映先民企图突破自然条件的限制、改造自身生活环境的愿望和理想，形象怪异，富于奇趣，具有超现实性、超自然性。这类神话，数量较多，涉及面广，较多载于《山海经》中。

三、先秦散文的发展

（一）先秦散文的产生

先秦散文拉开了中国古代散文史的序幕，形成中国散文史上的第一个黄金时代。先秦时期的散文发展主要分为殷商、西周、春秋和战国四个阶段，殷商时期是先秦散文的萌芽阶段。文章的产生开始于文字记事。中国的文字大约产生于夏商之际，而文字记事大约是从殷商开始的。西周时期是先秦散文的发展阶段。这一时期，周人已从殷商的敬天转到畏民，兴礼作乐，建立了一整套严密的典章制度，其中包括史官的设置。春秋时期是先秦散文的兴盛阶段。随着周代礼乐的崩塌、王纲的不振，散文也得到划时代的发展。战国时期是先秦散文的繁荣鼎盛阶段。这一时期出现了历史上有名的"百家争鸣"的局面，文化学术由此发生了巨大的变革，散文也发生空前的变化。这一时期散文的种类很多，艺术成就也很高。从萌芽、发展到繁荣成熟的过程，走过了由简单记事到长篇大论、由官府独占到百家争鸣的基本发展历程，体现出自己独有的特色，在内容和艺术形式上逐渐形成中国古代散文的雏形，为中国古代散文的发展拓宽了较为广阔的视野。

(二) 先秦散文的赏析

从成就上看，先秦散文的两座高峰便是以记载历史事件和人物为主的史传散文和以议论为主的诸子散文。

1. 史传散文

史传散文是以记言叙事为主的。中国散文的发展，源于史官记事，可谓史实、传说无所不录。

(1)《尚书》。作为我国最早的一部具有奠基意义的历史文献汇编——《尚书》，记录古代史官记录帝王或执政大臣的誓词、讲话、文告等。《尚书》文章篇幅长，论说已经开始注意条理和层次，讲求结构艺术。在具体的论说过程中，又善于用譬喻，加强描写，注意形象性和生动性。

《尚书》作为早期的经典"记言"之作，许多篇章的内容均由"言"构成，有上对下之言、有下对上之言，还有夹杂二者的，其中的篇章充分展示《尚书》的记言技巧。

从《尚书》的"记言"分类看，《尚书》对后世文学的影响主要体现在文体上。从文体分类，《尚书》可细分成四类：①典类。典类如《虞书》中的《尧典》。《尚书》中的"典"是经典的意思，意谓《尧典》中记载的关于尧、舜及禹、稷等诸大臣的言行具有经典的意义。从"典"这个字的使用来看，《尧典》之"典"或是后来者追加。②诰类。诰类如《大诰》《洛诰》《康诰》《盘庚》等。"诰"，既有上对下的发话，也有下对上的陈词。③誓类。誓类如《汤誓》等。"誓"通常指帝王出兵征伐时对臣下的誓师辞。"誓"在《尚书》中较为多见。"誓"的文气有很强的命令色彩，如《甘誓》。④命类。命类如《顾命》。"命"有赐命之义。《尚书》中的"命"是一种命辞，即君王奖励或赏赐臣子之命，或者是君王之意的传达。

(2)《春秋》。作为我国第一部编年体断代史，《春秋》记载了自鲁隐公元年（前）至鲁哀公十四年（前）间的大事，以鲁为本位。从文学角度而言，《春秋》突出的地方在于其记事的特点，具体表现为完整性、时序性，具有劝诫君王的政治功能。先秦典籍大多数没被完整地传于后世，而《春秋》不仅被完整传下来，且在当时诸侯国的史书中有特殊性，表现为记事完整和强调记事时间，有着劝诫君王的功能。

《春秋》的特点可概括为有"义"、能"道名分"，用特殊的属辞比事方式来旌善抑恶，劝诫君王。《春秋》从儒家思想出发，以定名等级为评论标准，而又欲为尊者讳，因此往往以曲笔表明自己的爱憎，这就是"春秋笔法""微言大意"。

《春秋》因其"春秋笔法"的写作特点，而被看作一部具有"微言大义"的作品，并为后世"定名分""制法度"提供了参照的范本。另外，《春秋》在写作上的这一特点，也对后世史家治史影响颇大。

《春秋》叙事简洁，不少篇章酷似今天的新闻标题或者导语。如《春秋》有这样的记载："夏五月，郑伯克段于鄢。"这短短的几个字，就包括了新闻导语所需的时间、人物、事件、地点等要素，可谓直接孕育了后代的新闻写作。

（3）《左传》。作为中国文学史上第一部注意写"人"的作品，《春秋左氏传》，简称《左传》。该作品善于在矛盾冲突中刻画和描写人物形象，同时又从人物的一系列活动中展示历史的发展变化。叙事艺术达到空前的高度，其特点主要是文约事丰、精妙优美。具体表现为：①叙事的具体性和丰富性，充分显示出《左传》饱满的叙事内容，这是《左传》划时代的发展。②情节的集中性和篇章的完整性。它突破了编年体的局限，运用多种叙述方法记载复杂的历史事件，使其真实生动、委婉周详、有条不紊。③叙事富于故事性、戏剧性，有紧张动人的情节。

《左传》不仅是一部内容丰富的历史文献，还是一部非常优秀的文学作品。它上承《尚书》《春秋》的传统，下开《战国策》《史记》之先河，在历史散文的发展过程中起着重要的桥梁作用。

（4）《国语》。作为我国第一部国别体史书，《国语》是由各国的史料汇集而成的。《国语》记叙了治国安邦之道、称霸诸侯之术、克敌制胜之策、罗致贤才之法、发展经济之路、凝聚民心之教、天时人事之应、明辨尊卑之礼、修身律己之事。《国语》以记言为主，其中人物语言成就颇为突出，具有自己的特色。《国语》中记载了很多人物对话的精彩段落，语言浅显易懂，文风简洁流畅。作者常用符合人物身份、地位、处境的个性化语言描写人物性格、塑造人物形象。《国语》的说理论证能力已经有了明显的提高，其中不乏观点鲜明、逻辑严密的说理散文。这些文章都是就某一个问题，先提出核心论点，然后围绕主题逐层展开论述，最后以事实证明论点的正确性。《国语》开创了以国为单位来叙述史实的国别体例，主要是分国记录君臣谋议得失的谈话，也间或涉及一些盟会、战争等历史事件,是一部有关各国记言史料的汇编。

(5)《战国策》。《战国策》,又称《国策》,为西汉刘向编订的国别体史书。《战国策》的内容,主要是战国时代纵横家的言论与活动。《战国策》主要保存了纵横家的著作和言论,但也杂取了各家的观点。

《国语》以记言为主,长于说理,由其所形成和固定的宾主问答的对话体方式上承《尚书》,下启《论语》,推动先秦说理散文的发展,不同程度地影响后来的《战国策》和诸子百家散文。总之,这些史传散文的出现,标志着叙事散文的成熟,开启中国叙事文学的传统。

2. 诸子散文

诸子散文是以议论说理为主的,是先秦时期"百家争鸣"时局出现后产生的一大景观,它们主要记载了诸子百家的理论思想。

(1)《论语》。该作品主要记载了孔子及其弟子的言行,采用语录体,它或记录孔子的只言片语,或记录孔子与弟子及时人的对话,呈现出短小简约的特点,还没有构成单篇的、形式完整的篇章。

书中在记录孔子及其弟子的言谈时,总是力求如实地反映出他们丰富而复杂的感情,许多文句和章节,带有浓厚的抒情色彩。《论语》中大量运用了排比、递进、对偶等修辞手法,句式长短相间、错综变化,造成纡徐婉转、抑扬唱叹的效果。

语气词是《论语》语言风格的重要特色。《论语》是语录体,它的基本要求是反映谈话的本体形态,因此"之、乎、者、也、焉、欤"等语气词在《论语》中随处可见。

(2)《老子》。作为道家的经典著作,撰写人老子以玄深的哲理思辨和精妙的诗一般的语言相结合,显示着独特的艺术风格。《老子》的语言简练而深奥,几乎没有记叙、描写成分。

《老子》对散文的贡献包括:①在于它的哲理思辨。老子认为善与恶、福与祸、正与反、难与易、长与短、高与下等,都是相对的、互相转化的。②多用韵语和对偶句,从而形成骈散相间、排比协韵的语言风格,引人注目。③传播广泛,古文今用,《老子》中一些词句至今为人乐道,如"千里之行,始于足下""天网恢恢,疏而不失"。有些词句,形成成语,如"大器晚成""大智若愚""知足不辱"等。《老子》在散文的形式美方面也有新的追求,开了后世骈散兼顾、多用骈语的散文形式的先河。

(3)《墨子》。作为一部墨子及其后学的著作的汇编,反映的是墨家学派所代表的小生产者的思想。墨子主张"兼相爱,交相利",提倡平均主义的社会大同。墨子思想立足于小生产者阶级,维护劳动者的利益,对贵族宗法制度和旧文化持批判的态度,其主张强本节用,主张平等、兼爱,都有可取之处。《墨子》艺术特点是语言质朴,层次分明,富于逻辑性。

(4)《孟子》。作为语录体典籍,是中国古代儒家学派的经典著作之一,《孟子》的影响力在中国历史上持续深远,它对儒家思想的发展和中国文化的塑造产生了巨大影响,也在东亚地区广泛传播。这部著作的核心理念,如仁爱、孝道和仁政,一直在中国社会中扮演着重要角色,被奉为儒家经典之一。《孟子》的主要内容包括以下几个方面。

第一,仁政:孟子强调君王应当以仁爱和善治理国家,而不是依靠武力和暴力。他认为只有通过仁政,国家才能够实现和谐稳定。

第二,天命:孟子提出"天命"这一概念,认为君王的合法统治是由天赋予的,但也需要依靠道德和仁爱来维持。他强调君王的责任是保护百姓的幸福。

第三,人性本善:孟子认为人性本善,每个人都有良善的内在本性,但需要通过教育和修养来发展和实现这种本善。

第四,父母之道:孟子强调尊重父母和孝道的重要性,认为孝顺是道德的基础。

第五,君臣关系:孟子提出了君臣关系的理论,认为君臣之间应该有忠诚和道德的互相关怀,以维护社会秩序。

(5)《庄子》。《庄子》是战国时期庄周所著的一部哲学著作,全书以"寓言""重言""卮言"为主要表现形式,继承了老子学说,倡导自由主义,蔑视礼法权贵,倡言逍遥自由。

第一,《庄子》的特点。

首先,浪漫主义色彩浓烈。庄子天才卓绝,聪明勤奋,其文章别具洞天。

其次,广泛运用寓言、重言、卮言。三种方式来表达他的思想。这里所说的"寓言",包括一些神话式的幻想故事,也包括通常借事物寓言的故事;"重言"是借用某些历史故事和古人的话来说理;"卮言"是指随机应变的直接辩论。

再次,结构形式奇诡莫测。至庄子时代,论说文意的发展在形式构造上已经达到能够从正面有中心、有层次、有条理地表达自己观点的程度。庄子追求的是主体精神的自由,其思维方式着重于哲理的体验,其个性又轻"形骸"讲超脱,所以以《内篇》为代表的作品,特点是重内在意志的表达,而不讲章法规矩、形式结构。

最后,语言高度形象化。《庄子》的语言高度形象化,具有美的特征。其文章的形象和美趣闪耀着艺术化的光彩,其中不乏铺张形容。如《逍遥游》一文,用满纸荒诞之言描写了藐姑射山奇妙的神人之形象,其肌肤、身段、饮食、活动、神态俱妙不可言。《马蹄》篇写马的外形:"马,蹄可以践霜雪,毛可以御风寒,龁草饮水,翘足而陆,此马之真性也,虽有义台路寝,无所用之。"这些文字都给人一种美感,增添了文章的魅力。有的则妙趣横生，逸笔妙致。《外物》篇写任公子钓大鱼，极力渲染饵之重、竿之长、鱼之大以及鱼的挣扎和海的波涛、声响，形成一组惊心动魄的图画，真是恣意恢宏，动人心魄，文采飞扬。

第二，《庄子》的影响。《庄子》在文学上的影响极大，自贾谊、司马迁以来，历代文学大家无不受到它的感染与熏陶。他们在思想上，或旷达不羁、愤世嫉俗，或颓废厌世、悲观消极，从而催生了许多成就斐然的作品。这些作品从寓言到小说，从诗歌到散文，从形式到内容，从文学到哲学或多或少都带有庄子的印记。

(6)《荀子》。作为中国古代哲学经典之一，《荀子》是战国末年著名唯物主义思想家荀况的著作，旨在总结当时学术界的百家争鸣和自己的学术思想，反映唯物主义自然观、认识论思想以及荀况的伦理、政治和经济思想。《荀子》的思想在中国古代哲学中具有重要地位，尤其是在法律、政治和伦理方面。尽管荀子与孟子在人性本善与本恶、教育方法等方面存在分歧，但他们都对中国古代思想的发展产生了深远影响，并为后来的哲学家和政治家提供了有价值的思考和启发。

(7)《韩非子》。作为法家的经典著作，其文严峻峭刻，干脆犀利，寓言丰富，在先秦诸子散文中独树一帜，是先秦时期辩论艺术的集大成者，在诸子散文乃至整个中国文学史上有着颇为重要的地位。

第一，《韩非子》的主要思想。①法治思想。韩非子批判地吸收了前期法家，包括田齐法家的"法""术""权""势"相结合的思想，形成他的"法""术""势"相结合的法治思想。他认为，要治国，就必须用严刑峻法。②实用主义。韩非子注重实际效果和实用价值，主张以实际效果为准则，制定和实施政策。他强调要以实际需要为出发点，重视实用主义，以实现国家的富强和社会的稳定。③慎赏思想。韩非子主张实行慎赏制度，即通过严格的考察和选拔，给予有才能的人以适当的奖励，以提高国家整体实力。他反对滥赏，认为滥赏会削弱国家的实力。④耕战思想。韩非总结前期法家李悝、吴起、商鞅的耕战思想，比商鞅更为彻底。他不仅把不事耕战的其他职业都视为社会的害虫，而且主张取消不事耕战而取得爵位的旧贵族的特权。

第二，《韩非子》的艺术特色。

首先，就体制而言，在《韩非子》出现之前，寓言故事都是零星分散地存在于诸子散文或历史散文之中，充当说理的一种手段或叙事的一个部分，还没有成为完全独立的文学体裁。到《韩非子》出现，人们才开始有意识有系统地收集、整理、创作寓言故事，并且将其分门别类编辑成为各种形式的寓言故事集，把写作寓言故事当成著述的重要课题，有着明确而自觉的预定意图。从此以后，中国古代寓言进入了新的发展阶段。

其次，《韩非子》中的寓言多是哲理深邃、讽刺尖刻的社会寓言。《韩非子》寓言最精彩的首推那些嘲笑愚人的滑稽故事和带有箴诫性质的民间传说。其中人物大都无名无姓，只称"有人""某人""宋人""郑人""齐王""燕王"等，故事情节基本出于虚构，或者经过很大夸张，大多具有深邃的哲理性和尖锐的讽刺性以及熟练的艺术技巧，所以一直被视为韩非寓言的代表作。

再次，《韩非子》中的寓言故事也有改铸古人，为我所用的历史故事。韩非子继承了诸子散文喜欢在行文和谈话中援引历史故事从中汲取经验教训以资借鉴的传统，《韩非子》中的历史故事数量超过前人，运用方法也有许多新的创造。他已不限于简单地引述史实作为佐证，而是按照古为我用的原则，重新塑造古人；根据表达思想的需要，故意改编历史，并用形象化的手法，去补充历史细节。《韩非子》历史故事中的人物，姓名是真实的，但事迹往往属于传说附会。这种手法是从《庄子》那里学来的，不过他不像庄子那样借古人之口大谈玄理，而主要是作为政治斗争的工具。

最后，《韩非子》的句式整齐，节奏鲜明，多用韵文。散文中夹杂韵语，先秦典籍早已有之，但多为散文中的片段，很少从头至尾都押韵，韩非子则是在前人基础上，把先秦韵文的写作技巧又向前推进了一步，如《韩非子·主道》《韩非子·扬权》两篇文章，无论文字、句式、韵律、手法都超越他的前辈，俨然是独树一帜的韵文新体。

第三，《韩非子》的影响。《韩非子》一书重点宣扬了韩非法、术、势相结合的法治理论，达到了先秦法家理论的最高峰，为秦统一六国提供了理论武器，同时也为以后的封建专制制度提供了理论根据。

以上著作以成熟的说理文体制、形象化的说理方式、丰富多彩的创作风格和语言艺术影响了后世说理散文的创作。史传散文和诸子散文双峰并峙，在内容、体裁、风格、结构、语言艺术等方面各显风采，各自以其杰出的艺术成就促成了中国散文的第一次繁荣，对后世产生了深远的影响。

四、先秦楚辞的发展

"楚辞"最基本的含义是指战国时代我国南方楚地出现的一种新诗体，也指屈原及后来其他作家用这种诗体写就的诗篇。也就是说，"楚辞"既是文体名称，也是诗集名。

（一）楚辞的产生

楚辞的产生具有极其复杂的社会和文化因素，是战国后期楚国特定环境的产物，是多种主客观因素相互作用的结果。

第一，自然地理环境，影响了楚辞的产生。战国后期楚国远离中原，山林水源丰富，地理广阔，直接触发楚人的天才想象。这些在楚辞形成的过程中，都起到了重要作用。

第二，多种文化之间的相互影响、渗透与融合，对于楚辞的产生也发挥了重要作用。楚国虽然地处偏远，但其贵族毕竟源于中原，因而在春秋战国时期，中原和楚国有着广泛的文化交流，楚国文化尤其是社会制度和政治思想方面和中原有很多相同之处。楚国士人经常自觉地学习中原文化，因此，中原文化中的历史观念、价值取向及文学创作上的艺术手法、体裁、语言也深深影响了楚国士人及楚国的文学创作。从楚辞的创作来看，其中体现的政治理想和抱负、比兴手法的运用、句式篇章的结构等方面，都可以看出有中原文化的影响。此外，楚国北方与中原洛阳接壤，而东、西、南三方则与比它落后和原始的部族毗邻，因而除了主要受楚国文化和中原文化的影响，东夷、西夏、北狄、南蛮等边缘地区的文化也对楚辞的产生起到了推动作用。

第三，从历史和文化的发展规律来看，楚辞产生之时楚国正处于从兴盛到衰亡的转折点。作为屡遭陷害的爱国诗人，屈原将自己的理想、信念及对自己遭受不公平待遇的哀怨、激愤之情借诗歌倾泻出来，由此而创造出名垂千古的文学巨制。此外，自《诗经》产生之后两百多年间，散文开始兴盛，而四言诗却陷入了停顿。战国时期是古代社会发生剧烈变革的时期，新事物不断出现，语言的表达也随之发展，人们需要促使楚辞产生。

第四，楚辞的形成与楚地的歌谣也有直接和密切的关系。楚地是一个音乐、舞蹈发达的地方，现在从《楚辞》等书中还可以看到众多楚地乐曲的名目，如《涉江》《采菱》《劳商》《九辩》《九歌》《薤露》《阳春》《白雪》等。

（二）楚辞的艺术成就

第一，楚辞是我国诗人屈原独创的文体，是文人所创作的诗歌，带有强烈的个性特征，实现了强烈政治性与浓郁抒情性的完美结合。《九歌》中的一些诗篇中仍然保留着歌、乐、舞结合的特点，可见楚辞在一定程度上受到了民歌的影响。

第二，楚辞在塑造形象的艺术手法上，颇见功力。比如，《九歌》不论是写内心活动还是动态神态，都逼真传神、惟妙惟肖，其中一个突出特点就是善于将景物、环境、气氛和人物的心理感情有机地融合在一起描写，突出意境的作用。比如，"帝子降兮北渚，目眇眇兮愁予。嫋嫋兮秋风，洞庭波兮木叶下。"这是《湘夫人》中的一段描写，萧瑟的秋风拂过洞庭湖，木叶纷纷落下，与湘君的哀愁相思之情结合在一起，渲染出一种凄凉惆怅的意境。

第三，楚辞在语言上独具艺术特色，既有文采绚丽璀璨的语句，也有一些非常质朴的语句，二者巧妙地融合在一起，相得益彰，同时打破四言句两字一顿的单调格式，将节奏不同、字数不等的句子互相穿插交错，使音调富于变化。楚辞中虽然也有以四言句为主的诗篇，但五字句和六字句是楚辞的典型句式；节奏上，五字句以"三二"为主；六字句以

"三三"为主，兼用其他节奏，使句子变化更为丰富。比如，《离骚》的句式以六、七言为主，间或有少至三言、多至十言的句子。

第四，楚辞的地方色彩是鲜明的，不论是对地理名物、自然景色的描写，还是对风俗习惯的描述，都带有楚地的特征，而且吸收大量的方言俗语。

第五，楚辞突出地表现了浪漫主义的特质，具有鲜明的浪漫主义特色。比如，屈原在《离骚》中大量运用历史故事、古代神话，并加以丰富的想象，使一些抽象的情节具体化、形象化，如为了充分表达诗人对于理想不懈的求索、对人生道路的艰难抉择，诗人驾驭龙凤，扣帝阍，求神女，大胆幻想，自由驰骋。所有这些错综复杂的艺术构思，共同增强了《离骚》的浪漫主义色彩，增强了诗歌的表现力和感染力。又如，《九歌》吸收了古代神话的创作思想和表现艺术，塑造了一系列神的形象和美妙神奇的境界。这些艺术形象既是拥有人所不能的神奇力量的神，又是现实中人的化身，拥有人的喜怒哀乐、悲欢离合。

第六，楚辞中大量运用了各种虚词，如"兮""之""于""而""乎"等，特别是"兮"字被用在楚辞的所有篇章上，且使用方法多种多样，已然成为楚辞形式上的一个突出特征。比如，《离骚》通篇分上下句，上句句尾用"兮"字。大多数句子开头往往冠上一个单音词自成音节，句中并配以"之""于""而""以""其"等虚字协调音节，有散文化趋势。

第二节 两汉时期的古代文学发展

两汉时期经典的古代文学——乐府诗，"乐"即音乐，"府"即官府。乐府本义是指封建王朝设置的管理音乐的机关，在汉武帝之前就已设立。汉武帝为了适应大一统的需要，以享乐的需要，把乐府扩充为规模空前庞大的官署。这一时期，乐府的职能也得到了扩展，一方面为一些贵族文人创作的诗歌制音度曲；另一方面负责采集全国各地的民歌俗曲。

在两汉时期，经过乐府及乐府人员大张旗鼓的采集，大量的民歌俗曲从全国各地流入宫廷，得以汇聚、写定、传播和保存。在中国古代诗歌史上，这是一个重大事件。同时，所采集的乐府民歌经装订成集后，迅速蔓延开来，渐渐替代雅乐，成为当时社会上普遍流行的一种诗歌体式。作为一种新诗体，乐府民歌自诞生以来，一直是中国诗歌的生命源头。它继承发展了先秦民歌的优良传统，关注现实，"感于哀乐，缘事而发"，增添了中国诗歌的思想内容和表现手法，为"建安风骨"及大唐诗歌提供了丰富的营养。

两汉是乐府诗的创始和繁盛时期。作为一种新的诗体，汉乐府是继《诗经》《楚辞》

之后产生的诗歌典范，它不仅在我国古代乐府诗发展史上地位突出，而且在我国诗歌史、文学史上都有重大影响。在创作方法上，汉乐府继承并发扬了《诗经》的现实精神和《楚辞》的浪漫色彩，并体现二者融合；形式上突破《诗经》的四言格式，促成了杂言诗体的相对成熟，并发展成为后来的歌行体；汉乐府中的五言诗不仅直接影响了文人五言诗的形成，而且孕育了后来的七言诗。

一、两汉乐府诗的创作成果及类型

第一，两汉乐府诗的创作成果保存。汉乐府诗歌原本数量较多，《汉书·艺文志》著录西汉"歌诗二十八家，三百一十四篇"，基本都是乐府诗。其中有文人作品，也有民歌。现存可以认定为西汉乐府诗的作品有《大风歌》《郊祀歌》《安世房中歌》《铙歌》，以及为数不多的几首民歌。东汉乐府诗创作的具体情况虽然不详，数量也应较为可观，然大多散佚。现存的两汉乐府诗都是乐府诗的精华部分，最能代表汉代乐府诗的艺术成就。

第二，两汉乐府诗的创作类型划分。目前，学界一般认可的划分标准是按乐曲的性质进行分类。早在汉明帝时期，就"定乐有四品"，东汉蔡邕也把乐府诗分为4类，《晋书·乐志》分为6类，唐代吴兢《乐府古题要解》分为8类。宋代郭茂倩《乐府诗集》是目前所见收集、保存乐府诗最权威的著作，该书把乐府诗分为12类，分别是：郊庙歌辞、燕射歌辞、鼓吹曲辞、横吹曲辞、相和歌辞、清商曲辞、舞曲歌辞、琴曲歌辞、杂曲歌辞、近代曲辞、杂歌谣辞、新乐府辞。两汉乐府诗歌主要保存在《乐府诗集》的相和歌辞、杂曲歌辞、鼓吹曲辞与郊庙歌辞中，而以相和歌辞数量最多。

二、两汉乐府诗的艺术特色

两汉乐府诗作为中国古典诗歌的新范本，在诗歌艺术方面独具特色，具体表现在以下方面。

第一，很强的叙事性极其成功的叙事手法。两汉乐府诗所讲述的故事大多有完整而曲折的故事情节，由此奠定了中国古代叙事诗的基础。比如，《孔雀东南飞》讲述一个情节曲折连贯、有头有尾的故事，特别是故事情节波澜起伏、扣人心弦，有发生、发展、高潮和结局，表现了作者高超的叙事艺术驾驭能力。

第二，继承《诗经》开创的现实主义传统。直面现实，关注现实生活，用朴素自然、生动活泼的语言抒情叙事，真实具体地反映当时的社会生活和广大劳动人民的思想感情，揭露了统治阶级残暴的政治与经济压迫，具有浓厚的生活气息。乐府诗源于生活，又高于生活，是现实生活最集中、最突出的体现，这也是人们所说的乐府精神。它显示中国古代文学的一个极大进步，很多诗人继承汉乐府民歌的这种传统，并将之发扬光大。

第三，两汉乐府诗善于运用比喻、拟人、夸张等艺术表现手法。两汉乐府诗中拟人手法的运用，具体表现在一些寓言诗中。这些寓言诗不仅数量多，而且艺术成就高，比如《雉子班》《乌生》《董娇饶》等，这些诗歌将动植物拟人化，通过假托动植物之口，或者人与植物的对话，以奇妙的想象，叙述自身惨遭戕害的命运，劝告世人谨于持身、爱惜生命。

第四，两汉乐府诗塑造的人物形象也栩栩如生、各具特色、绝无雷同。如《孔雀东南飞》中，通过对刘兰芝的服饰、言行举止的描绘，生动地表现出她的温柔贤惠、美丽端庄，又突显出她的善良、勇敢和坚韧的性格特点。又如《羽林郎》中，通过对比胡郎和冯子都两个形象，突显出胡郎的正直勇敢和冯子都的卑鄙龌龊，使读者更加深刻地感受到胡郎这一形象的性格魅力。

总之，两汉乐府诗极大地推动中国古典诗歌的改革与发展，实现了由四言诗向杂言诗、五言诗的过渡。特别是汉乐府民歌中的五言体，为人们提供了反映社会现实、抒写感情志向、驰骋才华的有力艺术手段，最终成为后世长期居于正统地位的重要诗歌样式。

第三节　唐宋时期的古代文学发展

一、唐代的古代文学发展

唐代是中国古代文学发展史上的黄金时期，被誉为中国文学的鼎盛时期。在这个时期，各类文学作品蓬勃发展，包括诗歌、散文、小说等。"唐代文学是整个古代文学宝库中最为璀璨的一颗明珠，唐代文学研究也是古代文学断代研究中创获最多、成就最为突出的一段。"[①]

（一）唐代诗歌

唐诗是唐代的文学，其卓越的成就是空前绝后的。唐代文学写作上承魏晋南北朝的写作技巧，通过文人自觉的倡导与古文运动的革新，逐渐去除华艳文风对文学创作的不良影响，文人在创作中愈加明显地表现个人性情。

第一，作品之多，作者之广，空前绝后。《全唐诗》《全唐诗选》《全唐诗外编》共收

[①] 郭丽.今后十年唐文学的研究走向——中国唐代文学学会第十五届年会暨唐代文学国际学术研讨会圆桌沙龙述论[J].文学与文化，2011（2）：130.

录的诗歌，比西周到南北朝的诗篇数多出两倍以上。《全唐诗》作者数量巨大，而作者并非专为文人学士，既有帝王将相，又有各阶百姓。

第二，体裁完善，题材丰富。唐诗"三、四、五、六、七、杂言，乐府歌行，近体、绝句，靡不备矣"（胡应麟《诗薮·外编》卷三），无论是汉魏六朝以来的古体诗，还是近体格律诗，都获得了充分的发展。从内容而言，唐诗几乎深入唐人生活的每个领域，或是讴歌国家的统一和强盛，或是抒发建功立业的豪情，或是壮丽河山，或是批判统治阶级的豪奢，或是同情民生，或是思亲怀友等，都充满了真挚的情感和丰富的人生体验。

第三，风格多样，流派众多。既有李白的飘逸、杜甫的沉郁、王维的精致；又有平丽壮美的初唐四杰、娴雅淡远的山水田园诗派、慷慨悲壮的边塞诗派、平易近俗的元白诗派。

（二）唐代古文运动

古文运动是我国散文史上的重要里程碑，"古文"，是与当时流行的骈文相对的散文，特点是散行单句、不拘格式，实际是恢复先秦两汉散文的优良传统。中唐时期，以韩愈、柳宗元为代表的一批作家发起了一场提倡古文反对骈文的文学革新运动，为古代散文的健康发展指明了新的方向。古文运动理论核心包括以下内容。

第一，文道合一，以道为主。强调文章应该以内容为主，形式为次要，文章应该以表达思想、传递道德观念和教化作用为首要，而不是只注重形式的华丽和技巧的运用。

第二，反映现实。古文运动的理论家们主张文章应该真实地反映社会现实，反对六朝以来的骈文过分追求形式的倾向，认为这样限制了文章的表现力和内容的真实性。

第三，加强作家的修养。强调作家应该具备高尚的道德品质和深厚的文化素养，才能够写出有深度、有内涵、有教化作用的好文章。

第四，反对因袭，强调创新。古文运动名为复古实为革新，反对盲目模仿文辞，主张在文章中创新，发掘新的表现手法和技巧，使文章更加生动有趣、独特新颖。

（三）唐五代词的兴起与发展

词是产生于唐的合乐歌歌唱的新诗体，其产生及发展与唐代经济文化的繁荣有密切关系。唐代疆域辽阔、经济发达、交通畅达、中外经济文化交流频繁，城市繁荣，在这样的社会背景下，新兴市民阶层对文化娱乐生活要求日益增高，秦楼楚馆、乐工歌伎大量涌现，促进了词的发展。

词的兴起与音乐有密切关系。自周、隋以来，西北各民族的燕乐逐步传入中原，加之东南亚、中亚、印度等传入的音乐，通过与中原音乐、民间俗乐融合，形成"唐乐"，被称为燕乐，词就随着燕乐的广泛传播而流传。词的发展与近体诗的发展有关，在近体诗格律的基础上，很多乐工伶人及诗人对近体诗加以改造，形成参差不齐的句式与乐曲配合，词体就逐渐确立起来。

词最早产生于民间，敦煌曲子词中保留了大量的民间词，这种词内容广泛。在艺术上，虽总体上还比较粗糙，但敦煌民间词，感情真挚、语言通俗、想象丰富，还是颇具价值的。

文人词产生于盛唐以后，其中李白的《菩萨蛮》《忆秦娥》艺术价值较高。中唐时期，文人更多地关注词，创作了一些清新、明丽、活泼的作品。

晚唐是词的发展时期，文人填词更为普遍。晚唐国势日渐衰微，文人们已没有盛唐时期的奋发精神，浪迹秦楼楚馆，他们作词的内容比较狭窄，多反映男女情爱，风格趋于柔靡。

晚唐著名的词人有温庭筠、段成式、皇甫松、司空图、韩偓等，其中温庭筠成就最高。

（四）唐传奇的兴起

唐传奇是指唐代流行的文言短篇小说，内容多传述奇闻逸事，其名称源于晚唐裴铏短篇小说集《传奇》。唐传奇是唐代小说发展的重要阶段，是建立在六朝志人志怪的基础之上，又深受灿烂的盛唐文化的熏陶、影响。在题材内容上，更为广泛，而且更接近现实生活。在艺术上，结构更完整、情节更生动曲折、人物形象更鲜明，是有意识的创作小说。总之，唐传奇是一种独立的文学样式，标志着中国古代文言小说的成熟。

唐传奇作家摆脱六朝小说粗陈梗概的写法，它的艺术成就如下。

第一，构思新颖，情节曲折，引人入胜。如《李娃传》以李娃、郑生偶遇开头，以大团圆结束，中间安排二人被迫分离、郑生被父亲赶出家门、李娃收留郑生等情节。

第二，刻画人物生动形象，注重细节描写和人物性格的展示。如：《霍小玉传》中纯真痴情的霍小玉、无情无义的李益；《柳毅传》中不甘受辱、追求真爱的龙女，疾恶如仇、刚烈正直的钱塘龙君。

第三，语言简洁明快，辞采斐然，富有诗意。采用散文古体，也吸收民间口语及骈文的技巧，并插入大量诗词，如《莺莺传》中张生赴约西厢的语言简洁贴切。

唐传奇在中国文学史上的影响广泛而深远。首先，很多传奇作品成了元、明、清三代戏曲汲取题材的宝库，如：金代董解元《西厢记诸宫调》、元代王实甫《西厢记》等取材于《莺莺传》；元代白朴的《梧桐雨》、清代洪昇《长生殿》取材于《长恨歌传》。其次，传奇作品对后代小说也有重要影响。如蒲松龄《聊斋志异》也是从唐传奇中汲取营养的，宋元话本也受到唐传奇的影响。

二、宋代时期的古代文学发展

（一）新古文运动

宋代柳开、梁周翰、王禹偁等人，则提倡古文，反对骈俪，从而揭开了古文运动的序幕。柳开是宋初在文学理论上鲜明提出复古主张的第一人。他以继承韩柳古文传统为己任，宣扬文道合一，其理论本可以起到矫正五代浮华文风的作用。

欧阳修是新古文运动的重要推动者，欧阳修，字永叔，号醉翁，晚年号六一居士，庐陵（今江西永丰）人。欧阳修博学多才，诗文创作和学术著作都成就卓著，是众望所归的文坛领袖。他又是一代名臣，政治上有很高的声望。他以双重身份入主文坛，对当时文风改变产生了巨大的引领示范作用。为了改变文风，欧阳修甚至利用行政手段来加以干预。

欧阳修主张文风平易自然，要"革故取新""归彼淳朴"（《斫雕为朴赋》），反对石介"好异以取高"的艰涩的"太学体"，告诫古文运动的参与者不要走向文风怪异的歧途。在处理骈与散、继承与革新的问题上，欧阳修具有通达和实事求是的态度。欧阳修的理论务实而不偏执，有前瞻性而少局限，因此能产生很大影响，有力地促成了新古文运动的彻底胜利。

欧阳修创作了大量抒情散文，在少有抒情文章的北宋初期是一个极大的突破，为散文开拓了更为广泛、更有文学价值的领域，对后来王安石、苏轼，以至明清散文发展都有很深的影响。其脍炙人口的作品有《醉翁亭记》《丰乐亭记》《秋声赋》《泷冈阡表》等。欧阳修散文总体特色是既平易自然，又委婉曲折。他继承并发扬韩愈散文"文从字顺"的文风，叙事简括有法，议论纡徐有致，章法曲折变化，语句圆融轻快，声韵和谐婉转。

（二）宋代散文发展

宋代散文沿着唐代散文的道路发展，最终成就超越了唐代。经过欧阳修、苏轼等人的诗文革新运动，散文继承和发展了韩愈"文从字顺"的一面，革除险怪艰涩的辞章家习气，欧、苏等人以自己的创作引导散文沿着健康的方向发展，形成后世散文家所沿袭的近古散文的基本格局。宋代散文在表达方式上也有很大发展。叙述、议论、抒情常常融于一体，增强了散文的抒情功能和文学意味。代表作家如下。

1. 王安石的散文

王安石，字介甫，抚州临川（今江西抚州）人。王安石的散文大多是直接为其政治改革服务的，其奏疏、政论、书信等政治色彩鲜明，识见高远，往往能见人之所未见，发人之所未发。论点鲜明,逻辑严密,议论犀利,笔力矫健,具有很强的说服力。王安石的散文叙事特色如下:①记叙中多发议论,即使是游记、抒情之作,也偏于议论,且往往以议论见长;②记叙中的议论,也翻新出奇,从事件中抽绎出某种哲理或独特的见解。如《游褒禅山记》就比较充分地体现了这种特色。文章以游历华山洞的体验而生发出要成功就必须"有志""有力""有物以相之"的议论。

2. 苏轼的散文

苏轼,字子瞻,号东坡居士,眉州眉山(今四川眉山)人。苏轼一生著作宏富,思想中,儒、释、道三家兼容贯通,并由此形成独特的人生态度。政治上倾向儒学,积极入世,平生倾慕贾谊、陆贾,在成年之前就有经邦济世之志,反对因循守旧,主张变革。

苏轼的文学思想是文、道并重,十分推崇韩愈、欧阳修对古文的贡献。苏轼的散文创作和理论也是沿着韩、欧的道路前进的。但是,苏轼继承前人,更有创新。他所理解的"道",既突破了韩愈的儒家之道,也突破了欧阳修在于"生活百事"的道,而是存在于大千世界的具体事物中的自然之理,是事物的规律。苏轼比前人更重视"文"。

苏轼的散文各体皆备,创作出不少超越前人、影响时辈和后人的散文杰作。苏轼擅长写议论文,文章翻新出奇,理路畅达,逻辑严密。苏轼的辞赋也取得了很高的成就,他的辞赋继承和发展了欧阳修的文赋传统,不仅笔调更灵活自由,写法更趋散化,而且吸收诗歌的抒情意味,成为优美的散文诗。如《前赤壁赋》《后赤壁赋》是苏轼写景、状物、抒情最富情趣和哲理的散文。苏轼的散文向来与欧、王并称,但单从文学的角度看,苏文无疑是宋代散文中成就最高的。

3. 李清照的散文

李清照,号易安居士,济南人。李清照多才多艺,工书画,晓音律,诗、词、散文成就均高,是中国古代最为杰出的女作家。李清照的散文流传于世的仅七篇,其《词论》是研究宋词的重要文献。李清照对"慧、通、达、专、精、妙"辩证关系做了精当论述,也描写了时局动荡不安、人民颠沛流离,流露出内心的忧郁。《金石录后序》是李清照的名篇。该文是为丈夫赵明诚撰写的金石学名作《金石录》一书所作的序言,着重回忆与丈夫收集、编撰金石书画的志趣和甘苦。文章的重点放在金石书画的"得之艰而失之易"上,抒写夫妻生离死别、作者迁徙流离之凄苦。

4. 陆游的散文

陆游,字务观,号放翁,越州山阴人,尚书右丞陆佃之孙,南宋文学家、史学家、爱国诗人。陆游著述颇丰,有《剑南诗稿》《渭南文集》《南唐书》《老学庵笔记》等。

陆游一生志在恢复,表达抗击金人的愿望和失望,收复失地的豪情和壮志,是他的诗、词、文的主旋律。在《书渭桥事》《铜壶阁记》《跋李庄简公家书》等文中，或述恢复之志，或陈抗金豪情，或赞抗敌英杰。其《姚平仲小传》，描写一位果敢勇决的抗金青年将领，屡建奇功，却不见容于统治集团，终逃逸深山隐居。人物刻画鲜明，使其行事奇伟、如神龙见首不见尾的形象跃然纸上。字里行间也隐含着作者怀才不遇、报国无门的愤懑。陆游的《入蜀记》《老学庵笔记》为其亲历、亲见、亲闻之事的记录，或叙或议，或抒情或描写，笔法灵活，挥洒自如，笔记体散文的特点十分鲜明。如《入蜀记》记巫峡，笔触清新，刻画传神，所见所闻，涉笔成趣。

5. 辛弃疾的散文

辛弃疾的散文主要是奏议，其中《美芹十论》最为有名。辛弃疾从一位具有强烈爱国热忱的军事家、政治家的立场出发，在奏议中对敌我形势条分缕析，对敌人之弊洞若观火，提出切实可行、复国强兵的"恢复之道"，识见卓越，眼光超迈，而文章又平实严谨，代表了当时政论的最高水平。

此期笔记散文大量涌现，除陆游的笔记外，著名的有范成大的《揽辔录》《吴船录》，孟元老的《东京梦华录》，洪迈的《容斋五笔》《夷坚志》，晁公武的《郡斋读书志》，楼钥的《北行日录》，吴曾的《能改斋漫录》，王明清的《挥麈录》等。这些作品形式自由活泼，文词朴实精到，具有较高的审美价值和史料价值。如孟元老在《东京梦华录》中，通过对北宋都城汴京昔日繁华的生动描写和夸饰，寄寓着深沉的黍离之悲和亡国之痛。

自开禧北伐失败至南宋覆亡是南宋散文的最后时期。此时恢复无望，士气低落，除了文天祥、谢翱的气节悲壮之作和一些遗民的作品外，文学性散文几近绝迹。

（三）宋词的发展

宋词是中国古代文学中的一朵瑰宝，从唐代的词赋传统到宋元时期的繁荣，词人们在形式和内容上都有了许多创新。

在两宋时期，宋词的发展经历了多个阶段。北宋前期是宋词的继承与发展时期，这一时期社会太平，人民安居乐业，词人队伍逐渐壮大，作品数量也日益丰富。其中，柳永、欧阳修和晏殊是这一时期的代表人物，他们的作品多以抒发士大夫生活中的闲愁为主，基本沿袭五代婉丽软媚的风格。

到了北宋中期，宋词开始走向繁荣，这一时期词坛出现了多种风格和题材的创新。苏轼、秦观等词人开始尝试将诗的表现手法和风格融入词中，开拓了宋词的表现领域。尤其是苏轼的"豪放派"，以豪放不羁的风格抒发个人情感，对宋词的发展产生了深远的影响。

南宋时期，宋词进一步发展繁荣，出现了以辛弃疾为代表的"豪放派"和以李清照为代表的"婉约派"两大流派。辛弃疾的词以豪放奔放、意境深远见长,表达了对于国家民族的忧虑和悲痛;而李清照的词则以清新婉约、含蓄细腻的风格著称,抒发了对于爱情和人生的感慨。两大流派的出现使得宋词的创作更加丰富多元。

然而,随着元朝的兴起,宋词逐渐走向衰落。这一时期,元曲成为新的文学形式,逐渐取代了宋词的地位。宋词的创作逐渐减少,作品数量和质量也不再像两宋时期那样丰富和高水平。

(四) 宋代诗歌的发展

宋诗把散文的章法、句法引入诗中,结构手段、叙述方法和语言风格具有明显的散文化倾向。宋诗的风格特点可以概括为:议论化、才学化、散文化。宋代诗歌的发展经历了多个阶段,整体上呈现出不断发展和创新的过程。

在北宋初年,杨亿、刘筠、钱惟演等一批文人开始模仿晚唐的李商隐,形成以工巧、典丽为特点的西昆体。随后,以贾岛、姚合为师,宋诗开始注重白描手法和隐逸生活的描写,表现出清苦、寒酸的风格,这一时期被称为"晚唐体"。

到了北宋中后期,以欧阳修为代表的一批文人对诗歌进行了革新。他们开始注重诗歌的思想内容和议论性,力求摆脱晚唐柔弱诗风,矫正西昆体的浮靡,开始注重诗歌的思想内容,长于议论,语言趋于散文化,体裁上多用古体。这一时期的作品风格或自然流畅,或清新放逸,或古硬奇峭。这些创新为宋诗的进一步发展奠定基础。

南宋时期,民族耻辱和悲愤成为文学的主旋律,诗歌呈现出激愤与悲怆的情调。在这个时期,杨万里和范成大初学江西诗派,但都有自己的突破。这些创新和发展使得宋诗发展到一个真正的高峰。

整体来看,宋代诗歌的发展是一个不断创新和发展的过程。在这个过程中,各个时期的社会文化背景和诗人的个人经历都对诗歌的风格和内容产生了影响。宋诗不再拘泥于上层阶级或是文人雅士的单独性文学创作,而是开始在整个社会流行开来,逐渐变成一种大众化的文学形式。

第四节　蒙元时期的古代文学发展

蒙元时期的古代文学代表——元曲,是盛行于元代的戏曲艺术,由散曲和杂剧组成,是古代文学作品之一。元曲把音乐、歌舞、动作、念白熔于一炉,是比较成熟的戏剧形式。元代剧作家人才辈出,最优秀的是关汉卿,其代表作是悲剧《窦娥冤》。元曲与宋词及唐诗、汉赋并称。广义的曲泛指秦汉以来各种可入乐的乐曲，狭义的曲则多指宋代以来的南曲和北曲。

一、元代文学审美取向

元代社会激烈变动，"俗"文学蓬勃发展，从而使整个文坛的审美情趣发生了巨大的变化。为明清戏曲、小说的进一步的繁荣开了先河，对后世文学的发展产生了深远的影响。

元代文坛的审美观与这一传统大异其趣，从当时属于文坛主体的戏剧、散曲题材内容看，多写"时代之情状"，毫不隐晦；语言不事藻绘，生动鲜活，如王维所说："元曲之佳处何在，一言以蔽之，然而已矣。"从创作风格看，多具有淋漓尽致、跌宕酣畅之风格。以戏剧而论，故事情节波澜跌宕，悲欢离合，引人入胜；人物形象鲜明生动，情感丰富，个性十足；语言"本色"，大量运用俗语、俚语，以及衬字、双声、叠韵，生动跳挞，绘声绘色。剧作者往往毫无遮拦地让人物尽情倾泄爱与恨，如关汉卿笔下的窦娥怨天恨地，骂官骂吏，痛发三桩无头愿，把悲怨之情推向极致；郑光祖写倩女追求爱情，魂魄脱壳，飞越千山万水，勇敢地追求至爱。元代散曲句式灵活多变，表达直白明快。如关汉卿的《南吕·一枝花·不伏老》感情奔放、酣畅淋漓；睢景臣的《般涉调·哨遍·高祖还乡》也是语言俚俗幽默、诙谐辛辣。概言之，元代文学总体倾向于自然、酣畅、显露。这种审美取向，恰与简练、古雅、含蓄为美的传统文学观念大相异趣，表现出特殊的艺术魅力。

二、元代散曲的发展

散曲是金、元时期北方新兴的入乐歌唱的一种新诗体，当时称为"乐府"，明代才有"散曲"之称。散曲是诗体，只是一种清唱的曲子。散曲的主要形式有小令和套数两种。小令是独立的只曲，是散曲的基本单位，相当于单调的词。小令主要是从民间小曲变化而来，当时叫"叶儿"。另外还有"带过曲""集曲""重头"等特殊形式。套数又叫套曲或散套，是由多支宫调相同的只曲连缀而成的组曲。它是散曲中的一种大型体式，至少要有两支以上同宫调的曲子组成，多的可达二三十支。

（一）散曲的特征

散曲是由词发展演变而来的新诗体，它身上流淌着诗词等韵文文体的血脉，但它又不同于传统诗词，在体裁上有自己鲜明的特征。

第一，句式更加灵活多变。散曲和词都是按谱填写的长短句歌词。从句式看，词牌句数和字数都有十分严格的规定，不能随便增减。而散曲根据内容的需要，可突破曲牌的字数增加衬字。一句词的字数短的一二字,长的不超过十一个字。但散曲的句子可以加"衬字"(曲调规定的字数之外自由添加的字),长短更为不齐,少则一二字,多则几十字。

第二,语言以俗为尚,更加口语化、散文化。传统的诗词的语言总体倾向于"雅",追求工整雅致,是排斥"俗"的。散曲语言则总体倾向于"俗",以俗为美。从用语看,各种口语、俗语、方言、蛮语(少数民族之语)、嗑语(唠嗑琐碎之语)、谑语(戏谑调侃之语)、市语(行话、隐语)等纷纷入曲,具有浓郁的生活气息。正如凌濛初在《谭曲杂札》所说的"方言常语,沓而成章,着不得一毫故实"。从句法看,传统诗词往往省略语法,多意象平列,具有跳跃性;而散曲讲求句子完整连贯,一气呵成,口语化、散文化特点非常明显。

第三,用韵更加灵活。散曲没有入声,平仄可以通押,不论小令还是套数都要一韵到底,而且用韵较密,有的甚至一句一韵。如马致远的小令《天净沙·秋思》,"鸦""家""涯"三字是平声韵,"马"是上声韵,"下"是去声韵,平仄和谐地通押在一起,显得活泼生动,顺口动听,这种情况在诗词中是没有的。

第四,具有明快显豁、酣畅淋漓的审美倾向。传统诗词追求含蓄蕴藉之美,而散曲则大异其趣,多借用"赋"的铺陈白描手法,可以随意增字增句,可以用排比、顶针、鼎足对等多种手法,达到酣畅淋漓的艺术效果。散曲以清新的活力出现在中国诗坛上,取得了与诗、词并列的地位。据隋树森辑录的《全元散曲》载,元代有姓名可考的散曲作者有200多人,另有许多佚名作者;作品有小令3800多首,套数400多套。元散曲题材大致有叹世归隐、写景咏史、闺怨爱情、反映现实等类别。

(二) 元代前期的散曲创作

元代散曲和杂剧的分期情况大致相同,也可以大德年间为界分为前后两期。前期散曲作家大致可分三类:一类是书会才人,如关汉卿、王和卿等;二类是平民及胥吏作家,如白朴、马致远等;三类是达官显宦作家,如卢挚、姚燧等。散曲题材广泛,愤世嫉俗、讥时讽世、感叹人生、讴歌退隐、咏史怀古、儿女风情、伤离恨别之类作品数量众多,消极悲观的思想情绪很浓,这是元代社会苛政造成的结果。前期散曲的总体倾向是质朴自然,注重本色。前期的散曲作家中,以关汉卿、马致远、白朴和张养浩等成就较高。

1. 关汉卿的散曲

关汉卿的散曲,流传下来的有小令75首,套数13套及残曲。关汉卿的曲作淋漓尽致地体现了书会才人的精神面貌。《南吕·一枝花·不伏老》是他的代表作。全套以自述的形式,铺陈夸张、浓墨重彩地塑造了一个"浪子"形象,这个形象是关汉卿本人的写照,也是当时社会书会才人群体精神面貌的展现，具有普遍意义。关汉卿的散曲真率直白，语言本色，具有浓郁的市井情趣。关汉卿的《杭州景》《赠朱帘秀》也是著名的套数。他的小令，多写男女恋情，离愁别绪，真切动人，如《双调·沉醉东风》等。

2. 马致远的散曲

马致远是元代前期的散曲大家，留存作品最多，质量最高，现存小令115首，套数22首，另有残套4首。在他的直抒胸臆的曲作中，"叹世归隐"之作最多，套数《双调·夜行船·秋思》是他的代表作。曲中描绘了两种境界：一是奔波名利，"看密匝匝蚁排兵"，"争名利何年是彻"；二是陶情山水，"煮酒烧红叶"，"道东篱醉了也"。名利场的污浊和隐居田园的旷达形成鲜明的对比，表现了作者对隐逸生活的向往与肯定；同时又不难看出，作者潇洒狂放的背后又激荡着愤世嫉俗的深层情感。

马致远在散曲艺术上的成就是很高的，马致远的散曲少了些市井气，带有更多的传统文人气息，或写景，或言情，或咏史，或叹世，狂放而不失雅致，宏丽而不离本色，雅俗兼备而具有文采。

3. 白朴的散曲

白朴的散曲，现存小令37首，套数4首。他和马致远一样，既受市井艺术的影响，又保持着对传统文学的爱好，曲作具有雅俗兼备的艺术效果。如他的套数《小石调·恼煞人·无题》写恋人相思之苦，既有"残霞照万顷银波，江上晚景寒烟"的雅致描绘，又有"狗行狼心，全然不怕夭折挫"的市井俗骂。白朴的散曲，除了少量抒写男女恋情和写景咏物外，叹世归隐之作最多。这类作品也是旷达与悲愤交织，反映了一代知识分子的精神苦闷。如"糟腌两个功名字，醅淹千古兴亡事，曲埋万丈虹霓志。不达时皆笑屈原非，但知音尽说陶潜是"（《仙吕·寄生草·劝饮》），"傲煞人间万户侯，不识字烟波钓叟"（《双调·沉醉东风·渔父》）等，表面的狂放与内心的悲愤交织一体。

4. 张养浩的散曲

张养浩有散曲集《云庄休自适小乐府》，他的散曲，咏史怀古，抒情言志，语言质朴，风格豪放，作品内容多批评政治、关注民生疾苦，具有明显的"以诗入曲"的特点。如一组《朱履曲·无题》中写道："祸来也何处躲，天怒也怎生饶，把旧来时威风不见了"，"拽着胸登要路，睁着眼履危机"，"里头教同伴絮，外面教歹人揪，到命衰时齐下手"等，写官场犹如陷阱，令人不寒而栗。又如《潼关怀古》"兴，百姓苦；亡，百姓苦"，气势雄浑，沉郁苍凉。张养浩完全把曲作为一种新的抒情诗体来写，奔放浩荡，后世评论家常把他作为元散曲中的豪放派大家。

三、元代杂剧的发展

杂剧是戏剧，元杂剧是中国古典戏剧中一道亮丽的风景线，具有较高的地位，是中国戏剧史上浓墨点缀的一笔，传播较为广泛。元代是杂剧发展的黄金期，名家辈出，如关汉卿、白朴、马致远、王实甫、高文秀、杨显之、石君宝、纪君祥、康进之、尚仲贤、李好古等。被周德清《中原音韵序》称为"元曲四大家"的关汉卿、白朴、马致远、郑光祖，前期就占了三位。作品质量很高，名作如林。

(一) 元代杂剧的兴盛原因

元杂剧兴盛，一方面是我国历史上各种表演艺术发展的必然结果，另一方面也有时代的原因。

第一，都市经济的发展为元杂剧的兴盛奠定了物质基础。元代随着都市经济的发展，市民阶层不断扩大，为戏剧演出准备了大批消费者，为戏剧的繁荣起到了很好的推动作用；同时，商业经济的发展，也促进了戏剧演出的社会化与商业化，强烈的商业竞争与炒作，也促使戏剧在质与量上都有飞跃的发展。

第二，大量知识分子参与戏剧活动，使元杂剧有一批高质量的创作者，从而使长期以来以民间艺人为创作主体的戏曲艺术发生了质的飞跃。同时，黑暗的社会现实，为创作者提供了丰富而深刻的题材内容。

第三，大批著名演员的出现也促进了戏剧的繁荣。据夏庭芝《青楼集》记载，深受关汉卿赏识的珠帘秀，为"杂剧当今独步""声遏行云，乃古今绝唱"；燕山秀是"旦末双全，杂剧无比"；深受白朴赏识的天然秀，演闺怨剧"为当时第一手"等，这些演员中，有的才情两俱，不仅能演，还能跟随剧作家们创作。在一定程度上，这些艺人对戏剧艺术的发展起到了较大的促进作用。

第四，蒙古贵族的爱好对元杂剧的兴盛也起到了重要的推动作用。蒙古族相对落后的文化，使大多数人难以消费高雅的诗文，而歌舞伎乐才是他们最大的嗜好，宫廷中经常搬演各种歌舞与杂剧，彻底打破了正统诗文与民间俗文学的不平等地位，上行下效，推动了戏曲艺术的发展。

元杂剧的题材非常丰富，所反映的生活面极广。根据题材内容，元杂剧大致可分为社会公案剧、爱情婚姻剧、历史剧、神仙道化剧、英雄传奇剧等几大类。社会公案剧多针砭时弊，反映社会各类现象，如关汉卿《窦娥冤》《鲁斋郎》《蝴蝶梦》，无名氏《陈州粜米》等。

元代著名的"五大历史剧"，即纪君祥的《赵氏孤儿》、关汉卿的《单刀会》、高文秀的《渑池会》、马致远的《汉宫秋》、白朴的《梧桐雨》。神仙道化剧比较著名的作品有马致远的《黄粱梦》、尚仲贤的《柳毅传书》、李好古的《张生煮海》等。

在历时不长的元代，涌现出了众多的杂剧作家和作品，而且题材广泛，内容丰富，风格多样，异彩纷呈。这一繁盛情况，在中国戏剧史上是罕见的，在同时代的世界剧坛上也是无与伦比的。

（二）元代杂剧的体制特征

元杂剧的结构通常是"四折一楔子"。但也有少数变例的，如《赵氏孤儿》为五折一楔子，《西厢记》是五本二十一折的连本戏。"折"是故事情节发展的自然段落，相当于现代戏剧的"幕"，四折大多表现出情节的起、承、转、合。"折"又是音乐组织的单元，一折戏的曲子是用同一宫调的一套曲子组成，四折可以选用四种不同的宫调。元代流行的宫调有九种：仙吕宫、南吕宫、正宫、中吕宫、黄钟宫、双调、越调、商调、大石调。这些宫调的调性（音乐情绪）各有不同，四折之中宫调的变换，是同剧情变化相对应的。"楔子"本义指插在木器榫子缝里的小木片儿，用以弥缝填裂，使其更加稳固。引申到杂剧中，是指对剧情起交代的开场戏或承上启下过程戏，弥补四折之局限，使之得到伸缩补充的余地，结构更加严密。

第五节 明清时期的古代文学发展

一、明代时期的古代文学发展

（一）明代的文学特性

第一，俗文学更加发达，文学地位得到提高。戏曲承继元代发展，仍然成就斐然；而重要的是大量白话长篇小说、白话短篇小说的出现，使小说的发展呈现出繁荣局面。在理论上，俗文学的地位与价值也得到较明确肯定。

第二，众多的文学群体形成，呈现出百家争鸣的局面。明代文学流派林立，众彩纷呈，标新立异，论争不息。诗文方面，从明初的台阁体、茶陵派，到中叶以后的前后七子、唐宋派、公安派、竟陵派等各有主张，论争不休，自成一格。戏剧领域的"吴江派"和"临川派"，在曲律、曲意方面各有主张和偏长，其论争成为明代剧坛的一大盛事。万历以后，各流派分立门户，互评文章，在激烈的论争中又相互影响、相互渗透，促进文学的变通和发展。

(二) 明代小说的发展

明代是我国小说创作空前繁荣的时期,打破正统诗文在以往文学史上的垄断地位,跻身正统文学之列。其中,文言小说、文士们在笔记中记叙带有小说性质的琐事逸闻开始成为很普遍的寻常事,逐渐贴近现实,但也有不少是重志怪、轻传奇的作品。

1. 明代短篇小说的发展

(1) 文言短篇小说。文言小说是指由知识分子或官吏创作的不见于经典的传闻、杂说或民间故事,主要包括笔记小说和传奇小说两类。文言小说篇幅较短,语言是文言文,多采用夸张、比喻等修辞手法。自从唐传奇出现后,文言小说的发展速度逐渐减缓,但它仍然具有通俗小说不可替代的艺术魅力与读者群体。明代文言小说的新变如下:①舆论环境促进新变。②《剪灯新话》[①]的影响。

(2) 白话短篇小说。早期的话本是说书艺人讲故事的底本,主要以单篇传抄的形式流传。明代后期,文人模拟话本而创作白话短篇小说之风更加盛行,各种结集刊印的短篇小说成为社会上普通读者的案头读物。明代后期出现的拟话本小说集大约有20种,代表作品有《喻世明言》《警世通言》《醒世恒言》《初刻拍案惊奇》和《二刻拍案惊奇》。

2. 明代长篇小说的繁荣

明代白话通俗小说数量很多,质量很高,造就了明代小说的繁荣局面。明代通俗小说分为长篇和短篇,相比较而言,长篇小说最为出色。章回体,是明代白话通俗长篇小说的一种体式,其特点是将全书分为若干章节,称为"回"或节。每前单句或两句对偶的文字作标题,概括本回的故事内容。每回开头以"话说""说"等起叙,每回末有"欲知后事如何,听下分解"之类的收束语。一回叙述一个较完整的故事段落,有相对独立性。长篇小说的题材包括四类。

(1) 历史演义小说,如《三国演义》《春秋列国志传》《新列国志》等。这类小说多依据的是正史,实多虚少,语言通俗,具有普及历史知识的作用。

[①] 瞿佑的《剪灯新话》诞生于明代初年,具有浓厚的市民气息,这一点不仅体现在书中的爱情故事散发着浓郁的市民生活气息上,而且体现在其主人公多为世俗的平民、商人上,更加体现在小说中的主人公对礼教的蔑视和对婚恋自主的追求上。《剪灯新话》以文言写成,其语言与言情的题材十分吻合。同时,作品不乏意致深婉之笔,以《秋香亭记》为例,篇中商生与采采嬉戏时商氏之语,以及对中秋之夜商生与采采同游的描写都浅近而不鄙俚,浓艳而不刻露。此外,文中常插入一些诗词或骈文,但适可而止,并不令人生厌。"剪灯三话"为明代拟话本小说和戏曲创作提供了大量的素材,又是唐传奇到清代《聊斋志异》之间的桥梁,在中国文言短篇小说发展史上起着承先启后的作用。

（2）神魔小说。神魔小说源于宋元话本"说经"一家，它以神魔鬼怪、奇异幻想故事为描写对象，以幻想手法曲折地反映现实社会生活。代表作有《西游记》《封神演义》。

（3）世情小说。世情小说源于宋元话本"小说"一家，它通过社会现实中的家庭生活、人物的悲欢离合来描写道德的沦丧与世态炎凉。兰陵笑笑生的《金瓶梅》是杰出代表。其他作品如《玉娇梨》《绣榻野史》等，文学与社会价值不高。

（4）公案小说。公案小说以描写冤狱诉讼案件为主，反映了广阔的社会生活。重要作品有李春芳的《海刚峰先生居官公案传》、安熙生的《全像包公演义》、安遇时的《包公图判百家公案全传》、余象斗的《皇明诸司公案传》和无名氏的《龙陶公案》等，歌颂海瑞、包拯、况钟等清官，该类作品追求情节的离奇曲折，同时也传扬了鬼神迷信和封建伦理道德。

（三）明代戏剧的发展

"论及在戏曲史上的地位，明代杂剧比不上在当时兴起的传奇，也比不上浑然天成的元代杂剧，但是，明代中后期的文人杂剧仍然成为中国古代戏剧史上一个颇具特色的存在。"[①] 在中国戏剧文学史上，明代戏曲创作是继元杂剧创作之后的又一座高峰。其数量之多、范围之宽、成就之大，都是空前绝后的。随着明政府中央集权制度的加深，戏曲开始被统治者纳入了宣教的轨道，进行传奇戏曲创作的文人开始用八股文的格调写剧本，将封建社会的人伦纲常教化之意融入戏曲创作中，从而导致了传奇的八股化。

1. 南戏的演变

南戏是南曲戏文的简称，最初流行于浙东沿海一带，称温州杂剧或永嘉杂剧。它盛行于南方，后世为跟元代北方杂剧相区别，而称元代南戏。明代以后，南戏进入宫廷，并在这一时期内获得了快速的发展，文人作家开始进行南戏的创作，由于创作群体的转变，南戏也逐渐向传奇演化。明代传奇继承了宋元民间南戏，并在此基础上得以发展。传奇增加了一些新的因素，主要表现在以下方面。

（1）南戏由民间流行的曲子组成，不受宫调限制；而发展为传奇以后，逐渐采取按宫调填词的方式。

（2）在曲词的使用上，南戏通常只使用南曲，偶尔采用北曲；传奇则往往南北曲并用，形成南北合套。实际上，明代传奇是南戏与北杂剧的融合。

（3）扩大范围，乐曲中曲调，原来在宋词元曲中就有宫、商、角、徵、羽五音，以宫犯商，或以商犯宫等。明代传奇，曲调的范围扩大化、经常化。

---

① 赵欣. 明代中后期文人喜剧特点与审美 [J]. 重庆社会科学，2016（4）：80.

（4）宋元南戏不分出。明传奇里开始分出，又把各出标上名目，也经历了一个逐渐规范化的过程。

2. 明代杂剧

明代戏剧主要分杂剧和传奇两条线发展，其中明代杂剧作家作品仍然不少，在明代文坛上占有一席之地。

（1）明代初期的杂剧。明初，杂剧创作较为单调。影响较大的是朱权和朱有燉，他们的剧作内容多点缀生平，歌功颂德，喜庆剧、道德剧和神仙剧是他们的主要创作类型。

（2）明代中后期的杂剧。明代中叶以后，著名的杂剧作家有王九思、康海、李开先、徐渭、冯惟敏、王骥德、吕天成、凌濛初、孟称舜等人。明代中叶以后的杂剧具有较强的现实批判精神，讽刺喜剧、寓剧和影射现实的历史剧占有较大的比重。

3. 明代传奇

明代戏曲的主体是传奇。明代传奇是在宋元南戏的基础上吸收元杂剧的优点融合起来的。比之南戏，传奇的形式更加活泼，体制更加宏伟，艺术也趋于精美，逐渐走向雅化；同时适当采用杂剧的北曲，南北兼用。在南戏向传奇的发展过程中，各种声腔竞起，其中余姚腔、海盐腔、弋阳腔、昆山腔被称为明代"四大声腔"，影响较大的是弋阳腔和昆山腔。弋阳腔以锣鼓等打乐伴奏，声调慷慨激昂，适合农村与城市的广场演出，在民间流行很广。昆山腔流丽悠扬，主要流行于下层社会，后来嘉靖时期魏良辅又对其进行了改造，使其不仅流丽悠扬，而且优雅严谨，很受上层阶级的欢迎。声腔的盛行，更加促进了明传奇的进一步发展与盛行。总体而言，明传奇音调悦耳，情节复杂，文人借此显耀文才，观众喜其内容曲折，故明代中叶以后，传奇日益兴盛，成为明代戏剧的主导形式。明代传奇作家，开创了戏曲艺术的新局面。

明初的传奇带有浓厚的伦理教化色彩，艺术平平。明代中叶以后，传奇创作体现出了崭新的气象，涌现出了一批具有一定社会意义的好作品，代表着传奇创作的新倾向。享有盛誉的优秀作品层出不穷，其中李开先的《宝剑记》、相传为王世贞所作的《鸣凤记》、梁辰鱼的《浣纱记》被称为明代"三大传奇"，是这一时期的代表作品。明代传奇晚期的特色主要体现在对社会黑暗和官场腐败的暴露抨击，作品内容丰富，形式多样，反映了现实生活，同时注重文学性。结构复杂，人物形象丰满，情节巧妙，唱词念白文学性强。还出现了大量的时事剧，主要揭露和抨击当时的政治腐败和社会黑暗，赞扬反抗暴政的忠臣义士。作品主题多种多样，从忠奸斗争到反映社会黑暗、官场暴戾贪婪都有涉及。

4. 明代散曲

散曲在元代大放异彩，到了明代继续发展，无论是作家人数还是作品数量都有所增加。明代散曲在前中期以北曲为主，到中晚期南曲逐渐成为主导。在元代散曲通俗浅显之后，明代散曲一方面由于文人打磨，逐渐典雅化；另一方面与词的创作相互借鉴、接近，具有词化现象。这成为明代散曲比较鲜明的特点。长期存在并流行的民歌，在明代又一次成为文学中一支独特的力量。民歌在明代受到文人的大力鼓吹，文人十分重视民歌，然后收集整理、刊刻流传，并且对民歌的拟作也不遗余力。

5. 明代民歌

明代民歌的繁荣，反映了社会平民阶层的生活及心理情感，具有通俗易懂、直白浅露、大胆热烈等特点。民歌的流行，引起了一些文人的重视，其中以冯梦龙的《挂枝儿》与《山歌》为代表。文人看到了民歌代表的"真情"的价值所在，成为明代文学努力凸显自我面目的一面旗帜。民歌源于生活，社会生活中的方方面面也体现在作品里，对社会黑暗面的揭露与批判是必不可少的。

二、清代时期的古代文学发展

（一）清代时期的古代文学特色体现

清代时期的古代文学特色主要体现在以下几个方面。

第一，重视典范。清代文学重视借鉴先贤之作，追求文学的规范与完美。在诗歌创作中，清代以宋以来的诗词为范式，力求达到宋诗那种古朴、深沉的境地。同时，清代文人还注重收集整理古代作品，如康熙时期的《四库全书》便是对先贤文学的全面整理和总结，为清代后期文学的发展提供了重要的资料和借鉴。

第二，笔墨精练。清代文学注重笔墨的精练与凝练。清代文人追求文学的简洁明快，以言简意赅为追求目标。在诗词创作中，出现了很多措辞精准、意境优美的作品，如金圣叹的《永遇乐》、郑燮的《琵琶行》等，这些作品在作者笔墨的运用上达到了极致的境地，给人以耳目一新之感。

第三，社会反映。清初文学创作以具有遗民意识的文人为主体，其作品多反映民族矛盾、阶级矛盾中人们的思想情感。即使是由明仕清的诗人钱谦益、吴伟业的作品，亦多述离乱之情怀。

第四，多元化发展。清代文学不再是单一的发展，而是多元化的发展。这一时期，不仅出现了众多的文学流派和文学社团，而且在小说、戏曲、民间讲唱等新兴文学样式方面也取得了很大的成就，使得清代文学呈现出前所未有的繁荣景象。

总的来说，清代时期的古代文学特色主要表现为重视典范、笔墨精练、社会反映多元化发展等方面,为中国文学史上的辉煌篇章做出重要贡献。

(二) 清代诗词

清代的诗词成就丰富多彩,这一时期出现了众多杰出的诗人,他们在传统文化的基础上进行了创新和发展。清代诗词成就如下。

第一,康雍乾盛世。康熙、雍正、乾隆三朝是清代诗歌的黄金时期,也被称为"康乾盛世"。这个时期的皇帝对文学有浓厚兴趣,赏识才子佳人,鼓励文学创作,吸引了众多文人才子。

第二,古文诗风。清代诗人延续了唐宋古文诗风,强调古文化的传承和发展。他们注重格律、韵律,追求古典之美,对古代文学进行了继承和发展。

第三,《四库全书》。康熙皇帝下令编纂《四库全书》,这是中国封建社会最大规模的文献整理工程,包含了大量的诗文选集、文献资料,为清代文学研究提供了丰富的素材和资源。

第四,诗人与士人。清代的诗人多半出身官僚士族,他们在文学创作中融入了自己的政治和社会观点。著名的诗人如袁枚、纪君祥、龚自珍等,他们的诗作不仅有文学价值,还反映了社会风貌和时局变迁。

第五,清代女诗人。清代也涌现出一批杰出的女性诗人,如薛涵、顾太清等,她们的诗歌作品以婉约、清新、豪放为特点,对中国古代女性文学做出了重要贡献。

第六,散文与诗歌的融合。清代的文人不仅在诗歌创作上有出色的表现,还在散文领域进行了重要的探索。他们创作了许多抒发情感、反映社会风貌的散文诗,将诗歌与散文融合,形成独特的文学风格。

第七,文化交流。在清代,中国文化与外部文化进行了交流,"西学东渐"的现象逐渐兴盛。这种文化交流也对清代诗词创作产生了一定影响,有些诗人开始尝试新的文学风格和题材。

总的来说,清代诗词成就在古代中国文学史上有着重要地位,它既延续了唐宋诗词的传统,又在文学形式、主题和风格上进行了一些创新,为中国古代文学的多样性和丰富性做出贡献。清代的诗人们以其卓越的才华和作品,为后人留下了宝贵的文学遗产。

(三) 清代戏曲的发展

"清代戏曲的内容和形式都呈现出多元、多样、多变的趋势,从戏曲文学剧本的情况来看，雅与俗两种倾向的并存与互补是突出的特点。"① 清代戏曲发展达到了一个崭新的阶段。其中，主要是昆曲发展到极致转衰；地方戏曲勃兴；闻名于世的京剧形成。促使清代戏曲发展的原因如下。

1. 昆曲的地位

清初，昆曲被视为"正音"，在上层社会具很高的地位。士大夫们拥有自己的戏班，由于他们"最尚昆腔戏"，所以对昆曲的改进与提高起了巨大的作用。由于昆曲处在"正音"的地位，从而得到了极大的重视，出现了许多记载详细的昆曲曲谱。现存最早的昆曲工尺谱，见于康熙五十九年编刊的《南词定律》；乾隆十一年编成的《新定九宫大成南北宫谱》，为南北所有的曲牌订立了乐谱；乾隆五十四年，冯起凤刊行《吟香堂曲谱》；乾隆五十七年，叶堂完成了《纳书楹曲谱》。此外，乾隆年间徐大椿的《乐府传声》，乃是以文字论述昆曲唱腔的专著。这均说明昆曲达到了前所未有的高度。然而，随着昆曲的高度发展，昆曲曲谱被制定得越来越严格，越来越琐细，终于导致了曲高和寡的局面。乾隆以后，昆曲走向衰落。

2. 通俗的地方戏曲

地方戏曲，对于戏曲形式的广泛流传起着极其重要的作用。清代地方戏曲的广泛性超过了以前任何时期。在昆曲渐衰之际，通俗的地方戏曲博得了广大民众的喜爱。

3. 京剧的产生

北京作为政治、经济、文化中心，也是戏班荟萃、艺人云集的地方，众多剧种在此流行。为了满足不同观众的需求，也为了在与其他声腔的竞争中立于不败之地，徽班上演的剧目也包含昆曲、吹腔、梆子腔等声腔戏。一些优秀的徽班演员能串演各种声腔的戏，有"文武昆乱不挡"之称。这样，徽班演唱的以西皮、二黄为主的声腔吸收了其他剧种的长处，逐渐形成皮黄戏，即京剧。

京剧形成后便风行全国。其能风行的原因在于，南方的戏曲艺术被移植到北方，与北京地区的语言、风俗习惯结合起来，并从众多地方剧种中吸取营养而成。因此在一定程度上能够适应南北各地观众的"口味"，进而成为主导戏曲领域的"国剧"，经久不衰。

---

① 王永宽. 清代戏曲的雅俗并存与互补 [J]. 东南大学学报（哲学社会科学版），2008（3）：86.

第三章　中国古代文学的题材审美视觉表现

第一节　中国古代文学中桃花题材的审美视觉表现

桃，蔷薇科，落叶小乔木。原产于我国，野生桃广泛分布于我国北方的西部、西北部如陕西、甘肃、西藏等地，栽培历史悠久。"作为一种花卉，桃花本不具有文化的含义，但因其外形、色彩等特性触动了中国古代文人的情绪情感，从此作为一种被人们普遍接受的信息载体，不断被传承。"① 因此，在中国古代文学史上，以桃花为代表的花卉描写、寄情作品数量较多，是民俗生活、民族心理、艺术情操、文学修养的载体。从某种程度上来说，中国古代文学作品中的桃花意象已经与文学家的品质格调间形成质地相异而构造相同的联系。立足广阔的古代文化背景，对桃花的产生过程、审美视觉表现、情感意蕴进行适当分析具有非常重要的意义。

一、古代桃花题材文学作品的演变

（一）魏晋风骨下的桃花意象

魏晋南北朝是中国古代文学桃花题材作品发展史上的一个关键节点，在这一时期初步实现了桃花文学审美的自觉。在表现形式上，文人主要通过咏桃的诗文与辞赋来描摹桃花。

魏晋时期，由于年代的不同，桃花题材的描写内容也存在明显的差异。魏晋初期，对桃树的描写主要集中在桃子与桃木上，大量笔墨着重描写桃木的嶙峋与果实的饱满，很少触及对桃花的描写。例如，张正见的《衰桃赋》就有"独夭桃之灼灼，轻擢采于寒踪"的描写。到了魏晋后期和南北朝时期，人们逐渐将描写重点转移到桃花上，完成了审美方向的变革。

另外，晋魏时期的咏桃诗句明显区别于辞赋内容。在诗文创作中，文人将桃花的文学意象与女性的柔美相关联，对后世的文化思想产生了深远的影响。梁简文帝的《咏初桃》

---

① 李贞. 中国古代文化中"桃花"的象征意义 [J]. 绥化学院学报，2021，41（5）：63-64.

与沈约的《咏桃》是这类作品的代表,二者成为传世经典,沈约也被人称为桃花寄情诗创作的鼻祖。而在辞赋创作中,文人赋予了桃花意象隐士情节,陶渊明的《桃花源记》就是典型代表。

(二) 大唐盛世中的桃花意象

到了唐代,文学蓬勃的氛围,使其突破了魏晋南北朝时代审美因素的限制,着眼于更加多样的题材以及更加细致的审美认知,发掘出了桃花更加丰富的美感、深厚的情感意蕴,也书写了桃花审美历程中璀璨夺目的一页。唐代诗人热爱各种花卉,牡丹、菊花、梅花等都是唐代文学创作的热点,桃花意象出现频率也很高。

唐人喜爱桃花,这与当时的社会环境密不可分。唐代,观赏桃花被视为时尚的象征。为了表现容纳一切、消融一切的气度,展现帝国的强大实力,长安城种植了大量桃树。唐朝将很多政治庆典活动都设置在桃花园中,专门组织文人墨客作诗文辞赋,以此昭示国家对桃花的喜爱。同时,种桃卖花也成为一个系统性的行业。桃花成为人们生活中的重要元素,引起了文人的普遍关注与喜爱。

(三) 两宋时期的桃花意象

宋代是我国文学艺术的巅峰时代。通过对于花的种植,宋代形成独特的"花德",为后世的历史文化发展带来了极为深刻的影响。所以,读者经常能在宋代桃花诗文中感受到"德行""道义"的影子,而这种文学方式也将以往的"借物咏情"转移到"借物咏德"上,使花语所承载的思想内涵更加深刻、丰富。

继唐代诗歌的辉煌之后,宋代文人立足桃花艺术的发展视角,利用更加成熟且情景相生的手法展现了桃花的花德,也将自身对桃花充沛的情感渗透到了诗词的每一个字中。受社会文化环境影响,宋代关于桃花题材的意象作品数量呈增加态势,但相对地位则呈下降态势。这主要是由于宋代程朱理学影响下的文人过分追求高情远韵,不注重花卉姿态,而主张花卉品德以及与道义事理之间的联系,最终形成"俗物"与"成蹊无言"相矛盾的地位。

二、桃花的审美视觉表现

(一) 桃花的物色美

1. 花色

桃花属于春日艳阳花卉,花叶同发,然而较叶先茂。中国古代文学中桃花题材中花色如下。

（1）粉色。桃花花期较早，清明前后即开花，在桃花的花、叶搭配组合中，桃叶是桃花的最直接和便利的陪衬者，这种搭配组合通过最经济的方式提供了令人满意的完满性，细长嫩绿的桃叶使得或粉或红的桃花尤显鲜亮如初的视觉之美。美学知识和生活经验都告诉我们，色彩较线条等更容易进入人们的视野。

粉红桃花更具有娇嫩之美，如明代文徵明《钱氏西斋粉红桃花》即言：温情腻质可怜生，浥浥轻韶入粉匀。新暖透肌红沁玉，晚风吹酒淡生春。窥墙有态如含笑，对面无言故恼人。莫作寻常轻薄看，杨家姊妹是前身。粉红桃花似乎美女的细腻剔透的肌肤，娇嫩而浥浥生香。

（2）深红色。最独特的是山间的桃花或者野生桃花则显出一份野性的、夸张的"红色"，如唐代庄南杰《阳春曲》"沙鸥白羽翦晴碧，野桃红艳烧春空"渲染出野生桃花惊人的红色和旺盛生命力。唐代陆希声《桃花谷》"君阳山下足春风，满谷仙桃照水红"，满谷的红色简直染透了整条河水，写出了山桃无主、不可遏止的生机。而韩愈"种桃处处惟开花，川原近远蒸红霞"则成为对野桃的热烈红色描写的名句。

（3）绯桃。唐代始出现，清代汪灏《广群芳谱》卷二十五："绯桃，俗名'苏州桃'，花如蒴绒，比诸桃开迟，而色可爱。"据《花经》，绯桃"花呈大红色"，因为它比普通的桃花开得迟，颜色较深，因而，常常引起文人的好奇，如唐代李咸用《绯桃花歌》"茫茫天意为谁留，深染夭桃备胜游"，就把绯桃的颜色情趣地描写为上天在夭桃上重重涂了一层红色而成。欧阳修《四月九日幽谷绯桃盛开》也极为赞赏"深红浅紫"的绯桃。画家兼诗人的蔡襄笔下的绯桃之色更是美妙，其《后舍绯桃》中有"十年树底折香葩，蔌蔌浮光弄晓霞"的句子，烂漫欲动的晚霞是如诗如画的后园绯桃惊人花色的绝佳比喻。

（4）碧桃。唐代始出现，晚唐文人作品中常见碧桃意象，然而多是将碧桃作为仙界景物，对碧桃花色没有涉及，这与道教在唐代的盛行以及碧桃和道教的密切关系有关。至宋代，碧桃花色在范成大笔下得到了表现，其《次韵周子充正字馆中绯碧两桃花》"碧城香雾赤城霞，染出刘郎未见花"，神仙以仙界的云霞和香雾深情地染出的绯桃和碧桃，定然是刘禹锡在玄都观从未见过的桃花。范成大不遗余力地渲染"碧桃"宛若仙界之物，突出了这两种桃花不同凡俗的色彩美。元、明、清时期文人也同样爱写"碧桃"之不同凡俗的花色，如元代张弘范《碧桃花》，把碧桃的花色来历想象成一个动人的神仙故事，玄都观里的仙人觉得白色桃花太"淡"了，而红色的桃花又太"艳"了，所以别出心裁地栽了这棵碧桃。

（5）二色桃花。清代汪灏《广群芳谱》卷二十五言"二色桃花"为"粉红，千瓣极佳"，宋、元时期的文人极爱这种桃花。邵雍《二色桃》"施朱施粉色俱好，倾国倾城艳不同"，极言二色桃花出类拔萃的美。华镇《千瓣二色桃花》以"细攒重迭瓣，匀赋浅深红。艳质平分异，香心一点同"描写出二色桃花之深浅合度的花色之美。周必大《以红碧二色桃花送务观》"碧云欲合带红霞，知是秦人洞里花"，"碧云""红霞"渲染出这二色桃花之不同凡俗的美。方回《二色桃花》"阮郎溪上醉腮融，蓦忽深红又浅红"以仙子醉酒的腮红，写出二色桃花的深红、浅红的色彩错落之美。

（6）千叶碧桃。千叶碧桃也是宋代出现的新品种，其动人的花色也吸引了众多文人的目光，如李纲《千叶碧桃二绝句》分别有："春光欲暮碧桃开，烟露相和染玉腮""每恨桃花抵死红，年年秾艳笑春风。谁知零落胭脂后，浅碧微开烟雨中"的描写，千叶碧桃开花较迟，然花色不减他花，淡淡的花色，如女子浅浅的粉妆，而雨洗后的碧桃花则更显得温润可人了。

（7）千叶绯桃。与千叶碧桃相比，千叶绯桃的红色更深些。宋代程俱《和同会舍千叶绯桃》"争春虽云晚，斗丽固当捷"。明代程敏政《赏王司言仪宾府千叶绯桃》"细叶巧随金剪落，靓妆匀试玉奁空"等，都写出了千叶绯桃的深红花色，艳若女子的靓妆，"丽""靓""深红"的字眼，突出了千叶绯桃的花色特征。相比于桃花花色，中国古代文学作品对桃叶的描写和表现则显得较少，且多数是作为意象而出现的。

2. 花形

桃花的花色是人们打眼瞥见时最具有视觉冲击力的因素，而当人们凝神注视时，桃花的形态就成为审美的焦点。综观古代文学对桃花形态描写的作品，或是通过整体把握，或是通过局部描写来刻画桃花优美的外形，而局部描写时又多是着笔于花瓣，栩栩如生地展现桃花姿态各异的美感：娇柔、纤秾、玲珑。

宋代汪藻《春日》"桃花嫣然出篱笑，似开未开最有情"，这"似开未开"的桃花酝酿着饱满的生机，可以带给踏青寻芳的人们以惊喜和神秘的期待，因而早在南朝，大诗人谢灵运就有了"山桃发红萼"的诗句，"萼"即花瓣下部的一圈小叶片，由此，初发的红萼、绮萼就成为后人描写桃花的一个视角。朱熹《春日言怀》"春至草木变，郊园犹掩扉。兹晨与心会，览物遍芳菲。桃萼破浅红，时禽悦朝晖"，陆游《初春纪事》"入春一再雨，喜气满墟落。又闻湖边路，已破小桃萼。一尊倘可携，父子自酬酢"等，都描写了"桃萼"初发带给人们的无限惊喜。

盛开的桃花最能"物色摇情"，是历代文人泼墨挥毫、发诸吟咏的对象，佳句、佳篇不可胜数。《诗经·周南·桃夭》中的"灼灼其华"，虽然目的不是描写桃花，但确实是抓住了盛开桃花的特色。杜甫《春日江村》"种竹交加翠，栽桃烂漫红"，在翠竹映衬下的桃花更显妖媚。薛能《桃花》"开齐全未落，繁极欲相重"，则以夸张的手法写出了桃花花朵稠密、繁盛，几乎使树枝不堪其重的情态。温庭筠《照影曲》"百媚桃花如欲语，曾为无双今两身"，形象地写出了桃花盛开时如娇媚的女子含情而语。蔡襄《过杨乐道宅西桃花盛开》"城隈绕舍似仙家，舍下新桃已放花。无限幽香风正好，不胜狂艳日初斜"，沐浴在春风中狂艳的桃花，使诗人似乎闻到淡淡的馨香，桃花本不以香胜，而此处言其"幽香"，表明花盛之况。

与初开、盛开的桃花相比，飘零的桃花别具一份美感。李贺《将进酒》"况是青春日将暮，桃花乱落如红雨"，感伤而浪漫，短暂而热烈地盛开却又急遽飘落的桃花与人生美好青春的流逝多么相似！"红雨"的比喻也成为桃花飘落的经典表述。杜甫《绝句漫兴九首》之五"癫狂柳絮随风舞，轻薄桃花逐水流"，抛开后人对它的各种情感化的解释，"轻薄桃花逐水流"的诗句写出了春水桃花的清丽之美。

对桃花姿态形象的描写最为详尽的要数唐代薛能《桃花》，"开齐全未落，翻极欲相重。……乱缘堪羡蚁，深入不如蜂。有影宜暄煦，无言自冶容。"这样的表现深得林逋的称颂，他在《桃花》诗中这样推举："比并合饶皮博士，形相偏属薛尚书。"桃花繁密娇美、仪态妖娆的姿容令人如此倾情！

3. 花香

花卉之供人欣赏，通常是由其花色、花姿、花香供人欣赏。在长期的文学流变与发展中，"桃花香"已成为一种桃花美感的代名词。桃花之香气较淡，且需借助于空气的流动才能散发，只有用心细致地感受方可获得。因而，古代文学作品对桃花之香的描写，或者与"水"和"风"等流动性意象结合，或者以夜深人静的环境描写传递缥缈幽微的情韵，增加诗文的美感。北朝庾信《奉在司水看治渭桥》"春洲鹦鹉色，流水桃花香"，表达了一种浓浓的春意，同时也让人体会到桃花之美。唐代陈陶《怀仙吟》二首之二"云溪古流水，春晚桃花香"、宋代陈襄《寄远》"步障影迷金谷路，桃花香隔武陵溪"、宋代郭祥正《留题九江刘秀才西亭》"一径二二里，流水散漫桃花香"，那淙淙的小溪，似乎更契合隐隐约约的花香，潺潺的流水传递着淡淡的芬芳。明代卢泛《春日睡起次嘉则》"深巷无人静掩扉，桃花香暖午风微"，明代顾清《为南村题蟠桃图寿喻守》"海山千里春茫茫，东风是处桃花香"，若有若无的花香趁着轻柔的春风，弥漫开去，渲染着宁静、祥和的春意。桃花仅仅凭借着其醒目的花色，就足以"领袖群芳"，而姿态的优美就更增添了其堪乱云霞、占断春光的魅力，这早已融进了人们的心里，成为桃花审美的永远的视角。

(二) 桃花的风景美

种类繁多、色彩妩媚的桃花，其在初开、盛开、凋落之时，晴天、雨天、雨中、露中，平原、山区、山谷、山脚、水边、池边、庭园、庭院、馆舍、道观等地方和环境，单株、林植等均可以创造出不同的景观。

1. 不同气候之美

桃花灿烂若锦，阴晴雨雪，落霞烟雾，都可显现娇艳芬芳的倩影。

桃花性喜阳光，物候期内温度越高，开放越快，也更为繁盛。晴日艳阳之桃花尽情绽放，展示着令人目眩的色彩。李白《古风》"桃花开东园，含笑夸白日"，写出了阳光下灿然开放的桃花的骄人情态。同样是春阳之下的桃花，夕阳中桃花却具有与"白日"桃花不同的情态美，元代白珽《湖居杂兴八首》之六有"桃花含笑夕阳中"的句子，与李白诗中的带有骄纵意味的桃花相比，"夕阳"中的桃花则显得温和而柔静。

桃花花瓣薄而嫩，沐浴雨露的桃花更加润泽、剔透而另具一番佳致，与晴空丽日下桃花的张扬与热烈相比，雨中桃花姿态颇具一种阴柔之美。李白《访戴天山道士不遇》"犬吠水声中，桃花带雨浓"，微雨轻洒，千株含露，媚人的桃花更添了一份莹润粉嫩之美。明代岳岱《桃花图》"尚忆春来三日醉，晓烟疏雨卧山家"，桃花先叶而茂，簇簇团团的桃花与春雨如诗如画的体贴，使桃花尽显其生命的另一种美感：含蓄、温柔。

2. 不同种植形式之美

桃树既可以单株种植，也可以数株甚至大规模林植，皆可创造出不同的景观之美。

单株、数株桃树常常植于庭院或者窗前，由于这些桃花多为主人亲手栽植，故常常附属了主观的感情，而这种感情的加入，使得这些桃花具有一份情意绵绵的韵致。李白《寄东鲁二稚子》"南风吹归心，飞堕酒楼前。楼东一株桃，枝叶拂青烟。此树我所种，别来向三年。桃今与楼齐，我行尚未旋。娇女字平阳，折花倚桃边。折花不见我，泪下如流泉。小儿名伯禽，与姊亦齐肩。双行桃树下，抚背复谁怜"，楼前的这株桃树，牵着诗人的缱绻情思，孩子的折花相忆是最能打动人的细节所在，由此，桃花也成为家园情思主题的常见意象，如顾况《洛阳早春》："何地避春愁，终年忆旧游。一家千里外，百舌五更头。客路偏逢雨，乡山不入楼。故园桃李月，伊水向东流。"范成大《浙江小矶春日》"客里无人共一杯，故园桃李为谁开"，都借故园之桃抒写浓浓之乡愁。

片植或成林种植的桃树常栽于园林、道观等公共场所，以求其烂漫的姿色渲染广大空间的春色。与单株桃花或片植桃花相比，成林桃花更能加强花色对人的视觉冲击力。李白《鹦鹉洲》"烟开兰叶香风暖，夹岸桃花锦浪生"，"夹岸"的桃花映着明丽的春水，如大片的锦缎般明丽闪耀。韩愈《桃源图》"种桃处处惟开花，川原近远蒸红霞"，极形象地写出了遍布川原的桃花壮美的景象，如万顷霞光在蒸腾。

桃花自身的美感在与同类植物搭配映衬时更能凸显出来，在特定的空间点缀其他观花及彩叶植物，如桃花丛间植以松、竹、柳等观叶植物，与红桃相映，艳丽悦目，颇有特色。如：桃与竹混栽，桃花与春竹不仅带来浓郁的春意，而且具有美丽的色彩效果和韵致，这在绘画艺术发达的唐代已被充分认识；诗僧齐己《桃花》"拟欲求图画，枝枝带竹丛"，李中《桃花》"只应红杏是知音，灼灼偏宜间竹阴"，即言桃花与竹丛的搭配是绘画中常见的景物组合，宋代林逋《桃花》"任应雨杏情无别，最与烟篁分不疏"也说明了这一道理。

另外，数株桃花植于山石旁边或水池之畔，使桃花的艳冶与山石的单调得以平衡，收到极好的景观效果。

三、桃花意象的情感与思想意蕴

在中国广袤的土地上，到处都可以见到桃树，桃花独特而优越的物候期使其成为春天的象征。开发和利用的历史悠久使桃花很早就进入了诗歌，成为诗中常见的植物意象，如《诗经》中即有"桃之夭夭，灼灼其华"的描述。这一描述又建立了中国文学和文化中桃花与女性之间的密切关系，而这里的"女性"是指青春、美丽、健康的女子。

（一）青春美女的比喻

在传统意象中，花卉自有一套语义系统，如梅、兰、竹、菊，被赋予的是文人风骨。桃花与之不同，它另成一宗，且性别鲜明。桃花是春天的象征，阳春三月开放，花色艳丽，花朵秾密，姿容娇媚，这种自然特质与美感表现极容易使人想到青春曼妙的女子容颜。我们都有这样的体验，春天河岸的袅袅柳丝会让人想起女子的婀娜身姿，因为柳之美主要体现为枝条的柔长；而桃花则会让人想起女性的美丽的容貌，因为桃之美感主要体现为花色的妍丽。

桃花花色和姿容与青春美丽的女子在视觉感上有相通之处，即粉嫩、靓丽，这是桃花与女性之间的关系建立的直观因素。梅花先叶而发，花朵小而色淡，由于缺少绿叶的映衬，因而视觉感不强。杏花花蕾为红色，盛开后颜色渐渐变淡，至落时已全为白色，盛开时点缀着的叶子极为细碎，因而也没有取得红绿映衬的视觉效果。桃花始终为红色或粉红色，花叶同时生发，且花先叶而茂，新翠的叶子是嫩红花儿的绝好烘托者，所以，就视觉效果而言，盛开的桃花具有无与伦比的鲜明感，而这种鲜嫩极容易使人联想起青春美女的容颜——嫣然而娇美，这种视觉感上的互通是桃花与女性关系较为密切的先天优势。

《诗经·周南·桃夭》篇以桃花起兴的最直接的原因就是用以预祝新娘能像桃花那样，绿叶成荫，结子满枝。蓬勃的生机与活力是春天和青春女子的共同内涵，这样，桃花就与富有活力的青春女子建立了稳固的比附关系，桃花与女性的关系也成为中国文学重要的主题之一。

（二）泛化的女性比喻

《诗经》之后，中国古代文学作品中的桃花所指代的女性身份逐渐泛化，有佳人、妻子、侍儿、歌妓等，桃花与女性的关系也愈益密切，甚至凡是与女性有关的物象都能引起文人的联想而以桃花命名之，这体现了中国文化传统对桃花与女性关系的普遍认同。

南朝时期的审美趣向和文人独特的生活和创作环境使得桃花与女性的关系更加密切，这不仅体现为相关作品的数量增加，也体现在桃花所喻指的女性的身份更加复杂和泛化。

《诗经》所形成的桃花与女性关系的影响，文人在写到下层女子的容貌时总不自觉地以与桃叶有密切关系的桃花作比喻。偏安一隅的南朝君臣对声、色的本能需求催生出了歌女与艺妓，文人在赏歌宴舞之际，总习惯性地以桃花来形容眼前女子的美貌。

桃花意象女性意味泛化的另一个表现是，文人对与女性有关的某些物象和事项也以桃花命名，这种现象肇始于南朝。南朝梁简文帝《初桃》中对桃花的"悬疑红粉妆"的描写开启了以桃花比喻女性妆容的先河，施荣泰《杂诗》"赵女修丽姿，燕姬止容饰。妆成桃殿红，黛起草惭色"，周南《晚妆》"青楼谁家女，当窗启明月。拂黛双蛾飞，调脂艳桃发"等，也都是这方面的例子。这可能是因为涂了脂粉的女子白里透红的脸色与桃花花色相近的缘故吧。随着时代与文化的发展，桃花与女性的关系愈益密切，隋朝出现了"桃花面""桃花妆"命名的妆容。

在西晋，桃花就成为女子装饰之花，傅玄《桃赋》中即有"华升御于内庭兮，饰佳人之令颜"的叙述。唐代以后，桃花作为女性装饰物使用渐多。据蜀·王仁裕《开元天宝遗事》卷一"助娇花"条："御苑新有千叶桃花，帝亲折一枝，插于妃子宝冠上，曰：'此个花尤能助娇态也。'"

桃花意象的女性意味的泛化集中体现在时代杨思本的《桃花赋》和晚唐皮日休《桃花赋》中，众多的身份各异的女性形象是对《诗经》中桃花原型意义的拓展与延伸，同时也丰富了桃花意象的文化内涵。

第二节　中国古代文学中蔷薇题材的审美视觉表现

一、中国古代对蔷薇形象之关注历程

（一）魏晋南北朝时期："枝叶美"最先受到关注

南北朝时期，最早关注到的是其形象中的"枝叶美"，这属于蔷薇的"形态美"。例如谢朓《咏蔷薇诗》中说"低枝讵胜叶",萧绎《看摘蔷薇诗》中说"横枝斜绾袖,嫩叶下牵裾"等。谢朓的《咏蔷薇诗》中也提到"发萼初攒紫",这是关注到蔷薇"花萼"的颜色。鲍泉的《咏蔷薇诗》则说"片舒犹带紫,半卷未全红",这显然是对尚未开放的"花苞"进行刻画。

"枝叶美"之所以会成为蔷薇最先被关注的形象特色,主要有三方面的原因。

首先,蔷薇枝叶茂盛,象征着勃勃生机。仔细品味谢朓《咏蔷薇诗》中的"低枝讵胜叶"一句,这句诗是说,蔷薇的叶子非常茂盛,使得枝条都因禁受不住而倒下,这样茂盛的枝叶,当然可以象征着勃勃生机,由于蔷薇在花开之前就已经有茂盛的枝叶,所以人们才会最早关注到它。茂盛的枝叶的确十分容易引起人们的关注。

其次,柔软易倒的枝条符合南朝人的审美。结合时代背景与文化心态不难推断,蔷薇枝条的柔软易倒恰恰符合南朝人的审美情趣。

最后,"枝叶美"的发现实际上与蔷薇的"习性美"息息相关。枝叶的茂盛象征着春天的到来,春天在人们心目中自然多是美好的季节。萧纲《赋得蔷薇诗》中说"岂如兹草丽,逢春始发花",正是对蔷薇逢春发花之习性的赞美。因此,王褒《燕歌行》中便说:"初春丽日莺欲娇,桃花流水没河桥。蔷薇花开百重叶,杨柳拂地数千条。"这便是蔷薇,"百重叶"象征着春天的到来,同时也是春日丽景的一部分,当然容易受到关注。同时,在南方地区,如果气温适宜,蔷薇的叶子可以四季不凋。这就更加增加了其受到南朝人关注的机会。

当然,虽然"枝叶美"是南北朝时期人们关注蔷薇的焦点,但其实这一时期也关注了蔷薇形象特色中的其他方面。刘缓的《看美人摘蔷薇诗》中说:"鲜红同映水,轻香共逐吹",此二句关注到的便是"色彩美"与"气味美"。柳恽的《咏蔷薇诗》中说"不摇香已乱",同样关注到"气味美"。萧纲的《赋得蔷薇诗》"岂如兹草丽,逢春始发花"所赞美的便是蔷薇的"习性美",谢朓的《咏蔷薇诗》中"氤氲不肯去,还来阶层香"则赞美了蔷薇的"气味美"。此外,梁元帝萧绎在《屋名诗》中说"蔷薇嫌刺多",说明这时"蔷薇刺"也已受到关注,只是其中的情感意蕴尚未被发掘。

总之,可以说魏晋南北朝时期虽然只是蔷薇题材文学的萌芽与出现期,但在这一时期,"形态美""气味美""色彩美""习性美"都或多或少受到了关注,其中"形态美"中的"枝叶美"是受关注最早、最多的形象特色。

(二)唐宋时期:"色"与"香"的注重

唐宋时期,花卉文化日趋繁荣,人们对于花卉的审美取向也有了新的发展。唐代国力强盛,外交过程中一些新的物种被引入中国;宋代重文轻武,市民阶层的兴起使得人们的文化生活日趋丰富。因此，人们有了更多的时间欣赏花卉，更多的花卉品种得以为世人所知。在这种条件下，"枝叶美"显然已不能满足唐宋人的审美需求，因此"色"与"香"则成为这一时期蔷薇最受关注的形象特色。

描写"色彩美"与"气味美"成为唐宋人书写蔷薇形象的主流。这样的例子数不胜数，例如："浓似猩猩初染素，轻如燕燕欲凌空。可怜细丽难胜日，照得深红作浅红。"（唐·皮日休《重题蔷薇》）"东风折尽诸花卉，是个亭台冷如水。黄鹂舌滑跳柳荫，教看蔷薇吐金蕊。双成涌出琉璃宫，天香阔罩红熏笼。"（唐张碧《林书记蔷薇》）可见，唐代更加注重"色彩美"，尤其是对"红蔷薇"情有独钟；宋代则更加注重"气味美"，这与"蔷薇水"的传入有千丝万缕的联系。

宋代还有一个现象值得注意，就是在部分诗歌中出现对蔷薇园艺价值的描写。例如："名花逢深春，各自逞娇怪。蔷薇绕篱根，园丁采去卖。"（宋张侃《秋日闲居十首·其二》）"蔷薇正好结花棚，拟为幽轩作锦屏。穷巷寂寥人不到，空藏春色锁深扃。"（宋·杨时《春日五首·其二》）"蔷薇点缀勾栏好，薜荔攀缘怪石幽。"（宋李至《奉和小园独坐偶赋所怀》）这对元明清时期蔷薇题材文学中的蔷薇书写有一定的启发意义。

（三）元明清时期：注重整体的"形色美"

元明清时期人们更加注重的是蔷薇整体的"形色美"，这一时期的文学作品很多并非对蔷薇形象的刻画，而是对蔷薇形成的景观进行刻画。也就是说，宋代出现的有关蔷薇园艺价值的描写，在元明清时期得到进一步发扬。"蔷薇洞""蔷薇架""蔷薇屏"成为诗歌中时常描写的对象。

蔷薇之所以能够形成供人观赏的园艺或景观，是因为其本身具有观赏价值。这种观赏价值不能单方面说是"色彩""气味"或是"形态"，应该说这几方面都是观赏价值的组成部分，因此可以说元明清时期的人们对蔷薇整体的"形色美"更加关注。

总之，古人对于蔷薇形象特色的关注是有一个发展历程的。从最初关注到蔷薇的"枝叶美"，到唐宋时期关注较多的"色彩美"与"气味美"，再到元明清时期关注到蔷薇整体的"形色美"，这是一个层层递进的过程。

二、蔷薇题材的审美视觉表现

蔷薇是中国古代重要的观赏花卉，从作品数量、质量及文体分布、名家创作等角度来看，蔷薇都是中国古代文学创作中较为重要的花卉植物意象。蔷薇在古代文学作品中所呈现出的形象特色主要包括以下方面。

（一）蔷薇的"色彩美"

在中国古代文学中，蔷薇的颜色主要有红、黄、白、紫四种颜色，其中，"红"与"黄"是两种最重要的蔷薇色彩，"白"又是野蔷薇的常见颜色，所以古诗文中主要对蔷薇的"红""黄""白"三色进行了刻画。当然，有时"绿"色也会时常出现在咏蔷薇诗词中，它与"红"或"黄"或"白"组成色彩搭配，使蔷薇的色彩感更加鲜明。

1. 红色——鲜艳之美

南北朝时期刘缓的《看美人摘蔷薇诗》、谢朓的《咏蔷薇诗》及鲍泉的《咏蔷薇诗》三首中都谈到了"颜色"为"红"，但他们大多采用直接表达，"鲜红""霏红"等词语并未进行其他的修饰或比拟，因此这就给读者非常直观的感受。"红色"应当是蔷薇最早受到关注时人们看到的颜色。有唐代的蔷薇题材诗歌，诗中大多都是"红"蔷薇。

唐诗中有不少吟咏蔷薇的诗歌，其题目中便指出诗中吟咏之蔷薇是红色的，例如牛峤的《红蔷薇》、王毂的《红蔷薇歌》、齐己的《红蔷薇花》等。在具体描写这种"红色"时，虽然也有大量的诗作是直接表达"红"，但更有一些作品运用比喻的手法将蔷薇的"红"表现出来。古诗中，由于蔷薇花之红，通常将蔷薇花比作"云霞""猩猩血""燕支（胭脂）""火"等几种事物。

（1）将蔷薇之红比作"云霞"。云霞并不一定都是红色的，因此，红色的蔷薇花应当比作红色的云霞。既然云霞不一定是红色的，因此在具体比喻的过程中，仍然要加入"红"这个颜色词做修饰。或者，用"彤""赤"等表示红色的颜色词进行修饰。白居易的《裴常侍以题蔷薇架十八韵见示因广为三十韵以和之》中有"根动彤云涌"之句，便是将红色的蔷薇花比作"彤云"；孟郊的《和蔷薇花歌》则有"天霞落地攒红光"之句，这是将红色的蔷薇花比作"红霞"。当然，有时也许诗人会默认蔷薇为红色，因此也不会刻意再强调"云霞"为红色，例如：李建勋的《蔷薇二首》"锦江风撼云霞碎"，虽不言红，但读罢全诗可知这里的"云霞"即是"红霞"。

有一个细节值得关注，就是当诗人将红蔷薇比作"云霞"时，往往会用到"董双成"这个典故。"董双成"是中国古代神话传说中的"蟠桃仙子"，桃花多为红色，故董双成所剪之"云霞"必是"红霞"。所以唐代皮日休《奉和鲁望蔷薇次韵》诗中说"只应是董双成戏，剪得神霞寸寸新"，蔷薇丛生仿佛是"蟠桃仙子"董双成在无聊时剪得的红霞一般铺满大地；宋代葛立方《题卧屏十八花蔷薇》一诗中同样说"飞下神霞缘底事，剪来曾倩董双成"，这比皮日休所说更显隆重，说是这是有人请董双成剪成的神霞。用到此典，更可凸显红蔷薇花开茂盛如云霞拂地般的鲜艳之美。

（2）将蔷薇之红比作"猩猩血"。关于"猩猩血"，《骈志》中转引《华阳国志》的记载中说："永昌郡有猩猩，能言，其血可以染朱罽，色鲜不黯。"就是说，永昌郡那个地方有一种会说话的猩猩，其血可以用来染红色的羊毛织品，而且会使这种红色保持鲜艳而不黯淡。因此，唐代的许多诗句中都用"猩猩血"来代指红色或红色的事物。这样说来，用"猩猩血"来比喻蔷薇之红也就不足为奇了。

唐代将蔷薇之红比作"猩猩血"的作品较多，到宋代却突然不见，可见宋人对红蔷薇不甚重视。到了元明清时期，由于蔷薇题材文学的发展进入了继承与新变期，这种失传已久的比喻蓦地又复活了。例如明代高濂的《锦缠道蔷薇》说"翠条高架猩红妒"，直接用"猩红"比蔷薇花；清代曹尔堪的《满江红·湖上坐雨同西樵赋》说"鸭绿波浮杨柳外，猩红晕染蔷薇上"，则云蔷薇之红是"猩红"染就。虽不再用"猩猩血"之名，却也典出同源，体现了红蔷薇色彩的鲜艳之美。

（3）将蔷薇之红比作燕支（胭脂）。蔷薇之红也时常被比作"燕支"，例如，唐代张祜《蔷薇花》："晓风抹尽燕支颗，夜雨催成蜀锦机。"宋代张明中的《蔷薇》："剩把胭脂匀笑靥，不施铅粉涴潮红"，这不仅仅是把蔷薇之红比作"胭脂"，而且是把这种红比作美人匀过胭脂的笑靥，这就上升到"神韵美"的高度了；再如清代李雯《菩萨蛮·忆未来人》云"蔷薇未洗胭脂雨，东风不合催人去"，同样是以胭脂比喻蔷薇鲜艳的红色。

（4）将蔷薇之红比作"火"。白居易《蔷薇正开春酒初熟因招刘十九张大夫崔二十四同饮》诗中也说初开的蔷薇"似火浅深红压架"。再如方干的《朱秀才庭际蔷薇》中也说"风吹艳色欲烧春"，一个"烧"字，便表明蔷薇之红艳恰如燃烧之烈火，像是要把春天烧掉一样。可见，将蔷薇之红比作燃烧之烈火也是唐代文人们常用的表现形式。但这种比喻目前只见于唐代，几乎可以说是唐代文人的"专利"了。

2. 黄色——雅贵之美

宋代仍有有关"红蔷薇"的描写，但其数量远远不如唐代，手法也不见创新；与此同时，"黄蔷薇"的地位逐渐得以提升。"黄蔷薇"应当是蔷薇在宋代出现的一个品种。最早见于文学作品的"黄蔷薇"当是北宋文人刘敞所作的《黄蔷薇》一诗：绿叶黄花相映深，水边台畔结浮阴。何人解赏倾城态，一笑春风与万金。

刘敞大概是一个蔷薇爱好者，前文还引用过他的《五色蔷薇》一诗，而描写"五色蔷薇"最早的文学作品恰好也是刘敞的诗歌。可以推断，刘敞发现了许多其他品种的蔷薇，他用诗来刻画这些不同种类的蔷薇，使得它们更快为世人所知。"黄蔷薇"就是从他笔下开始逐渐压倒红蔷薇成为后世描写蔷薇"色彩美"的主流。"黄蔷薇"之所以能够迅速得到文人的青睐，有一个重要的原因，就是这个品种比较珍贵。

古人的农学著作中有多处提到黄蔷薇品种之珍奇及高贵。"黄蔷薇"之所以在被发现后就迅速受到关注,在很大程度上是由于其"韵胜于香",这符合中国古代花卉文化的发展历程。宋元明清是花卉审美发展的繁盛期,最鲜明的特点就是注重到花的神韵美与情意美。"神韵"重于香、色,所以"黄蔷薇"才得以迅速被人们接受并欣赏。而其一大特质"易蕃亦易败",亦可谓其神韵的一部分,因"易蕃"而易被人欣赏,因"易败"而使其更显珍贵。因此,刘敞诗中说"一笑春风与万金","万"字显其花蕃,"金"字道其珍贵。既然"神韵"重于香色,因此,文人笔下的"黄蔷薇"更多体现出的是"神韵"或"标格",色彩本身反而不是需要刻画的重点了。这就使得描写"黄蔷薇"的"色彩美"时,没有出现像描写"红蔷薇"作品中那么多的喻体,而是直接写其"黄色",或因其贵将其比为"黄金",或将其比为"月光"。

无论是将这种黄色比作"月光"还是"金",都体现了黄蔷薇的高雅纯贵之美。元代刘因的《蔷薇》说蔷薇花"色染女真黄",这是说蔷薇之黄色典雅高贵,但古人有时在描绘别的黄颜色花卉时也会用"色染蔷薇露"的表达,最典型的当属蜡梅和桂花。

3. 白色——纯洁之美

白蔷薇一般指野蔷薇,即原始的、野生的、多临水生长的蔷薇。白色原就象征纯洁,再加上野蔷薇长于野外,自然便能传达出一种纯洁之美。因此,古诗文中出现有关白蔷薇的描述,多是将其白色比喻成同样象征纯洁的"雪"或"玉"。例如:庭下蔷薇树,花开玉雪球。(宋·刘克庄《移居二首·其一》)宋人对花卉的赏玩、观察较唐人更仔细,所以白色蔷薇的纯洁之美由宋人发现不足为奇。宋代以后,由于蔷薇有了"野客"之名,所以野蔷薇更多用来展现诗人隐逸之志与闲居之惬,对于其花色为白的美感则关注较少了。还有一点不容忽视,就是根据古人诗词中的描述看,野蔷薇并不都是白色,如杨万里的《野蔷薇》诗说"蘸苴余春还子细,燕脂浓抹野蔷薇",则谓野蔷薇亦有红色。但这种表达极少见,一般来说古人笔下的野蔷薇还是以白色居多的。

4. 绿色——生机之美

绿色的表达不仅仅有"绿"这一个字,"碧""翠"虽严格意义上与绿有细微的差别,但总体来说都是可以代表绿色的表达,而绿色的物也很多。比如蔷薇本身的枝叶就是绿色,所以便有红花与绿叶相映衬的搭配,例如,前文引过皮日休的《奉和鲁望蔷薇次韵》一诗中就有"红芳掩敛将迷蝶,翠蔓飘飘欲挂人"的表达,即是用红色的花与翠绿色的蔓相映衬,使之呈现色彩的组合之美。红花可与绿叶相衬,白花自然也可以,"女墙开遍白蔷薇,萝叶藤花鸟乱飞",明代王叔承的《荆溪杂曲·女墙开遍白蔷薇》其中的这两句即将白色的野蔷薇花与其本身的萝叶、绿藤相映衬,组成一幅彩画。

除了与本身的枝叶相对照，蔷薇还常与"碧阑干""碧芭蕉"等形成映衬，共同展现生机之美。尽管清代诗人龚自珍在其《己亥杂诗》中曾说"落红不是无情物"，但实际上从生物学的角度来说，蔷薇确实是一种没有感情的植物。但蔷薇无情人有情，蔷薇花开与其他植物的交映，那种生机勃勃之感很容易引起诗人的喜爱之意。著名的"香奁体"诗人韩偓曾有一首七言绝句《深院》，诗中写道："鹅儿唼喋栀黄觜，凤子轻盈腻粉腰。深院下帘人昼寝，红蔷薇架碧芭蕉。"即有深院中的人白天在帘中睡觉，帘外的红蔷薇与碧芭蕉交错丛生的生机之状却无人欣赏，因此委婉地表达了对现实的不满。

与蔷薇共同反映春天生机之美的绿色植物，最主要的当属"柳"。"杨柳青青江水平"，杨柳为青绿色，这是人们普遍具有的共识。而春日的杨柳更见生机，正是"拂堤杨柳醉春烟"。当春日的杨柳新生绿色的枝叶，与鲜红的蔷薇相衬，则是生机之中更见生机，红色的蔷薇花便会更加显现它在"万绿丛中一点红"的独特地位及生机美感。王褒在他的《燕歌行》中显然还没关注到这一点，所以他的诗写道"蔷薇花开百重叶，杨柳拂地数千条"，只从蔷薇"百重叶"之茂密与杨柳"数千条"之繁盛来表现春日之美，这是他没有看到蔷薇花开。宋代的张耒则比南北朝的王褒高明得多，他的《东池》写道："蔷薇着花方未已，杨柳飞絮任飘然。""蔷薇着花"，虽未言明是红是黄，却与任它飘然的"杨柳飞絮"构成一幅生动的、反映生机的春景图。

总之，"色彩美"是蔷薇"形色美"的重要组成部分，而"红""黄"又是最为重要两种蔷薇颜色。其中唐代诗歌中最受关注的是"红蔷薇"，唐人常将其比作"云霞""猩猩血""燕支""火"等物象；其后"黄蔷薇"于宋代出现，并由于其"神韵"与"稀贵"而得到更多的关注。除了红、黄、白，其余如"紫蔷薇""五色蔷薇"等，作品数量不多，又没有太出色的描写，因此不加赘述。当蔷薇花与绿色的枝叶、"碧阑干"、"碧芭蕉"、"杨柳"等绿色意象同时出现时，则兼有色彩搭配之美与生机之美。

（二）蔷薇的"气味美"

蔷薇品种繁多，不同品种的蔷薇香气程度也有所不同。唐代及以前，诗人们对蔷薇气味美的关注尚不及色彩美。在五代，中国出现了蔷薇水，以至于之后的人们看到蔷薇花会更加注意它的香气。再加上柳宗元"蔷薇露盥手"的典故一传播，文人们便更爱蔷薇的香气了。

蔷薇气味美的刻画，也由此分为三大手法。

第一，直接描述蔷薇花的香。蔷薇的种类繁多，香气自然不尽相同，其中，表示香气较轻的有"清香""幽香""微香""暗香"四种。

第二，与其他香物一同出现，加深读者对香的感受。如宋代香文化的发展，使许多衍生出来的制香、焚香、熏香等文化也得到了繁荣的机会。在不少描写蔷薇"气味美"的两宋诗词中，就有相应的反映，例如陈克的《渔家傲》：宝瑟尘生郎去后。绿窗闲却春风手。浅色宫罗新染就。晴时后。裁缝细意花枝斗。象尺熏炉移永昼。粉香浥浥蔷薇透。晚镜看来常似旧。"粉香浥浥蔷薇透"一句表明，熏炉中所焚之香大概是蔷薇制香，或蔷薇水浸过的某种香料。这便既反映出古代文人生活中熏炉的重要作用，又体现出"蔷薇"之香。

第三，描述蔷薇水、蔷薇露之香，侧面反映出蔷薇的香。"蔷薇露盥手"的典故与"蔷薇水入墨"等实用价值促发文人对蔷薇水的赞美。不难发现，宋代蔷薇题材的诗歌中，有相当数量的描写蔷薇"气味美"的诗歌不是直接写蔷薇花之"气味美"，而是着重写"蔷薇水"或"蔷薇露"之"气味美"。这固然与自唐末五代"蔷薇水"传入中国密不可分，然而柳宗元"蔷薇露盥手"之典故，应当也是促成这一现象的重要原因。由于蔷薇水作为贡品传入中国最早见于五代，因此可以推断，柳宗元盥手所用之"蔷薇露"，绝不是后来文人香文化活动中常用作香料的蔷薇水。这也许是直接从蔷薇花上采摘下来的露水或雨水，也有可能是浸泡过蔷薇花的水。

总之，蔷薇"气味美"之刻画主要有此三种方法。每种大方法之中又有多种小手法，可以说蔷薇"气味美"的文学刻画方法足够丰富了。

(三) 蔷薇的"习性美"

习性是指植物生长对环境、气温、光照等自然条件的特定需求及相应的生长规律等生理特性。习性美是植物习性带给人们深刻而美好的感受，这是花卉美的重要内容。在蔷薇题材文学作品中，习性美一直为人们所关注，虽然不像唐代对色彩美、宋代对气味美关注程度那么高，却是自始至终未被人们忽视的一点。而文学作品中反映较多的蔷薇习性之美，主要包括"易栽种""性喜水""逢春开"三大方面，而夏日盛开的蔷薇则又别有一番韵味。

1. 易栽种：环境适应性强

蔷薇十分容易栽种，对环境的要求并不是很高，非常容易成活，因此便在诗歌中赞美蔷薇的这一特性。例如，白居易的《戏题新栽蔷薇》："移根易地莫憔悴，野外庭前一种春。"尽管将蔷薇连根移植，到了一个新的环境下，但似乎也并不能让蔷薇憔悴。这种移根易地亦能成活的特性，让白居易颇为喜欢，他在另一首诗《戏题卢秘书新移蔷薇》中，甚至称赞新移种的蔷薇"风动翠条腰袅娜，露垂红萼泪阑干"，一种怜爱之情不言而喻。这也难怪当他看到一丛花中蔷薇凋谢时会有疑问，"柯条未尝损，根蘖不曾移"（《蔷薇花一丛独死不知其故因有是篇》），这种情况下，蔷薇怎么会凋谢呢？

除了这样移根易地栽种蔷薇，到了宋代，有诗歌作品表明，此时的蔷薇已经可以用种子或幼苗直接栽培。到了明清时期，种植蔷薇的现象逐渐增多，大多数都以蔷薇绕篱、做屏，明代李之世的《种蔷薇》说："蔷薇艳艳灿朝霞，隐蔓抽茎旳旳花。"可见，蔷薇易栽种、易成活的特性，明清人也时常通过刻画种植后的蔷薇来表现。

2. 性喜水：独特生长环境下的蔷薇之美

蔷薇尤其是野蔷薇性喜水，如刘禹锡的《和牛相公游南庄醉后寓言戏赠乐天兼见示》："城外园林初夏天，就中野趣在西偏。蔷薇乱发多临水，鸂鶒双游不避船。水底远山云似雪，桥边平岸草如烟。白家唯有杯觞兴，欲把头盘打少年。"这首诗诗意也很明确，刘禹锡说"就中野趣在西偏"，随后连举"蔷薇""鸂鶒""水底远山""桥边平岸"四种景物来向白居易描述"西偏"之美。"蔷薇乱发多临水"，可见水波荡漾带动乱发之蔷薇而产生的动态之美。

3. 逢春开：蔷薇植物的时令美

早在南朝梁·简文帝萧纲的《赋得蔷薇诗》中就有"岂如兹草丽，逢春始发花"之句。"逢春开"可以说是蔷薇最受关注的习性之美。但由于蔷薇分布广泛，不同纬度、不同地势的蔷薇其开花时节与花期长短不尽相同。因此，蔷薇"逢春开"之习性美，准确说来又可分为三种：①"初春开"。初春开的蔷薇往往因其有报春之功而受到诗人的赞美和吟咏。②"仲春开"。春天原本就是百花齐放、百鸟争鸣的季节，蔷薇作为一种形、色、香俱佳的花卉，当然是春天之美的重要代表。因此，蔷薇在春天开放本身就有反映春天之美的使命——映春之美。③"暮春开"。暮春开放的蔷薇花，其受到关注的原因无非是因为它们的花期"连春接夏"。比如刘禹锡曾在《蔷薇花联句》中说蔷薇"似锦如霞色，连春接夏开"，是抓住了蔷薇暮春开放时花期连春接夏的特点。古诗词中，暮春盛开的蔷薇也不在少数，他们往往在晚春群芳渐渐凋谢之时给诗人一种意外的惊喜或收获。所以诗歌中也往往对"晚春"盛开之蔷薇大加赞赏。

（四）蔷薇的"神韵美"

以美人喻花，这在古诗词文中并非罕见。例如刘禹锡《赏牡丹》一诗中，"唯有牡丹真国色，花开时节动京城"二句便是将牡丹进行人格化的描写，与"庭前芍药妖无格""池上芙蕖净少情"也形成对比，从此牡丹便成为"国色"之代名词。再如周敦颐之《爱莲说》，"出淤泥而不染，濯清涟而不妖"，也是人格化的描写。因此，以蔷薇之形象特色而言，以美人比之并无不妥。然而与其他花卉略有不同之处在于，这种花与美人之间形成的本体与喻体之关系并非从一开始就如此。在最早的蔷薇意象的书写中，美人与蔷薇的同时出现说明那时蔷薇与美人尚未形成本体与喻体的关系,那时的美人与蔷薇只是文学作品描绘的主体与客体关系。

唐宋以后,花卉审美文化的进一步发展以及花卉文学的日趋繁荣,再加上宫体诗的式微,使得文学创作者在自己的诗歌中越来越注重从正面反映蔷薇的"风韵美",这种方式就是用"美人"来比喻"蔷薇"或者用"蔷薇"来比喻"美人"。此时"蔷薇"与"美人"不再是"采花""看花""摘花"等活动中的主体与客体关系,而是文学描写中的本体与喻体关系。比喻往往需要抓住二者之间的共同之处。在这组比喻关系中,"美人"与"蔷薇"的共通之处主要体现在"无力"与"美丽"两方面。

"无力"是美人常见的状态。这种状态往往给人一种娇弱、惹人疼惜的感觉。蔷薇会有"无力"的特性,主要是因为蔷薇的藤蔓较为柔弱,"依墙而生"是其特点,容易被风吹倒也是其特征。正因为其藤蔓柔软的特性使得诗人联想到病中无力的柔弱女子,于是有了"无力蔷薇"之名。最著名的当属秦观的《春日绝句》:"一夕轻雷落万丝,霁光浮瓦碧参差。有情芍药含春泪,无力蔷薇卧晓枝。"这首诗将"有情芍药"与"无力蔷薇"对举,均是采用拟人化的写法,将叶子上仍带有雨珠的芍药比作是因为有情含泪的女子,又将蔷薇当成因无力而卧的女子,感受细腻、描写形象。

将蔷薇比作女子,不仅是从"美丽的性别特质"这一角度出发,还有很多文学作品是从"无力的身体状态"这一角度出发。同样将花卉比作美人,这是蔷薇与众不同的地方。宋代张明中的《蔷薇》一诗中又写道:"贵妃得酒沁红色,更着领巾龙脑香",将蔷薇之红花比作贵妃醉酒时微醺泛红的脸庞,这同样是从"美丽的性别特质"将蔷薇与美人联系起来。唐代李群玉的《临水蔷薇》更是通篇将一束生长在水边的蔷薇比作遭人抛弃的女子,"千脸泪"便是女子悲伤的表现。

除了前面提到的两种角度,还有一个值得关注的视角,那就是蔷薇与美女妆容打扮之间的关系。如唐代吴融在《蔷薇》中将红色蔷薇花的绽放比作美丽女子的美丽的;贾探春被比作带刺的蔷薇,美丽动人却使人望而却步。其实,无论是将蔷薇比作"无力"的病美人,还是将其比作"美丽"的赛西施,抑或是将其与美人的妆容打扮联系起来,这些都是从正面描写蔷薇"风韵美"的方式。我们的关注点从单纯的"人美",演变为"人美"与"花美"相互映照,再进一步到强调"花美",并通过"美人"的形象来体现蔷薇的美。这其中呈现了一个历时性的变化过程。然而,无论怎么变,其目的都是为了展现蔷薇的"风韵美"。

(五) 蔷薇的"氛围美"

蔷薇的"氛围"美,在于自然现象的变化。自然现象的变化对于普通人领略蔷薇之美是有很大影响的，观赏蔷薇比较常见的三种自然环境便是：日照、雨中与月下。

1. 日照——生机之美

实际上，古人写蔷薇，他们观赏蔷薇的自然条件大多都是晴天，毕竟一年之中下雨天还是要相对少于不下雨的天数，且古人雨具不发达，下雨天鲜少出门。日照环境下的蔷薇之所以尤其能体现出一种生机之美，主要有三个原因：其一，红色的蔷薇在日照的环境下会使红色更加鲜艳，与枝叶之茂盛相映衬，可以展现生机之美。其二，晴日出游的文学家们能够注意到晴天环境的游人往往有着不错的心情，此时他们观赏蔷薇会从主观意识上感到蔷薇更加明媚可爱，体现生机与活力。其三，与雨天相比，晴天蜂蝶等昆虫动物会开始活动，当它们飞到蔷薇花丛中时，便可与蔷薇形成动静相衬的一幅画面，从而凸显出春日之生机。

较早明确在诗中将"日"与"蔷薇"意象结合起来的，是谢朓的《咏蔷薇诗》与萧纲的《赋得蔷薇诗》。前者诗中说"新花对白日，故蕊逐行风"，后者诗中云"回风舒紫萼，照日吐新芽"，可以说，这两位诗人都观察到了日照状态下的蔷薇有一种不同寻常的美，但这种美究竟是什么，二位诗人并没有说清。直到唐代元稹才在《蔷薇》残句中说："千重密叶侵阶绿，万朵闲花向日红。""万朵"极言蔷薇花开放之茂盛，"向日红"说明这蔷薇花原本就是红色，"向日"使得花红更加鲜艳，于是与"侵阶绿"的"千重密叶"相映成趣，红、绿色彩组合呈现出生机之美。后来明代杨起元在其《天关讲学示诸生》一诗中写道："烘花日暖蔷薇丽，掠燕风生杨柳轻。"同样强调了日照对观赏蔷薇起到的作用，并且明确提出在"日暖"的条件下，蔷薇的特点是"丽"，从而又与杨柳的"轻"形成对照，显示出其中的生机之美。

2. 雨中——娇弱之美

雨与植物形成组合意象向来都是古代文学中常见的情况。比如象征唐玄宗与杨贵妃爱情的"梧桐雨"就是"梧桐"与"雨"的意象组合；李清照在《声声慢》中也说："梧桐更兼细雨，到黄昏、点点滴滴。"可见一般来说，雨与植物进行组合很多情况下并不是其视觉上有多美，更多的是听觉上的美。类似的例子还有"雨打芭蕉"。

"杨柳叶生晴处少，蔷薇花在雨中香"，明末清初的王邦畿曾在《送春》一诗中有这样的描述。雨中赏蔷薇，应当别有一番情趣。而说到雨中赏蔷薇，则须先读朱庆馀的《题蔷薇花》，诗曰："四面垂条密，浮阴入夏清。绿攒伤手刺，红堕断肠英。粉著蜂须腻，光凝蝶翅明。雨中看亦好，况复值初晴。"这首诗首联说明这是"入夏"后盛开的蔷薇，颔联用"绿刺"与"红花"相搭配体现色彩组合之美与生机之感，颈联用"蜂""蝶"两种动物进一步衬托生机之美。可见，朱庆馀在平时的生活中应当是注意到了雨中蔷薇的美感,但在阳光明媚的情况下,他发现这种生机之美似乎更加可爱动人。这便是唐人的心态,因为雨中的蔷薇多半表现出来的是一种娇弱之美,以唐人普遍的心态大概不会喜欢。朱庆馀生活在中晚唐,倘或生活在盛唐,大概根本不会留意到蔷薇在雨中的美感。

雨对蔷薇有一种洗濯的作用,因此诗人常用"雨洗蔷薇"表现自己对雨景的赞美。例如宋代王之道的《喜雨》说"雷声翻海电光红,濯濯蔷薇一夜空",明代区大相的《雨中蔷薇》说"短刺长条满院香,淡烟微雨洗红妆",均是此类。雨洗蔷薇使蔷薇更见纯净,而"洗红妆"则依然将蔷薇视作娇弱的女子。因此这类题材的诗作细品亦能感受到蔷薇的娇弱之美。

3. 月下——朦胧之美

月下蔷薇的朦胧之美,很大程度上指的是月下花影带来的朦胧之感。唐代诗人章碣有《陪浙西王侍郎夜宴》一诗,诗中有"红锦蔷薇影烛开"一句,可见唐代已有诗人注意到蔷薇花影带来的朦胧之美,只不过,章碣所看到的影子是蔷薇花在烛光的照耀下形成的。烛光较太阳光而言实在是太微不足道,实际上连月光都不如,章碣能注意到烛光下的蔷薇花影,是很难能可贵的。随着蔷薇园艺栽培历史的发展,蔷薇架、蔷薇屏的出现使得月下观花影从客观上来说出现的可能性增加,人们开始有机会欣赏到月下蔷薇之影。

韩纯玉的《虞美人》提到"蔷薇架",可见要想构成所谓的朦胧之美,"蔷薇架"也是极好的选择。蔷薇架使蔷薇的生长更有章法,月光可以穿透枝叶照射到地面形成花影,这种疏疏密密的花影才能给人一种时而清晰、时而模糊的朦胧之感。周琼的《谒金门》则谓观月下蔷薇已为花影所着迷,故而欲连花影一并折走。这些都体现了月下蔷薇的朦胧之美给诗人带来的独特感受。

此外,由于"月"之意象的独特性,有时"月上蔷薇架"或"月到蔷薇架"是为了表达约定时间的到来,恰如欧阳修《生查子》所言"月上柳梢头,人约黄昏后"。例如,元末明初胡奎的《醉后蔷薇花下待月有怀》,实际上诗人在等待月出,并不是为了等待欣赏月下蔷薇,而是在等待朋友赴约。但这并不代表没有花影,三、四二句谓"褰衣就花前,弄影学儿戏"便是明证,因此,虽然这首诗的重点不在表现月下蔷薇的朦胧之美,但诗人对花影的喜爱,却是不言而喻的。

三、蔷薇意象的情感意蕴及其文学表现

蔷薇作为一种观赏花卉的与"情意美",情意美,分为三个方面:①情感美。情感美,即由花卉植物的形象和姿态感应其生机气息、形象氛围,触发某种情绪感受,寄寓某些主观情怀。②志趣美。志趣美,又称品德美、品性美、意趣美,由植物的形象、习性等联想

某种品德气节，感受某种生活情趣，从而寄托人的品格、情操。③意义美。意义美，即指人们借助花卉形象直接代表某种概念、观念和思想。

（一）携手同赏的欢乐与独赏蔷薇的孤寂

蔷薇最早被古人所认识，是由于野蔷薇的果实具有药用价值。当人们发现蔷薇的观赏价值后，蔷薇的实用价值基本退居观赏价值之后，成为蔷薇观赏价值的附属品。既然蔷薇具有较强的观赏价值，最早发现蔷薇观赏价值的人们当会比较高兴与他人携手同赏蔷薇。因此，古诗词中含有蔷薇意象的文学作品有一部分便是展现携手同赏蔷薇的欢乐。但有时难免寻伴不得，独赏蔷薇则往往伴随着一种永日难消的寂寞。细腻的感情使文学家们感受着蔷薇花开给他们带来的孤寂之感，也使他们产生了对亲人、朋友的深深思念。

1. 携手同赏的欢乐

唐代是中国古代文化高度繁荣的一个封建王朝，这些园林中的布景难免会用到蔷薇这种植物，在李德裕的《平泉草木记》中就明确记载有"百叶蔷薇"一种。而根据唐宋笔记小说的记载，这些主人利用园林别业主要是为了游赏，尤其是在春天进行游赏。由此可见，开元、天宝年间，长安城春日游赏园林是何等盛况，而游赏也就难免有宴饮，《开元天宝遗事》中说是"探春之宴"。蔷薇多在春天开放，而园林别业中又多有蔷薇作为布景、点缀，因此携手同赏春日园林中的蔷薇之美，便成了诗歌中出现得最早的有关蔷薇情感意蕴的书写。南北朝时期的咏蔷薇诗歌中虽也有"看""赏"等词，但那时更多的是皇家园林，所作亦多宫体，不能表现出一同观赏蔷薇的乐趣，而唐代以后则有所不同了。

携手同赏的欢乐主要在于，众人能一同欣赏蔷薇花开带来的春日生机之美，在欣赏美的过程中增进了彼此之间的感情。正如白居易《裴常侍以题蔷薇架十八韵见示因广为三十韵以和之》诗中所说："秾因天与色，丽共日争光。"因此，古人喜欢这种聚在一起欣赏花开的热闹感，同时这也是文人们诗酒唱和的绝好机会。所以，携手同赏蔷薇，一定要饮酒赋诗。白居易的《蔷薇正开春酒初熟因招刘十九张大夫崔二十四同饮》也说"试将诗句相招去，倘有风情或可来"，这种花前一醉、逍遥自由的态度颇似李太白"我醉欲眠卿且去，明朝有意抱琴来"的感觉。

明代苏仲的《寓吴中西察院蔷薇花盛开》一诗中说"客怀看不厌，杯酒傍柔丛"，自己作为"客"被邀请一同观赏蔷薇，而其对蔷薇的态度是"看不厌"，爱之不已，也就顺手在花边酌酒为乐了。聚众观赏，自有其乐，但只要不是一人独赏，就可以破除寥寞。因此，两人携手同赏也可达到其乐无穷的境界。清代张珊英的《满庭芳·蔷薇》一词中说："湘帘终日卷，曲阑干外，时透香浓。好相将携手，缓步芳丛。正对花前一醉，酒醒时、两袖飞红。"细品词义,该词是写一对情侣在蔷薇花畔相会,故"相将携手"当是两人携手,而两人携手,也能自得其乐。

既然携手同赏蔷薇是一种欢乐的活动,而这一活动的过程中又当有"饮酒"与"赋诗"两件事,那么何以表现同赏蔷薇能给文人们带来快乐呢?这自然要依靠"花前一醉"的表达。花前酌酒,倘不能得一醉,也便难言欢乐,所以《明月湖醉后蔷薇花歌》说"且醉花前一百壶",既然蔷薇如此美丽,大家又在一起共同欣赏了蔷薇的美,那么不如一饮至醉,才不辜负这蔷薇的美。元末明初胡奎《贺人生日》说:"一笑后天同介寿,蔷薇花畔醉春醪。"过生日的活动就是在蔷薇花前赏花、饮酒、作诗,所以这里的"蔷薇花畔醉"不仅表现出众人同赏蔷薇之乐,也反映出祝寿人为寿星祝寿时发自内心的欢乐。应当指出的是,表现同赏蔷薇之乐的诗作并不多见(尤以唐代常见),但这毕竟是蔷薇这一诗歌意象能够表达出的情感意蕴之一,而且是与其观赏价值直接相关的,故此在这里不得不提。

2. 独赏蔷薇的孤寂

既然有携手同赏蔷薇的快乐,也就相应地有独赏蔷薇的孤寂。这种孤寂主要又可分为两种情况。

(1) 永日难消的寂寞。蔷薇与其他事物对举并不都是反映生机之感及喜爱之情的,还有一种情况,那便是在深闺中寂寞的人就算想要对蔷薇倾诉亦是无济于事,而蔷薇的生机与活力又与自己的寂寞与愁思形成对比,更凸显了自己浓浓的闺思。例如清代吴兰畹的《壶中天慢·送春》中的"豆蔻歌残,蔷薇香冷,寂寞扃朱户"也同样是将"寂寞"二字明说出来,而这种寂寞情绪的产生是由于"蔷薇香冷",可知蔷薇意象的出现确实往往伴随着作者的寂寞情绪。

(2) 对亲友的思念。第一种情况下对永日难消的寂寞之感,归根结底是一种"闲愁"。正因为都是可有可无的"闲愁",有的时候,独赏蔷薇时的寂寞情绪就很容易使人自然而然想到那个曾经陪伴在自己身旁的人,这个人,可能是兄弟,也可能是朋友。于是蔷薇这一意象的出现有时又能表达一种对亲友的思念。

总之,对蔷薇的欣赏主要包含两种情感意蕴即携手同赏的欢乐及独赏蔷薇的孤寂。但实际上也并不是所有的文人在独赏蔷薇时都感受到的是孤寂与冷漠。由于蔷薇的花期较长,所以一般到晚春甚至初夏犹有蔷薇开放。

(二) 伤春伤时之感与思妇闺怨之情

表达思妇对丈夫思念之闺情的诗歌,却并不一定都出自女性诗人之手,这主要是中国古典文学中独有的"男子作闺音"的闺怨传统。而闺怨，往往还包含对个人命运的哀叹及对时光易逝的感伤。

1. 伤春伤时之感

"伤春"也是中国古代文学中一个重要的传统，与之相对应的还有"悲秋"。蔷薇意象表达伤春伤时主要表现在三个方面。

（1）对于落花的怜惜。女性视角表达对落花的怜惜犹不足为奇，很多男诗人不用闺怨情绪也写出了对蔷薇花落的怜惜。如宋代顾逢的《雨中赏蔷薇》一诗，中有"最是花边情绪恶，看花狼藉为花愁。"看到蔷薇花被雨摧残得狼藉满地，诗人产生了"恶"的情绪，这同样是对蔷薇花落的怜惜。清代陆求可的《系裙腰·夏寒》中的"蔷薇开谢麦秋天，那堪风雨连绵"表现了词人在看到风雨连绵的天气之后对"蔷薇开谢"的担心与惆怅。原本是"九天碎霞明泽国"的景象，却因为一阵"熏风"将红如猩猩血的蔷薇花吹落满地，顿时引发伤春之意。

（2）对于春天逝去的伤怀。对风雨中的落花产生怜惜之情，大多数情况下就像顾逢所说，是一种"看花狼藉为花愁"的"恶"的情绪。引申到更深层次的情感表达，那就是对春天逝去的伤怀。蔷薇如果开在早春，则有报春之功；开在仲春，则能映春之美。但蔷薇花一落，也便象征春天的结束。因此，诗词中也不乏这样借蔷薇花落表达对春天逝去的伤感之情。

（3）对韶华易逝的叹息。相比这一层面的情感来说，只停留在对春天逝去的伤怀则犹显得浅俗。对落花的怜惜更多的是结合自身境遇表达对韶华易逝、青春不再的叹息。明清诗词中借蔷薇意象表达这一情感意蕴的诗词作品尤多，如清代苏穆的《征招·绿阴》起句云"蔷薇一点娇红剩，芳菲谩随尘土"，蔷薇芳菲随尘土，这是指蔷薇花落，在这种情况下，词人感到"极目天涯，弄珠人老，韶光轻度"，可见韶光易逝之感是何其强烈。

2. 思妇闺怨之情

以花开花谢作为约定再见的期限，这一点在古诗词中并不少见。例如宋代叶清臣的《贺圣朝·留别》一词的下阕说："花开花谢、都来几许。且高歌休诉。不知来岁牡丹时，再相逢何处。"虽不知相逢何处，但以牡丹开时作为约定之期，这一点当自无疑。因此，蔷薇意象表达思妇闺情这一情感意蕴的表达往往要借助"蔷薇约"这一特殊的意象。例如，他的《过秦楼·寿建安使君谢右司》有"蔷薇旧约，尊前一笑，等闲孤负年光"之句，《定风波》中又说"一笑蔷薇孤旧约，载酒寻欢，因甚懒支持"，在其后用此意象的词作便更加多了起来。思妇之心往往在于蔷薇花谢时思念丈夫，也由此得来。

由于红蔷薇花瓣为红色，红蔷薇盛开时又宛如一张"锦被"，所以表现思妇闺情时还常常用"红叶传情""窦滔妻织锦"这两个典故。但周邦彦《六丑·蔷薇谢后作》一词则说"恐断红、尚有相思字,何由见得",一个"恐"字表明这"断红"上是否有相思字尚不能确定,只是不忍看落花随流水而去,而产生淡淡的幽怨。宋代康与之的《风入松·春晚》上阕说"门外蔷薇开也",随后结句"新恨欲题红叶,东风满院花飞",同样是对这一典故的应用。而"窦滔妇织锦"之典,崔鸿《前秦录》说:"秦州刺史窦滔妻,彭城令苏道之女,有才学,织锦制回文诗,以赎夫罪。"窦滔妻子苏蕙织锦寄与丈夫表达自己相思之意,于是唐代李绅《新楼诗二十首·其一十五·城上蔷薇》便有"窦闺织妇惭诗句,南国佳人怨锦衾"表现蔷薇盛开之美,而明代区大相《雨中蔷薇》说"织成锦字凭谁寄",同样是这一典故的表达。

有时,思妇闺怨还表现为对戍守边关丈夫的担心,因此在蔷薇意象出现的同时也会有"萧关""辽阳"等代指丈夫戍守之边关的意象。"萧关"多指边关,南朝梁诗人何逊《见征人分别诗》说"候骑出萧关,追兵赴马邑",萧关即代指征人即将奔赴的边关。

(三)物是人非的感伤与怀才不遇的幽怨

蔷薇花有凋谢的时候,但也有重新绽放的日子。所以,蔷薇意象的出现还可以表达诗人对物是人非的感伤。所谓"物是",有时指蔷薇花犹在,有时指环境中的其他景观犹在;所谓"人非",有时指个人命运的变异,有时指古时的繁华不再。因此,蔷薇意象表达物是人非的感伤可分为三种,即对人世沉浮的感怀,对国家兴亡的感怀,以及对故人逝去的感伤。而蔷薇花分布极广,有的野蔷薇生长环境不为人知,因此这又可以作为对个人怀才不遇遭遇的抒发。

1. 物是人非的感伤

(1) 对于人世沉浮的感怀。唐代徐夤的一首《经故翰林杨左丞池亭》,即表现出作者对盛衰荣辱自有天定,是非功过自有后人评说的感怀。其诗写道:"八角红亭荫绿池,一朝青草盖遗基。蔷薇藤老开花浅,翡翠巢空落羽奇。春榜几深门下客,乐章多取集中诗。平生德义人间诵,身后何劳更立碑。"引用蔷薇意象,说"蔷薇藤老",说蔷薇花开的颜色尚浅,这些与"八角红亭荫绿池"这最初的美景显得很不协调,但却说明了蔷薇已老,正如陆游在《沈园》中说"沈园柳老不吹绵",这里的蔷薇藤老了,开出的花也不如从前那样鲜艳了。不仅蔷薇藤老,并且翡翠巢空,那些如翡翠的青鸟如今只余下几片羽毛。在这首诗中,蔷薇变了,不变的是除了这些特定的意象之外的其他外部环境。这使作者徐夤不禁感叹:平生只要能做到"德""义"二字,身后的名声自然会很好,就用不着再立什么功德碑了,它们早晚会像藤老的蔷薇、落羽的鸟巢一样逐渐消亡掉的。身世的功名利禄，莫不如此。

诗人借蔷薇意象表达了"物是人非"、身世沉浮之感，且"蔷薇"不是不变的"物"，它的变化更象征了人的变化。类似的例子还有明代何乔新的《过故相第作》"偃月堂空复道深，蔷薇零落棘成林"，曾经的蔷薇花已然凋零，只剩下锋芒毕露的蔷薇刺，这种改变同样表现了作者的人世沉浮之感。

（2）对故人逝去的感伤。蔷薇象征着美好的事物，蔷薇花的香也多用来暗指女子身上的体香。所以前文所引明代李蘘的《代美人春怨》用蔷薇花的遭遇来暗指女子的悲惨命运。白居易的《简简吟》是一首著名的感伤诗，诗中描绘了一个"玲珑云髻生花样，飘飘风袖蔷薇香"的美丽少女十三岁就香消玉殒的形象。

蔷薇之香在此恰好用来形容女子的体香而最后的香消玉殒，不仅表现出作者对少女命运不济的惋惜、感伤，也表现了自己在这种所谓天命面前是何其无奈。类似的例子还有元末明初郭钰的《明妃曲与宜春龙旅馀杭吴植真定魏岩分题并赋》，诗中有"自入宫门一回首，蔷薇香消缕金袖"之句，同样借蔷薇香消表现女子悲惨的命运，而作者的态度则多呈一种感伤。

综上，蔷薇意象可以表达物是人非之感，且不是单一的物是人非之感，而是多面的、复杂的情感意蕴。

2. 怀才不遇的幽怨

蔷薇也曾用为表达身世沉浮之感的物象，实际上这种身世沉浮之感有时可延伸成为一种怀才不遇的幽怨。这种情况的出现主要是由于蔷薇的生命力较顽强，且品种多、分布广，因此，即便是很不起眼的环境下也会有蔷薇生长。王安石《同熊伯通自定林过悟真二首·其一》中说"暗香一阵连风起，知有蔷薇涧底花"，蔷薇开在涧底，那可几乎是无人能去的地方，所以要不是一阵暗香忽起，恐怕王安石也并不能知道这涧底有盛开的蔷薇花。蔷薇这种观赏花卉虽然无论从颜色、气味还是习性来说均有可取之处，但有时蔷薇开在野外，尤其是开在无人问津的地方时，又显得孤单寥寞。这像极了那些胸怀大志不得酬的文人士子们，所以自唐代开始就时常有士人用蔷薇自比，抒发自己的身世之感。此外，白居易、刘敞均有诗歌借蔷薇意象表达自己不得志的抑郁心情。其中刘敞的《探花郎送花坐中与邻几戏作七首·其六》中"酴醾蔷薇香最奇，古人不闻今始知。世间此辈复何限，零落深林方足悲。""世间此辈复何限"，是说世间像这样怀才不遇之人有很多，他们只能到"零落深林"的时候才能让其他人为之悲哀。这样的牢骚甚至已不是简单的幽怨了。

总之，用蔷薇意象表达怀才不遇之幽怨的文学作品并不算多，而且值得关注的大多是唐宋文人用蔷薇意象表达这一情感意蕴。这也容易理解，随着蔷薇审美地位的提高，人们已经开始普遍关注野蔷薇了，因此，蔷薇生长在那种无人问津地方的概率便也减少了。无论如何，这还是蔷薇意象所能表达的不容忽视的一个情感意蕴。

（四）羁旅乡思之意与留别惜别之情

蔷薇的生长适性极好，漂泊在外的游子难免在异乡看到这种花，不论花开花落都足以勾起人对故乡、对故乡亲人的思念。有时，蔷薇盛开更能促发这种感情。诗人之所以看到蔷薇花能够比较容易地联想到家乡，还因为蔷薇能够表达留别惜别之情的情感意蕴。离开的时候有蔷薇留别，身处异乡看到蔷薇也便容易想到家乡。

1. 羁旅乡思之意

这一情感意蕴的开拓者是宋代的诗人张耒。张耒是有名的"苏门四学士"之一，一度在苏、黄之后成为文坛盟主。他的蔷薇题材诗歌共有10首，极大地丰富了蔷薇题材诗歌的情感意蕴表达。张耒的蔷薇题材诗歌均有借蔷薇意象表达羁旅之愁的表现。自此以后，便有越来越多的诗人借蔷薇表现羁旅之愁。南宋中兴四大诗人中有两位都曾用蔷薇意象来表达这一情感意蕴。

杨万里的《明发平坦市》，以蔷薇与自己进行了对比，他说："蔷薇上木末，不架得初性。彼卧晏未兴，我征漂靡定。悄然怀吾庐，花竹幽更盛。"蔷薇花不经架却，便表现出纵横交错、杂乱无章的生长天性，可谓逍遥自在；自己却只能飘零在外，不能得到安定的生活。这难免会使诗人怀念起自己的故乡，怀念故乡自己的故庐。他还在另一首名为《蚤谒景灵宫闻子规》的诗中说："便觉恍如还故里，不知闻处是长安。野蔷薇发桐花落，孤负南溪老钓竿。"听到子规啼叫，他产生了幻觉，误以为自己此刻正在家乡。而当他看到盛开的野蔷薇时，才发现自己仍是一个羁旅之客，于是一股思乡之情油然而生。陆游则在《入云门小憩五云桥》诗中借蔷薇花落抒发自己的羁旅之愁："谷雨初过换夹衣，园林零落到蔷薇。"时光匆匆而逝，自己仍在外漂泊不能还家，所以他感叹地说"江湖久客暮年归"，在江湖漂泊日久，只能等暮年才能回归自己的家乡。

一般来说，蔷薇花的香气较为适中，不是那种浓烈的香气，也不是那种淡到只有凑过鼻子去才能闻到的香。当香气顺着风吹拂过诗人的面庞，诗人也会在这美好的情境下思乡思亲（"香"与"乡"谐音似乎也是一个重要的原因）。梅尧臣的《依韵吴正仲广德路中见寄》说："道傍蔷薇花，自引蝴蝶轻。随风香袭人，乃觉离思萦。"梅尧臣闻到蔷薇花香想到了自己的故人，所以他说离思萦绕，这虽不是思乡，也不是羁旅之愁，但闻香思人或思乡却确实是蔷薇花所能表达的意蕴之一了。北宋政治家韩琦《过甘泉寺》说"十里蔷薇路，香风送马归"，正是蔷薇的香使诗人回乡之心更浓，于是也不敢在甘泉寺逗留，上马继续踏上回乡之途。更多的时候当诗人看到盛开的蔷薇花时便容易想到自己家乡的蔷薇花，于是思乡之情产生。

2. 留别惜别之情

蔷薇之所以能够表达留别惜别之情，主要是因为有蔷薇刺。蔷薇刺作为一种意象，最重要的意蕴就是"留别"。这原本极容易理解，刺能钩住衣物，就仿佛不舍得让花丛中的人离开。真正将蔷薇刺赋予"留别"之情感意蕴的，是含蓄婉约的宋词。在周邦彦的《六丑·蔷薇谢后作》中，蔷薇俨然成了一个温婉含蓄的女子，想要留住过往的行客在凋谢枯萎之前与他们一一话别。"长条故惹行客，似牵衣待话，别情无极"，"别情无极"四个字就将蔷薇依依不舍的离别之意刻画出来。而之所以周邦彦感受到蔷薇的"别情无极"，则是由于蔷薇的枝条勾住了行人的衣物，没有明说蔷薇刺，但可以想见是蔷薇刺的作用。而"故"字则将"无极"二字反映出来，因是故意勾住行客，则可见挽留之意何其强。这种"留别"的情感意蕴极容易使人将蔷薇想象成一个纤细温婉的女子，这也是运用这一意象的妙处所在。

蔷薇意象能够表达留别惜别的情感意蕴，主要是因为蔷薇刺有胃结人衣的功能，但也不仅如此。蔷薇含露的娇弱状态、香花胜雪的美丽特质，都足以让人留恋。总的来说，这一情感意蕴不是最重要的，但也值得注意。毕竟在大众眼中，谈起能够表达留别的植物意象都会想到杨柳，而绝少有人会想起蔷薇。

（五）富贵荣华的象征与淡泊隐逸的情怀

生长在皇宫中的蔷薇多为红紫色，象征着富贵荣华；生长在野外的野蔷薇多为白色，则象征着隐逸淡泊。此外，受文化思想的影响，蔷薇表达富贵荣华的情况于唐代较为多见，而表达隐逸淡泊情怀的则于宋以后较为多见。

1. 富贵荣华的象征

蔷薇能代表荣华富贵，很大程度上是由于早期观赏性蔷薇多出现在皇宫中，"托根华省"（明代王鸿儒《黄蔷薇赋》之语）自然与众不同。唐代蔷薇也大多成为园林别业的重要布景，因此蔷薇的生长之地多象征着富贵之地。由于蔷薇的珍贵性和观赏性，只要王公大臣们肯来一观，它所生长的地方便成为王公来往的富贵之地。正如宋初徐铉在《依韵和令公大王蔷薇诗》中说"幸植王宫里，仍逢宰府知"，蔷薇能够引人注目，有时正是因为它们生长在了富贵之地，也因此它们在唐宋成了富贵荣华的象征。

红紫色蔷薇之所以能代表富贵，还有一个重要的原因是跟唐代的官服制度有关。官服分颜色自唐代开始，其制：三品以上袍衫紫色，束金玉带，四品袍深绯，五品袍浅绯，六品袍深绿,七品袍浅绿,八品袍深青,九品袍浅青,流外官及庶人之服黄色。蔷薇在唐代最主要的颜色即红紫二色,正好与官位较高的品阶官服颜色相同。所以唐代章孝标的《刘侍中宅盘花紫蔷薇》云:"真宰偏饶丽景家,当春盘出带根霞。从开一朵朝衣色,免踏尘埃看杂花。""侍中"于唐代为正三品官职,服色正为"紫色",所以章孝标在看到刘侍中宅中的紫蔷薇时发出"从开一朵朝衣色"的评价。

2. 淡泊隐逸的情怀

蔷薇意象够表达怀才不遇的幽怨,反过来也能表达淡泊隐逸的情怀。这主要有三个方面的原因:佛教思想的盛行、东山之典的传播、野客之名的形成。这使得唐代文学作品中的蔷薇意象已经能传达出一种淡泊闲适之情怀,在淡泊之中他们仍能惬意地生活。例如前文引用过多次的《明月湖醉后蔷薇花歌》,其诗最后云:"莫思身外穷通事,且醉花前一百壶。"其实就是在赏玩蔷薇、饮酒大醉后的感受:不要再思考人生能否飞黄腾达,只要在花前大醉一场就足够。

第三节 中国古代文学中芦苇题材的审美视觉表现

芦苇的特性,让芦苇从单纯的野生植物,逐渐演变成一种带有内涵的符号形象。秦汉时期是芦苇意象的发生期,这一时期芦苇意象的关注和题材创作的数量少而单一,人们对芦苇的认识主要停留在实用方面。

先秦时期"蒹葭苍苍"的描写,对后代芦苇的审美认识的发展产生了深远的影响。晋唐时期是芦苇意象和题材创作的第二阶段,与秦汉时期相比,人们对芦苇的描写不再局限于秋季萧瑟的视角,其不同季节的特征都受到广泛的关注和描写。芦苇出现在送别、羁旅、隐逸等题材的诗歌中,唐人对芦苇的欣赏由外在特点上升到意志品格的"比德"传统。宋元时期,芦苇意象和题材创作真正达到了繁盛阶段,芦苇的情感内涵和表达方式都得到深化并且基本确立下来,芦苇的情感意蕴和象征意义更加丰富饱满。明清时期,对芦苇意象和题材创作基本延续前代的发展,在文学、艺术等方面都有所深化。

一、芦苇的物色美感

在长期的文学发展中,人们对芦苇形象特征的认识是深刻而全面的,不仅有总体的把握,也有局部的深入,还有不同侧面的认识。中国古代文学作品中对芦苇的描写角度和观赏经验不仅内容丰富,而且历史悠久。其中主要包括三个方面:

（一）因时而变的风景美观

芦苇是多年生挺水草本植物，有多年生的根状茎，地上部分一年一熟。随着季节的交替有初生、盛长、开花、枯衰的生长过程，因而也有四季景观的变化。芦芽、芦滩、芦花是芦苇形象的几大基本要素，是芦苇美感的重要载体，因而也是欣赏芦苇、描写芦苇的主要着眼点。

1. 春季——芦苇嫩芽之景

芦苇的生长因环境的不同也会有时间的差异，一般来说是冬末初春发芽，芦苇初生的嫩芽状如细竹笋，称为"芦笋"（或"芦筒"）、"芦芽"。早在先秦时期，《诗经·召南·驺虞》就有："彼茁者葭，壹发五豝，于嗟乎驺虞。"朱熹注："茁，生出壮盛之貌。葭，芦也，亦名苇。"这里所说的"葭"其实是专指初出土至苗期的芦苇，形如竹笋，也就是俗称的芦芽、芦笋。正如宋人沈括论述："然《召南》：'彼茁者葭。'谓之初生可也。《秦风》曰：'蒹葭苍苍，白露为霜。'则散文言之，霜降之时亦得谓之葭，不必初生，若对文须分大小之名耳。"所以《召南》中的"彼茁者葭"意思就是：多么粗大肥壮的芦芽呀！从这里的描述我们就可以看出芦芽生长态势的强劲和苗壮。

芦苇的生长期很长，历经春、夏、秋三季，颜色由浅入深的变化，标志着从春天到秋天的季节变更。魏晋时期，对芦苇在秋天的审美形象多有关注。芦芽是春光春景的代表，芦芽的形态的变化也体现了初春到暮春的变化。可以说芦芽是春天普遍的风景，也可以说是春天到来的标志。芦芽早春碧绿嫩白代表着春天的色彩艳丽，芦芽短小茁肥又代表着春天的生机勃勃。芦芽早在先秦时期就出现在诗歌中，这也使得其成为后来诗歌发展中常见的描写对象。

2. 夏季——芦滩湖荡之景

夏季"萧萧江上苇，夏老丛已深"，此时的芦苇生长迅速，一般来说，5—6月是芦苇生长最快的季节，茎杆渐高，植株平均每日增加2~3厘米，7月中旬开始孕穗，8月上旬到中旬（立秋之前）抽穗，老熟后的芦苇高度一般也达到全株最终高度的70%~80%了，基本可长至1~3米。夏季炎热，夏风中的芦苇丛似乎还能给诗人带去一丝清凉，如陆游《灯下读书》："萧萧蒹葭声，为我洗暑毒。"赵汝鐩《渔父四时曲·夏》："烟溪流碧浸炎空，涤濯袢蒸蒹葭风。大港小港凉世界，隔堤荷荡香到篷。"春天的芦苇刚刚发芽，短小稀疏。到了夏季，芦苇长成茂密丛生的芦苇丛，形成大面积的芦滩湖荡之景，颜色也由春季的嫩绿变为碧绿青翠，带来一种夏季的旷野气息。

夏季芦苇在荷花的映衬下，也是十分美丽的风景。芦苇生长在水岸上，作为夏景的荷花生长在水中,二者习性相似,相得益彰。这样的景色也频频被文人吟咏。

3. 秋季——芦花雪海之景

芦花是芦苇秋季风景美观的重要组成部分,早在《诗经》时代,秋季的芦苇就引起了关注。随着文学的发展,越来越多的诗人都注意到芦花飞落的风姿,而且与秋风产生了密切的关系。芦花纷飞,已暗示秋季的到来。如唐代易思《山中送弟方质》:"芦花飞处秋风起,日暮不堪闻雁声。"李珣《渔歌子·其四》:"九嶷山,三湘水,芦花时节秋风起。"甚至是深秋之时,如宋代方岳《月下大醉星侄作墨索书迅笔题为醉矣行》:"白鱼如玉紫蟹肥,秋风欲老芦花飞。"钱樗《溪上》:"秋老芦花冉冉飞,晓天寒气袭人衣。"芦花纷飞,姿态优美。芦花也逐渐成为秋季到来的象征,它更是诸多诗人笔下秋景中不可或缺的意象。

秋季除了芦花,芦苇整体给人的审美感受也与春季、夏季很不同。《诗经》中"蒹葭苍苍"的传统悠久而又深入人心,所以萧索也成为秋天芦苇的典型特征。"四际上通波,兼之葭与苇。是时立秋后,烟露浩凄矣"(吴融《祝风》),秋季芦苇的茎干变得枯黄,给人一种萧瑟凋败之感,如陆龟蒙《江南秋怀寄华阳山人》:"沼连枯苇暗,窗对脱梧明。"李洞《秋日曲江书事》:"门摇枯苇影,落日共鸥归。"朱松《中秋赏月》:"去年中秋雨,野芦凄薄寒。"自古以来,中国文人就有悲秋伤怀的传统,萧瑟衰枯的芦苇更容易触动文人的悲秋思绪,张方平《送沈生昆弟随侍之博白四绝句·其四》:"夕阳疏苇暮江湄,秋色萧萧动客思。"萧疏的芦苇是秋景的代表,同时也往往引起人内心哀伤、愁苦之情。

4. 冬季——芦苇枯残之景

冬季,万物萧索,芦苇也衰败枯折,诗人对芦苇的关注不如其他季节多。初冬时节,"菊色滋寒露,芦花荡晚风"(吴芾《初冬山居即事十首》)只是零星描写,更多的是"长杨卷衰叶,敦苇拉枯茎"(宋祁《孟冬驾狩近郊》)的枯败之感。整个冬季,芦苇的衰老更显冷寂,如李建勋《赋得冬日青溪草堂四十字》:"疏苇寒多折,惊凫去不齐。"林逋《孤山雪中写望》:"远分樵载重,斜压苇丛干。"

总之,四季芦苇有着的审美特征,古人的感受和描写是丰富的,对芦苇美的揭示也是全面而深入的。尤其是对芦荡和芦花的描写,赋予了芦苇新的色彩。如果说四季风景侧重于对芦苇不同生长阶段的关注,那么不同情境下的芦苇刻画,则更多是从人的主观感受出发,是更进一步审美意趣的体现。

(二)因境而变的万千姿态

随着审美水平的不断提高,人们除了整体把握芦苇季节性的风景美观之外,也在不断地描写不同环境氛围下的芦苇，表现芦苇不同情境下的各种姿态，从而更加丰富了对它的外在形象的审美认识。

1. 风吹芦苇吟秋声

芦苇茂密丛生，宽广无垠，在文人墨客的眼中，芦苇是"声急正秋天"，风中芦苇动让人首先想到的就是秋风秋声，"秋声谁种得，萧瑟在池栏"，钱起《江行无题一百首·其三十四》："任君芦苇岸，终夜动秋声。"吴融《秋事》："更欲轻烧放烟浪，苇花深处睡秋声。"

从"蒹葭苍苍，白露为霜"开始，芦苇就给人留下秋季萧瑟飘摇的印象，芦苇与秋天有着密不可分的关系，人们很自然的由芦苇声想到秋声。秋天本就是万物萧索的季节，而秋声飒飒更是为这个季节增添了凄清萧瑟的色彩，宋代诗人徐集孙有诗《秋风悲》曰："秋风悲，秋风悲，秋风悲兮落叶飞……秋风悲，秋风悲，秋风悲兮陇穗萎……秋风悲，秋风悲，秋风悲兮塞角吹……秋风悲，秋风悲，秋风最可悲兮。"诗人接连的排比描写出秋风给人的哀愁之感。风中的芦苇给人的感觉也是较为低沉哀伤的，更容易引起诗人情感的抒发。《礼记·月令》记载："孟秋之月其音商。"所以这里的"吟商"就是吟秋风，芦苇丛中凄清的声音勾起了诗人对故乡的思念，且夹杂着隐沦江湖的愁苦滋味，反映出心境的悲凉。

首先，在听觉上苇风萧索，多给人萧瑟之声，而且多用"萧萧"表示风声呼啸的叠声词。

其次，在视觉上风中芦苇也是形象百变。一方面是风吹芦苇偃仰；另一方面，风吹芦花却是十分美丽的景色，芦花袅袅身姿惹人爱怜，风中芦花更是别有一番景象。

2. 雨落苇丛空寂寂

雨是常见的天气之一，雨和芦苇也有着密切的关系。芦苇有声不仅会是风吹的结果，也可能是雨引起的，如贾岛《雨后宿刘司马池上》："芦苇声兼雨，芰荷香绕灯。"温庭筠《南湖》："芦叶有声疑雾雨，浪花无际似潇湘。"而且雨中的芦苇也给人冷清的感觉。张耒《淮阴》："芦梢林叶雨萧萧，独卧孤舟听楚谣。"虽然风雨容易引起人悲凉的心境，但雨中的芦苇还有另外一番景象。杜甫有诗曰："好雨知时节，当春乃发生。随风潜入夜，润物细无声"，有了细雨的滋润，芦苇苗可以加快生长。

在诗人笔下描写较多的还是雨后芦叶、芦花的样子。风雨后芦滩水满，芦叶零落，如许浑《经故丁补阙郊居》："风吹药蔓迷樵径，雨暗芦花失钓船。"除了这种烟雾朦胧的感觉之外，雨后芦花也显得更加的干净。林逋有《秋江写望》一诗，描写了一幅静谧的秋江景色图，整个画面既安详又富有诗意，展现了雨后芦苇的别样风韵。

3. 月照芦花相映白

除了风中、雨中芦苇，月下的芦苇也是诗歌中常见的描写对象。明月能渲染一种清幽的环境，月夜的静谧优美，能使人在审美的愉悦中忘却现实世界的欲望和纷争。明月意象往往刻画出清幽澄净的意境。明月和芦苇组合的环境更添诗境的安谧，如詹体仁《昔游诗》："青芦望不尽，明月耿如烛。湾湾无人家，只就芦花宿。"洪咨夔《宿柁头次及甫入沌韵》："今夜宿头应更好，月明四面尽芦花。"方岳《兰溪晚泊》："岸岸芦花白，空江多月明。"对于露宿在外的人而言，明月芦苇就是他们的常伴者。

"皓月借芦花"，月光显得格外皎洁，芦花"凝洁月华临静夜"，也是分外洁净，因而二者有着审美上的相通性。明月与芦花共同构造出一种静谧的意境，就连大诗人陆游都不免感叹："最是平生会心事，芦花千顷月明中"（《烟波即事十首·其二》），足以想象这种情景的美妙。

（三）因域而变的标志特色

1. 江南色彩的形成

在人们的印象中，芦苇是江南景物的代表，其所带有的江南色彩与朝代更迭所带来的自然环境的变化，以及政治经济文化中心的转移是有着重要的关系的。芦苇作为江南美景的代表，既展现了江南物产资源之丰富，又体现出江南秀丽风景之柔美。

秦汉时期，对芦苇的描写多体现出北方地域文化色彩。魏晋南北朝时期，虽然有关芦苇意象和题材创作发展并不是很多，但是从现有的作品来看，芦苇的南方地域文化色彩已经有所增强，开始出现在描写江南风景的诗歌中。隋唐时期，不仅有关芦苇题材的文学创作增多，而且芦苇开始作为独立的审美对象出现在文学作品中。整个唐代芦苇南方区域文化色彩进一步往前发展，在指明了是江南地区的诗歌中出现了芦苇，主要集中在长江流域一带。宋代以来，随着政治经济文化中心的转移，文学创作的重心逐渐转移到南方。芦苇的江南文化色彩在这一时期基本形成。总之，我们从芦苇题材创作的发展历程中，可以清晰地看出芦苇江南区域文化色彩逐渐凸显的过程。芦苇作为中国古代文学中的重要意象，从先秦到两汉时期，对芦苇的描写多体现北方地域色彩，晋唐以来江南色彩有所增强。直到宋代之后，芦苇意象的江南色彩得以成型。

2. 江南色彩的意义

芦苇意象不断地得以积淀成型，逐渐深入人心，既体现了江南区域文化的审美内涵，又表现出一定的审美意义。

（1）体现江南物产之丰富。江南地区因其独特的地理环境优势，物产资源十分丰富，如菱角、莼菜、菰菜、竹笋、鲈鱼等。芦苇的嫩芽是江南的一道美味佳肴，并多次受到文人描写，唐代诗人郑谷《送张逸人》："芦笋鲈鱼抛不得，五陵珍重五湖春。"这里的"芦笋鲈鱼"其实就化用了张翰的典故。广泛生长在江南水乡的芦笋就是文人爱吃的蔬菜，它也成为江南蔬菜中的代表之一，体现了江南丰富的物产资源。

（2）展现江南水乡之秀丽。芦苇这种近水性植物，在素有"水乡泽国"制成的江南自然生长茂密，不用种植就能聚生成丛。此外，大部分植物颜色单一，只具有季节性观赏的价值，芦苇一年四季有着不同的风景特色，春季有"紫绿尖新嫩苣生"（武衍《芦笋》），夏季有"芦叶梢梢夏景深"（李商隐《出关宿盘豆馆对丛芦有感》），秋季更有"一片芦花映碧流"（欧阳澈《和子贤途中九绝》其七），不同季节不同颜色都给江南水乡增添了亮丽的风景，展现了江南水乡自然风景的秀丽。

二、芦苇意象的情感意蕴

芦苇是中国文学中一个重要的意象，在长期的文化积淀中，人们在它身上赋予很多情感内涵，如时光流逝之感、漂泊客旅之愁和离情别绪之思。

（一）时光流逝之感

人们对芦苇最早的关注就是秋季芦苇萧瑟枯黄的特征。芦苇作为一个客观生命体，随着自然界的变化，由成熟走向枯萎。可以说"蒹葭"就是秋季的标志，人们通过对观察具有季节性特征的客观物象更容易获得直观的时光感知。诗人在秋天里思索感怀的情感又是多种多样。人间世事纷繁复杂，在这样一个充满伤感气息的季节，任何情绪都可以拿来抒发，这无非是诗人们内心各种心理活动的外在表露，作为秋季标志的芦苇自然成为表达秋季时序之感的媒介。

第一，追忆历史兴亡的怀古感怀。旺盛的花草在历史题材中，有时不是用来说明历史的巨变，而是用来反衬人凄凉寂寞的心境。秋季萧瑟清冷，芦苇跟秋季相连，更容易引起人们对往事的回想和思考，给人一种深秋的苍茫感。同时时空流转，昔时的帝城将化为荒蛮之地，也引发诗人抒怀。

第二，人世几回伤往事，山形依旧枕寒流。入宋以来，怀古诗歌中借芦苇意象表达对朝代兴亡更迭的感受为诗人普遍接受，产生了不少佳作。芦苇在宋代以后，江南区域色彩也逐渐凸显，诗歌中对秋季芦苇的描写也加深了诗歌本身的历史沉重感，使人倍感萧瑟。

第三，对岁月流逝人生衰老的感怀。秋季芦花变白，芦叶飘落，不由让人联想到时光的飞逝，而此时年少不再，纷飞的芦花就成为触发人们感怀的景物。方回《次韵汉臣闵口渡》载："岁月匆匆雁往回，马头西区又东来。不知自有乾坤后，几度芦花谢复开。"尤其是秋季蒹葭苍老,更易引起人的感慨,如范成大《李深之西尉同年谈吴兴风物,再用古城韵》:"安知有恨事,但恐蒹葭苍。"李曾伯《辛丑都司公廨与陈景清诸友小集作·其二》:"蒹葭白露嗟今老,榆柳西风感昔游。"

(二) 漂泊客旅之愁

古代主要的交通方式是水路,芦苇作为依水丛生大面积生长的植物,会经常出现在漂泊者的视野之中。随着文学的发展,芦苇在文学作品中不再是简单的外在景物,漂泊者逐渐将自身的情感体验投射到芦苇枯荣变化的特点上,因而芦苇蕴含的漂泊客旅之愁也就越来越明朗。

第一,抒发对家乡的思念之情。漂泊自然要远离家乡,而游子对故土总有着难以割舍的情结,漫长的羁旅生活中,他们心灵的最深处始终没有归属感。随风飘摇的芦苇丛更增添了游子内心的不安定感,素色枯萎了的芦花触发了他们内心哀愁迷茫的感伤。

第二,抒发漂泊中的孤独和愁苦。由于漂泊者本来就居无定所,随遇而安,所以芦苇丛常常成为游子夜晚的休憩之地,或是泊舟于苇岸,在这样空旷的郊外休息,漂泊者内心的孤苦无依可见一斑。如白居易《风雨晚泊》:"苦竹林边芦苇丛,停舟一望思无穷。青苔扑地连春雨,白浪掀天尽日风。忽忽百年行欲来,茫茫万事做成空。此生飘荡何时定,一缕鸿毛天地中。"

(三) 离情别绪之思

除了借用芦苇是一种交通工具这种含义来表达离别之情外。很多诗歌中还有对芦苇的描写,作为离别之时的景物衬托。长于湿地的芦苇成为离别的见证,对芦苇描写的着眼点不同,所营造的离别氛围也不同。

秋芦折苇衬托离别时的凄凄清冷,如张贲《送浙东德师侍御罢府西归》:"孤云独鸟本无依,江海重逢故旧稀。杨柳渐疏芦苇白,可怜斜日送君归。"洪咨夔《送客一首送真侍郎》:"风雨寂历芦荻秋,梧桐落尽斜阳收。孤鸿影断苍莽外,愁绝送客涛江头。"魏了翁《送杨尚书知沪州》:"断雁怀归芦叶秋,离鸾感照菱花羞。五更呼儿拭残泪,淹速有命吾归休。"方岳《送胡兄归岳》:"未知雪径青灯夜,谁记临分岸岸芦。"

秋季芦花反映离别时的悠悠情思,如武元衡《送陆书还吴》:"君住包山下,何年入帝乡。成名归旧业,叹别见秋光。橘柚吴洲远,芦花楚水长。我行经此路,京口向云阳。"洪咨夔《用王司理韵送别二首·其二》:"芦花秋搣搣,征思旆悠悠。"王闰《别黄吟隐》:"饮乾分别酒,话久未移舟。潮水催行客,海山生远愁。蝉声秋岸树,雁影夕阳楼。今夜相思梦,芦花第几洲。"杨无咎《永遇乐》:"波声箫韵,芦花蓼穗,翻作别离情绪。"摇

— 86 —

曳的芦花似乎也在替诗人诉说离别时的不舍。

苍苍蒹葭增添了离别时的缕缕伤感，如陈与义《别孙信道》："岁暮蒹葭响，天长鸿雁微。如君那可别，老泪欲霑衣。""蒹葭"总是给人"冷""寒"之感，在这样的诗歌中，萧瑟的芦苇给离别时的情景增添浓厚的感伤气息，诗人将离愁都投射到周围的景物之中了，芦苇也仿佛带上了一种离别时的感伤情绪，越发清冷萧索。

青葭碧芦带给离别时的丝丝希望，如皎然《寺院听胡笳送李殷》："难将此意临江别，无限春风葭菼青。"晁公溯《送汤子才》："江湖此去水连空，万贾连樯浩渺中。帆影浸斜青草月，笛声吹尽碧芦风。未论魏阙功名锭，不与巴山气象同。更到临平看辇路，沙堤十里软尘红。"元代天如和尚《真州送别悦希云》："长淮飘风沙，沙根吹出青芦芽。我行送君君送我，笑语在眼心天涯。"碧绿的芦苇没有增添离别的伤感，反而为离别增添了一种轻松坦然的笔调。秋去春来，尚在生长的芦苇似乎也让离人的内心看到将来再次重逢的希望。

三、芦苇意象的象征意义

对芦苇形象美感的认识，诗人们不只停留在芦苇外在的茎杆叶花，更着眼于芦苇内在的神韵和象征意义。春秋时期，芦苇就与隐逸者的代表——渔父产生了联系。在中国古代文学作品中，芦苇与渔翁、渔子、渔郎、钓翁等形象的组合颇为常见，江湖中的芦苇逐渐成为清高孤洁隐士精神的象征。芦苇还与贫士相关，主要是由于芦苇可以用来作编织材料，芦藩、芦帘、葭墙等表现手法又体现了贫士的固穷守节的人格品行。本质上仍归属于草类植物的芦草，还会被视作价值低微的杂草，芦苇旺盛的生命力和芦草卑微的特质结合起来，与今天常说的草根文化有相通的地方。

（一）芦苇与隐士

芦苇与隐士的关系主要体现在其与隐逸者的代表——渔父之间的紧密关系上。芦苇是一种依水丛生的水草植物，而渔父又生活在远离城市喧嚣的江河湖海之上，可以说芦苇是居于水边、靠打鱼为生的隐者生活环境中最常见的植物，二者自然很容易产生联系。芦苇逐渐成为描写渔父生活环境中不可缺少的景物，"苇间渔父"成为渔父的典型形象，如陈师道《寄邢和叔》："苇间见渔父，谁识王公孙。"陈造《题行山园》："可惜人间清绝地，苇间渔父与平分。"

从《庄子》"渔父延苇去"形象出现，就有很多渔父时隐时现于芦苇中的相关描写。渔父生活潇洒自由、行踪不定，茂盛高大的芦苇丛是渔人屏蔽外界纷扰、享受安逸生活的自由空间，芦苇丛也就成为一片纯净又没有尘嚣的乐土。既然芦苇就是渔父生活环境的一部分，芦苇的风景变化自然就常出现在与渔父相关的诗歌中，这些描写也更加显示出隐者远离了世俗的喧嚣，生活环境的幽静，衬托出一种出尘脱俗、清高孤介的精神面貌。

对于隐者来说，这样的生活无疑是最美妙的。所谓"脍鲈沽酒醉芦花，此乐桃源人未识"（姚勉《桃源行》），芦苇丛就是远离世俗的人间桃源的代名词。芦苇深处是隐居之所，"萧萧芦苇中，着此清静坊"（魏了翁《夏港僧舍》），在这里隐居者可以忘记杂念，自得其乐，尽情享受生活的悠闲和无拘无束，追求身心俱隐的境界。张咏《阙下寄传逸人》："疏疏芦苇映门墙，更有新秋胧味长。何事轻抛来帝里，至今魂梦绕寒塘。"施清臣《诗二首·其一》："一蓑一笠一孤舟，万里江山独自游。有人问我红尘事，笑入芦花不点头。"而且芦苇风景是生活环境的点缀，给人以美的享受，展现出来的也是一片安乐的美好图景。

（二）芦苇与贫士

芦藩、葭墙和芦帘等表现手法体现出贫士固穷守节、贫而自得其乐的精神面貌。如何对待忧患，对待人生的际遇，这是北宋后期文人普遍思考的问题，许多文人追求生命与自然融为一体的境界，以获得精神上的超越和解脱。张耒对这一思想领悟颇深，他在《超然台赋》序中说："予视世之贱丈夫，方奔走劳役，守尘壤，握垢抐，嗜之而不知厌，而超然者方远引绝去，芥视万物，视世之所乐，不动其心，则可及谓贤耶？"所以即使是生活困顿，张耒也能将自己的所思所想与身边事物结合起来，在功名利禄声色饮食之外发现人生的真乐。他的《芦藩赋》所描写的以芦苇作为篱笆栅栏的简陋居住环境就衬托出张耒贫士固穷、贫而自乐的品格。

贫士并不一定都忧郁，也有反倒认为"斯是陋室，惟吾德馨"，甚至以居住在这样的环境中为乐趣，或者以此磨炼自己的意志，所以芦篱、葭墙表现出的简陋的生活环境反倒衬托出贫士甘贫守节、追求精神超脱境界的品格。

（三）芦苇与草民

野草的草根看似散漫无羁，但却生生不息，延绵不绝。草根的精神本质就在于其具有强大的凝聚力和顽强的生命力，能够承受各种天气环境的干扰。沈辽《赠别子瞻》："借田东坡在江北，芟夷蓬蒿自种麦。"苇草在人们眼里也是一种卑贱的草类植物，"芦花杂渚田"（岑参《晚发五渡》），生长在田间影响农业耕作，所以它也是这种需要被刈除的草类之一。如白居易《渭村雨归》："闲傍沙边立，看人刈苇苕。"梅尧臣《云中发江宁浦至采》："泊舟斫枯葭，岁火爇岸傍。"周权《济南原上》："朔河春透冰未裂，黄芦伐尽洲渚阔。"

"草民"一词还具有底层人民强大不屈服精神的意味,这与芦苇顽强的生命力也有着相似之处。芦苇是多年生草本植物,秋冬枯萎但根不死,春天到了就开始生长,它顽强的生命力,是一般的农作物所不可企及的。所谓"野火烧不尽,春风吹又生",这正是芦苇生命力强盛表现。

总之,芦苇与草民在地位卑贱和生命力顽强两个方面有着相通之处。"草民"是平民大众的代表,由于他们的参与,使得平民文化因为平民身上顽强生命力的浸染而带有不屈的生存意识,从而能够使这种文化蓬勃发展下去。

第四节 中国古代文学中松柏题材的审美视觉表现

松柏在寒冷的冬天依然可以保持一抹绿色,枝干始终坚挺,并不会为寒冬所屈服,因此,在我国古代文学作品中,众多文人寄情于松柏,通过其传递出某些思想。在长期的运用中,松柏逐渐成为坚韧、不屈的代名词,文人也多用松柏"咏志"。在我国古代文学作品中,运用松柏题材的作品非常多,且质量很高,很多作品都被后世广为传诵。

一、古代文学中松柏题材与意象繁荣的原因

在我国古代文学中,赞美松柏的作品数不胜数,松柏这一意象如此繁荣的原因主要包括两个方面。

第一,松柏自身的原因。松柏作为树木品种,在我国有着广泛的分布,同时因为其生命力较强,对于土壤和水分的要求较低,可以生存在众多气候条件较差的地方,从而使得松柏的种植面积更为广泛。而且松柏本身还具有其他树木所不具备的特性,那就是松柏能够一年四季保持常青,特别是在寒冷的冬季,那一抹绿色更是显示其具有顽强的生命力,因此,松柏这一意象格外吸引文人的注意。

第二,文学发展的原因。松柏题材与意象的繁荣与文学发展密不可分,特别是山水文学、咏物文学等的发展,都为松柏题材与意象的繁荣起到了推动作用。古代很多文人墨客喜欢寄情山水,高山、流水、明月等都成为当时文学作品中常见的意象,其中松柏意象也取得了较大的发展。在唐代时,山水诗发展迅速,各种关于松柏意象的文学作品不断涌现,使松柏这一意象逐渐深入人心,成为坚韧、孤傲的代名词,如《寒松赋》等。由此可见,松柏题材与意象的不断繁荣与文学的发展有着紧密的联系。

二、松柏题材的审美价值

松柏形象中蕴含着巨大的力量和崇高的悲壮感。从外形姿态看,松柏或直耸,或虬

曲,或俯偃,树干苍劲,枝条旁逸,如龙似蛇,带给人的是震撼心灵的力度美。即使丑怪类松柏,也有其审美价值。人们对松柏的审美情趣由早期对健壮、旺盛之美的关注扩展到对清奇、怪谲、沧桑之美的欣赏,这种以"奇"为关、以"丑"为美的审美新视角,不但使松柏的审美表现更为全面,而且是对自然审美的充实和丰富。松柏的审美价值,不仅体现在物色美,还体现在松柏引发的相应的人的情性美。

松柏的生存状态给人以崇高的悲壮美:大寒之时,万木肃杀,松柏傲然独立,愈是风雪肆虐,其色泽愈加苍翠;材得以用时,被刀锯斧斫,杀身以作宫殿之梁,如《艳歌行》中描写的"南山老松";材不得用时,终老山间、涧底而无人得知,如左思、王勃笔下的涧底松;受到岩石压制时,为求生存而努力突破环境的限制,于是变为奇松怪柏,虽乖生理、呈异态,其中却蕴含一股勃勃不灭之生气在胸中,自能呈现奇谲瑰丽之面貌,如陆龟蒙等笔下的怪松;生于山林之中的松柏,始困厄于蓬蒿、牛羊,而其终也,贯四时、阅千岁而不改,如苏轼《三槐堂铭》;枯、病类松柏,则表现了美好的事物受摧残,人生有价值的东西遭毁灭的悲剧美,如杜甫的《病柏》。这种在恶劣困苦环境中挣扎,在寂寞中燃烧理想的坚韧精神和凛然风骨,赋予了松柏形象崇高的悲剧美学价值。

三、松柏题材的审美视觉表现

(一)老松的物色之美

唐代对老松古柏的关注和描写已成为普遍的文学现象,唐人已有意识地欣赏松柏的古老沧桑之美。唐人对古松美感的把握准确、独到,突破了之前松柏常青、繁茂的审美传统,将丑陋、怪异等也纳入松柏审美的范围,不光使松柏审美更为全面,也是对自然审美的丰富。对老松怪异之美的描写在中晚唐表现得尤为突出,体现出以怪奇为美、以新异为美的时代新趋尚。

宋代吟咏老松作品更多。《全宋诗》中有54篇以"老松""古松"为题的诗歌。宋代司马光、王安石、刘克庄、汪莘、张元幹、吕本中、林景熙、郑思肖、王令、石延年、郭祥正、徐照、刘子翚、汪炎昶、史尧弼等都有咏古松的作品传世。老松的形体、姿态、神韵之美得到淋漓尽致的表现,描写手法更为多样,老松的人格之美也得到充分展现。

元明清时期,老松成为绘画作品中常见的题材,相应地出现了一些题咏古松图的文学作品,如元代傅若金《奉题仇工部壁间古松图歌》,元代李材《席上赋老松怪柏》,明代金幼孜《徽庙古松山鹊》《古松图》,明代顾璘《题罗侍御所藏周必都古松障》《题杨司徒古松障子》,明代吴宽《马远古松高士图》等,从一个侧面丰富了老松题材的创作。

物色美指自然物的生物种性特质体现出来的美感,对于老松来说,其物色美主要体现在形体美、姿态美和神韵美三个方面。

1. 形体美

形体美指自然物外在的形貌体态呈现出的美感，对于老松来说，其形体美集中表现在枝干、树皮、树叶、树根等方面。

(1) 枝干。老松的枝干或直耸，或虬曲，或俯偃，造型各异，不一而足。无论形态何异，无不是霜柯露干，累柯多节，显示出一副搏击风雨、历经霜雪后的沧桑之态。老松干直者直刺苍穹，兼之旁枝斜出，从下而望，层层叠叠，数百茎夭矫如游龙。唐代杜荀鹤在《游茅山》诗中老松"松头穿破云"、宋代石延年《古松》诗则云："直气森森耻屈盘，铁衣生涩紫鳞干。影摇千尺龙蛇动，声撼半天风雨寒。"这类古松树干直耸，枝条旁逸，如龙似蛇，带给人的是震撼心灵的力度美。老松低偃者干短而俯，柯条横出，冠如张盖，龙姿虎势，如宋代蔡襄笔下的古寺偃松"横柯圆若张青盖，老干孤如植紫芝"。

(2) 树皮。老松皮虫厚，呈青铜色，树皮粗糙皲裂，鳞片状，表皮往往附生一些霉菌、苔藓、蠹虫，色彩斑驳，最能显示老松久历岁月的印迹。元舒顿《古松》诗则云："苍皮络紫藓"。形象地描绘出老松之皮皲裂翘起、苔藓寄生的特点。因老松的整体造型神似传说中"龙"的形象，布满裂纹的树皮就被常喻为"龙鳞"。

(3) 树叶。古松的树叶呈苍青色，诗人多"寒翠""苍翠"目之，如唐代李肖《文宣王庙古松》曰："阴森非一日，苍翠自何年。"宋代林景熙《古松》言："夭矫森寒翠，髯蛟势倚天。乔阴无六月，老气欲千年。""乔阴无六月"，实多赖松叶之功，老松树叶密集，树荫森蔚，远视似笼罩一层烟雾，唐代庄南杰《古松歌》曰："森沈翠盖烟"，元代陈樵言"千岁孤松生绿烟"，明代何景明《古松》中古松成林的景象更是蔚为壮观："临江西来烟雾起，夹谷连山一百里。黛色寒通七泽云，秋声夜卷三江水。"至于白居易《题流沟寺古松》中"烟叶葱茏苍尘尾"之句，不仅点出老松树叶如烟似雾的苍苍之色，还形象地道出了松叶的形态特点。

(4) 树根。老松树根坚硬如铁，盘曲交错，如龙爪入土，所以宋代范成大诗中有"松根当路龙筋瘦"之句。为攫取充分的养料和水分供给古松，松根入土深、延伸远，顽强的生命力令人惊叹。宋代王之道《古松》所咏便是一株"根蟠苍崖石，梢拂青天云"的参天老松。老松蟠石是画家笔下常见的景观。元代宋无《南岳李道士画双松图》所咏之图也是"石上千年之老松"。

2. 姿态美

老松的姿态指其整体形象特点，是干、枝、叶、皮、根等因素的综合呈现。老松姿态多样，有龙姿虎势者，有如蛇走龟蹙者，附之兔丝女萝，临之悬崖绝壑，照之清潭绿波，姿态万状，眩人心目。白居易《庐山草堂记》中有一段关于老松的描写："夹涧有古松老杉，大仅十人围，高不知几百尺，修柯戛云，低枝拂潭，如幢竖，如盖张，如龙蛇走。松下多灌丛萝茑，叶蔓骈织，承翳日月，光不到地，盛夏风气如八九月时。"多样化的比喻将老松变化多端的形态表现得惟妙惟肖。宋代司马光《古松》则绘出另一番奇景："摧颓岩壑间，磊落得天顽。香叶低渐水，余根倒挂山。"古松倒挂倚岩壑，香叶入水惹涟漪，这是怎样一幅动人的画面。

3. 神韵美

神韵美指内在的精神韵味和审美个性，是自然属性美的凝聚和升华，因而具有更高一层的美学意义。综观古代文学中有关古松的描写，其精神美主要表现在以下三个方面。

（1）沧桑。老松"古貌苍髯"，不仅外形上有着风霜之相，其历尽春秋、几经兴亡，内在也自有一种沧桑之感。白居易《题流沟寺古松》："欲知松老看尘壁，死却题诗几许人。"宋代释仲皎《静林寺古松》曰："行人不见树栽时，树见行人几回老。"宋代郭祥正《古松行》云："空山古松阅人代，黛色铜姿终不改。"都是写老松经历岁时、阅人几代，经历无数风霜雨雪的洗礼磨炼，早已练就一副铁石心肠，足以应对各种阴晴变幻。老松因阅尽世相，因而能以淡泊超然之心对待得失悲喜，因任自然，进入"也无风雨也无晴"之境。

（2）丑怪。自然界中怪异老松比比皆是，反映在文学作品中的也不少见。宋代聂宗卿盛赞黄山松"松老青姿怪，岩空紫气深"。奇形怪状的老松也是画家笔下的爱物，唐代朱湾《题段上人院壁画古松》所咏的便是一幅怪松图，图中老松"木纹离披势搓捽，中裂空心火烧出。扫成三寸五寸枝，便是千年万年物"。丑怪老松成为审美对象而被诗人、画家吟咏描绘，于是又转换为唤起强烈审美意识的诗画艺术作品，美与丑之间原来是如此的接近，可以任由艺术家在其间自由穿梭。

（3）雄奇。中国人在欣赏松树的时候，总要选择古老的松树，越古越好，因为越古老越是雄伟的。老松夭矫如虬龙，怒枝伸缩，蚪掀鳞射，古怪变异的姿态中自有一股雄奇壮伟之气。文人塑造老松形象，往往很注重对其内在气势力量的把握，宋代王之道《古松》曰："老松如蛟龙，气夺百万军。"

（二）枯、病、怪的视觉表现

从唐代开始，枯、病、怪松柏受到文人关注，并作为审美对象在文学艺术作品中加以表现。枯、病、怪松柏意象的审美特征可以概括为"以丑为美"。从外形上看，这类植物意象枯寂、病态、陋怪，显然不符合传统的审美观念。

就枯松而言，其形多怪异，树叶凋尽，空余枝干，且树皮鳞皴，色泽灰暗，一副破败之相；就内在的生命力来看，也是枯黄支离、了无生意。看文学作品中是如何描绘的，唐代李涉《题苏仙宅枯松》曰："一旦枝枯类海槎"，元稹《清都夜境》曰："枯松多怪形"，宋代韩琦《再赋》曰："枯松老柏竞丑怪"，宋代白玉蟾《枯松》云："霜鳞雪爪一枯松"，皆言枯松形貌之丑。枯病松柏形象中最打动人心的是其生命的萎谢，这也是此类咏物诗重点描写的部分，比如清代张英《枯松行》："一夕风雨过，萎黄何忽焉。众松失颜色，台殿增寂然。惜彼凌霜姿，遽随群卉迁。"傲立霜雪的松树在一夕风雨后忽随群花萎黄，生意殆尽。枯病类松柏干枯黄萎，缺乏生机和活力，从外表上看，确实给人一种不愉快的感觉。

丑怪类松柏以外表的扭曲变形、怪异骇人为特点，也可归为"丑"之列。文学作品中的丑松怪柏并不少见，如唐代陆龟蒙《怪松图赞并序》中的怪松："根盘于岩穴之内，轮囷偃侧而上。身大数围而高不四五尺，礧硞然，蹙缩然。千不暇枝，枝不暇叶，有若龙拏虎跛、壮士囚缚之状"，可谓"甚骇人目"。金雷渊《会善寺怪松》亦是如此，用激荡、凶险的词语描绘怪异、恐怖的事物，感觉就像读韩愈的某些作品。"物生自有常，怪特物之病"，丑怪类植物因其面貌特异而被视为生物学的变态。这些造型奇特的树木，显然不符合以对称、均匀、平衡、和谐为美的传统美学观念。

从艺术的层面而言，枯、病、怪的松柏反而在视觉上增加了线条的丰富性和变化性，从而显示出一种特殊的另类之美。奇松怪柏抑郁盘错，虽乖生理，却蕴含一股勃勃不灭之生气在胸中，自能呈现奇谲瑰丽之面貌。

枯、病、怪松柏带给人的美感已不仅是外形姿态上的千变万化之美，它们顽强生命力和对自然环境适应、利用的主动精神更加令人激动、给人启示。

以枯、病、怪松柏为吟咏对象的作品，除了表现文人施及天地万物的仁爱之心，往往还别有寓意。总之，对古人枯、病、怪松柏的文学解读，看出古人审美趣味的变化，并可借以洞悉有关人物心灵的隐秘，知晓社会对人物性格情感的影响。不仅如此，枯、病、怪松柏意象还可以引发我们对类似文学意象的探索，诸如庾信之枯树、杜甫之病橘、枯棕、枯楠，卢照邻之病梨树，李商隐之残荷等，都是积淀和融化着某种社会内容和个人情感的"有意味的形式"，值得我们仔细地体味。

第五节　中国古代文学中灵芝题材的审美视觉表现

在中国古代文学中，"灵芝寓意吉祥如意，象征着美好、幸运、富贵和长寿，代表着庄重和尊严。"① 上溯可至于先秦神话，下延可至于明清民俗，无论帝王将相寻求符瑞永生，还是平民百姓祈求吉祥长寿，都离不开灵芝文化的身影，可以说灵芝文化早已成为中国文化的重要组成部分之一。灵芝文学植根于中国灵芝文化之中，灵芝文化为灵芝文学提供了良好的生长土壤和广阔的书写素材，没有中国源远流长的灵芝文化就没有丰富多彩的灵芝文学作品。同时，灵芝文学又是中国灵芝文化的重要载体，也是灵芝文化不可或缺的构成部分。

一、灵芝题材的审美重点

(一) 意蕴重于形象

灵芝在古代虽然被称为"芝草"，但其实则是一种真菌类生物，用生物学知识来看，其无所谓花朵、枝叶、果实之分，因此其形象的可描绘性就十分有限。随着灵芝文化内涵的不断丰富和完善，人们更注重其意蕴的阐发而非形象的描绘，这就造成了灵芝意蕴审美重于形象的特点。如唐代李太玄《摘紫芝》"偶游洞府到芝田，星月茫茫欲曙天。虽则似离尘世了，不知何处偶真仙"，诗中借助灵芝意象表达的是对远离尘世的向往。唐宋以后，灵芝形象描绘变得固化因循，加之上文所说"灵芝意蕴审美时代"到来，灵芝审美意蕴重于形象的特征更加明显，一些灵芝赋咏作品对于灵芝意蕴的阐发往往长篇大论，如宋代薛季宣的《灵芝赋》、明代何三畏的《瑞芝赋》等。这些重视灵芝意蕴多于形象的作品中也不乏一些名家名篇和立意深刻之作，如清代戴名世的《芝石记》和管同的《灵芝记》即是。

(二) 形象想象重于实物

灵芝形象审美具有很浓厚的想象成分，有时甚至偏离了我们现在所看到的灵芝实物。如魏晋时期道教兴起，灵芝的仙草地位被推上了又一个高峰，对于灵芝形象的想象也更加神异化。

灵芝作为一种罕见的仙草，在唐宋以前极为少见，很多时候大家对它的形象并没有形成统一的认识，如三国时期《三国志·孙皓传》"（天纪三年）有鬼目菜生工人黄耇家……东观案图老细，名鬼目作芝草……遂以耇为侍芝郎"，这里就把鬼目菜当成芝草了。加之菌类形状本来就千奇百怪，人们对自己心中灵芝的描绘自然也就千人千面了。

灵芝本身的形象审美性不强，需要借助想象进行加工和美化，如四皓《紫芝歌》"晔晔紫芝，可以疗疾"，"晔晔"一词正是对灵芝色泽的加工和美化。

---

① 邓乔华，郭翠平. 漫话灵芝 [J]. 生命世界，2022 (4)：4.

（三）因袭重于创新

中国灵芝文化源远流长，先秦两汉时期就基本奠定了其发展格局，其后几千年多延续先秦两汉传统而来，可以说中国灵芝文化具有早熟的特点。灵芝审美作为灵芝文化的重要组成部分，其同样具有早熟的特点，加上前文所讲到的灵芝形象的单一性和描写的有限性，因此灵芝审美体现出了因袭重于创新的特性。

就灵芝审美形象来看，这些灵芝形象描写皆沿袭武帝时甘泉宫"产芝九茎"而来，这样的例子其他还有很多。

就灵芝审美意蕴来看，我们也能发现灵芝审美因袭重于创新的特点。两汉时期灵芝文化就奠定了其祥瑞和仙隐两大基本内涵，同时和其后的文学作品多因袭这两大内涵而来。历代灵芝祥瑞诗赋如汉乐府《芝房歌》、班固《灵芝歌》、魏晋缪袭《神芝赞》、李义府《宣政殿芝草》以至明清时期各种《瑞芝赋》等，还有历代灵芝祥瑞贺表和奏书，这些作品皆沿袭其祥瑞意蕴而来；至于灵芝意象在游仙作品和隐逸作品中的运用，皆是沿袭灵芝文化的仙隐内涵而来，尤其是其灵芝隐逸意蕴的审美，一直延续到了明清时期而不见其衰，如明末清初顾炎武的《采芝》诗"采芝来谷底，汲水到池坳。不碍风尘际，常观气化交。晨光明虎迹，夕雾隐鸢巢。昔日幽人住，攀厓此结茅"。总之，灵芝审美虽然有其发展和创新的一面，但我们更应该看到其早熟和因袭的一面。

二、灵芝题材的审美视觉表现

虽然灵芝审美具有意蕴重于形象的特点，但不可否认灵芝形象审美依然是灵芝审美的重要组成部分。灵芝形象作为灵芝的物质基础，也成为其一切审美的基础。人们对于灵芝形象的审美主要关注于其物色美感，也即灵芝的形、色、香、姿等形象特征。由于灵芝审美文化的特殊性，灵芝形象审美既有现实的刻画，也有想象的描摹，具有想象重于实物的特点，这点前文已经有所介绍。

（一）灵芝之形

灵芝作为一种真菌类生物，其叶片分化极不明显，常常出现多株连叶现象，由于组合的不同就会导致灵芝形状的千奇百怪，于是就有了像"宫阙"一样的灵芝。枚乘《梁王菟园赋》就用"芝成宫阙，枝叶荣茂"来描写园林风景。由此还延伸出了"芝阙""芝宫""芝房"等意象，或用宫阙以喻灵芝，或用灵芝以喻宫阙。

魏晋时期，灵芝外形甚至成为一种区分灵芝等级的标准，如西晋张华《博物志》载"名山生神芝不死之草，上芝为车马，中芝人形，下芝六畜形"。

东晋时期，葛洪《抱朴子内篇·仙药》为了神化灵芝，借以宣扬其仙药的性质，记载了各种奇形怪状的灵芝，总称为"六芝"，如"石芝"中有"有似鸟兽之形"的玉脂芝；"木芝"中有"其皮如缨蛇，其实如鸾鸟"的建木芝；"草芝"中有"状似葱，特生如牛角"的牛角芝；"肉芝"中有"见小人乘车马"的小人芝；还有"或如宫室，或如车马，或如龙虎，或如人形，或如飞鸟"的"菌芝"等。还有一种情况值得我们注意，那就是远观灵芝的形状，古人所谓"耕田种芝草……如种稻状""紫芝之栽如豆"等，用稻子和黄豆为喻来形容灵芝的稠密。可以说从秦汉到魏晋，灵芝外形审美的总体构建已经基本完成。

灵芝的茎和叶是灵芝外观审美的主要部分，它们一起构成了灵芝的主体外在形状。《汉书》载元封二年"甘泉宫内中产芝，九茎连叶"；元康四年"金芝九茎产于函德殿铜池中"。"九"是个位数中最大的一个，在中国古代文化中是权威和吉祥的象征。从此"九茎"作为灵芝外形的审美代表，形成固定的模式，一直延续到了明清辞赋之中。古人对于灵芝叶的审美描写极具文学意味，如汉乐府《董逃行》"遥望五岳端，黄金为阙班璘，但见芝草叶落纷纷"，这里把灵芝叶想象成了纷纷落下的树叶，十分具有意境美。

（二）灵芝之色

灵芝的外观颜色和光泽是灵芝形象审美的重要组成部分，它们和灵芝形状一起组成了灵芝形象审美的基础。灵芝"色"的审美可从两方面来看，一方面，从整体色泽来看，灵芝作为一种仙草，其最主要的特点是光泽亮丽；另一方面，从具体颜色来看，古代文献和文学作品中记录和描绘了各种颜色的灵芝，不同颜色的灵芝背后还隐藏着一定的文化内涵。

古人认为灵芝吸日月之精华，聚天地之灵气，表面上有一种自然的光泽。用现代科学观点来看，灵芝作为一种真菌生物，这种光泽是由菌盖和菌柄的表皮菌丝所分泌的无定形渗出物造成的，于是当有阳光照在灵芝表层，整个灵芝的色泽显得光彩亮丽，自然便会发出"似漆样光泽"。古人关于灵芝色泽的记录和描写最早可以追溯到秦汉之际四皓的《紫芝歌》，所谓"晔晔紫芝，可以疗饥"。基于灵芝本身这种色泽光艳的特点，加之灵芝的神异特性，一些文献和作品中对灵芝光色有了夸张的想象，如东汉班固《灵芝歌》"延寿命兮光此都，配上帝兮象太微。参日月兮扬光辉"，这里将灵芝的光辉和日月光辉相对比。魏晋时期，伴随着道教对于灵芝的推崇，人们以至于想象出了很多光彩异常的灵芝品种，如东晋葛洪《抱朴子内篇·仙药》载"石象芝……皆光明洞彻如坚冰也。晦夜去之三百步，便望见其光矣"，又如此篇描写"九光芝"，"九孔者名九光，光皆如星，百余步内，夜皆望见其光，其光自别，可散不可合也"，这些灵芝不但看着光泽鲜艳，而且自身在夜里就会发光。另外，说到灵芝色泽的描写，还有一首作品值得我们注意，那就是李义府的《宣政殿芝草》，其中"色带朝阳净，光涵雨露滋"就是对灵芝色泽的描写，这两句诗用朝阳的明媚来写灵芝色泽的柔美，用雨露的湿润来衬托灵芝色泽的鲜嫩，突破了用"晔晔""煌煌"等写灵芝的传统，反而更写出了灵芝光泽的柔美可爱。

灵芝颜色审美也是灵芝形象审美的重要一环。约在东汉结集成书的《神农本草经》将灵芝分为赤芝、黑芝、青芝、白芝、黄芝、紫芝等"六芝"，第一次系统总结灵芝的颜色分类，成为后世灵芝颜色审美的基础。宋代唐慎微《证类本草》卷六载"多黄白，稀有黑青者，然紫芝最多，非五芝类"，所以除去紫芝以外的赤、黑、青、白、黄等又被称为"五芝"。《神农本草经》还认为"五芝"分别生于五岳，仔细观察我们会发现，"五芝"是与"五色""五行""五方"乃至"五脏"相对应的，十分暗合阴阳五行的理论。关于"五芝"的这五种颜色古人还有进一步描述，所谓"赤者如珊瑚，白者如截肪，黑者如泽漆，青者如翠羽，黄者如紫金"。同时在古人的审美观念中并不是以所有的灵芝为祥瑞，还有"黄色者为善，黑色者为恶"之说，但这种说法并不通行，人们能见到灵芝已属不易，遑论其他。

文学作品中也有很多关于灵芝颜色的描写和赋咏，其中以紫芝的描写居多。"紫芝"作为一个重要的文学意象起源于四皓采紫芝充饥一事，其后紫芝被广泛运用到文学作品中，如：西晋邹湛《游仙诗》"紫芝列红敷，丹泉激阳溠"；东晋庾阐《游仙诗十首（其三）》"层霄映紫芝，潜涧泛丹菊"等。到了唐代紫芝意象和四皓联系更加紧密，形成一个表达隐逸象征的固定典故。

此外，刚才所引古人认为灵芝"黄色者为善"，所以"黄芝"在文学作品中也有较多的描写。"黄芝"又称"金芝"，最早见于《汉书》宣帝时"金芝九茎产于函德殿铜池中"，南北朝时期"金芝"意象开始有了较多的使用，如南朝梁·沈约《江蓠生幽渚》"幸逢瑶池旷，得与金芝从"，梁简文帝《三日侍皇太子曲水宴诗》"银华晨散，金芝暮摇"等。由于古代以黄色为贵，所以金芝的赋咏历代不衰。明清时期灵芝辞赋数量大增，出现了一批金芝的辞赋赋咏作品，如明代刘伯燮《金芝赋》；清代何寄生《黄芝赋》等。

白芝，一名玉芝，被认为是高洁的象征，还被认为是仙人的重要食物，如东汉张衡《思玄赋》："聘王母于银台兮，羞玉芝以疗饥"，有关白芝的意象和赋咏也一直延续到了明清时期，如清代胡天游《玉芝赋》等。赤芝，一名丹芝；青芝，一名龙芝，这二者在文学中的描写相比于紫芝、黄芝、白芝略少一些。赤芝的文学书写出现较早，魏晋时期即已经进入文学书写，如东晋庾阐《采药诗》"悬岩溜石髓，芳谷挺丹芝"。青芝因为不太常见，进入文学书应在唐朝时期，如陈子昂《送中岳二三真人序》"翳青芝而延伫，遥会何期"。黑芝，一名玄芝，虽然有"黑色者为恶"的说法，但是这种说法并不能代表一般观点,至少很多文学作品中还是把"玄芝"当成美好意象的,如魏晋曹植《洛神赋》"攘皓腕于神浒兮,采湍濑之玄芝"即取了玄芝美好之意。

(三)灵芝之香

灵芝的香味审美是建立在嗅觉基础之上的一种审美体验,用现在的标准来看,其实灵芝是谈不上有何明显香味的,但是由于灵芝物种的特殊性,这种香味审美体验具有极强的主观性,甚至带有一定的想象添加的成分。

首先,灵芝香味的记载是先秦两汉典籍"芷兰"误写成"芝兰"的延续。战国《荀子·王制》篇载"其民之亲我也,欢若父母;好我,芳若芝兰",这是最早关于"芝兰"香味的描写。但是,魏晋以后把"芝兰"的"芝"误认为灵芝十分普遍,而且灵芝意象与兰草意象经常连用在一起,从此关于灵芝香气的描写开始增多。其中有的延续"芝兰"连用的写法,如:白居易《裴常侍以题蔷薇架十八韵见示因广为三十韵以和之》"桃李惭无语,芝兰让不芳";杜牧《华清宫三十韵》"钓筑乘时用,芝兰在处芳"。以至于出现了单独灵芝香气的描写,如白居易《代书诗一百韵寄微之》"润销衣上雾,香散室中芝"。

其次,灵芝香味的描写是出于对灵芝美好品质的想象。自秦汉之际,紫芝成为高洁隐逸人格的象征。如唐代姚鹄《题终南山隐者居》"路入峰峦影,风来芝术香",用灵芝和白术的香气来烘托隐者所居环境。"紫芝香"成为一般文学意象,如:唐代沈佺期《送韦商州弼》"故交从此去,遥忆紫芝香";元代谢应芳《和舒文允见贻》"山无白石烂,谷有紫芝香"等。因为灵芝这种香气被认为是和灵芝的品质联系在一起的,所以这种香气不但可以是浓郁的,而且可以是持久的,哪怕是被焚烧后的灵芝也不改其芬芳,借以比喻人的美好品质始终不改。

总之,灵芝香味审美也是灵芝审美的重要组成部分之一,且在文学作品中有很多的描写。灵芝香味的审美和灵芝物种本身关联不大,更多是一种想象所附加的审美体验。

(四)灵芝之姿

灵芝的姿态审美是其形象审美的整体展现,是超越形、色、香等具体审美特征的高级审美体验。芝被古人认为是"芝草",因而就赋予了它草的属性和姿态,这样灵芝动态审美的出现便在情理之中了。

灵芝姿态审美除了动态和静态的区分,不同自然环境下的灵芝姿态描写也值得我们注意。

第一,风中的灵芝姿态,古人想象灵芝会像草一样被风吹得向两边散去,如谢朓《永明乐》"秋云湛甘露,春风散芝草",有时甚至会想象灵芝被风吹的枝叶翻转,如南朝沈炯《六府诗》"木兰露渐落，山芝风屡翻"。这种风中灵芝的描写不一定符合真实情况，但它们对于丰富灵芝形象审美无疑是有帮助的。

第二，霜雪中的灵芝。作为另一种灵芝姿态审美，由于灵芝种类的复杂性，以及文人着眼的角度不同，霜下的灵芝也有着不同的审美表现。如唐代许浑（一作唐代无可诗）《和宾客相国咏雪》"灵芝霜下秀，仙桂月中栽"，这两句诗将灵芝不惧风雪、高贵无瑕的品质很好地传达出来。霜下灵芝进一步引申便是雪中灵芝，如唐代刘得仁《和段校书冬夕寄题庐山》"阴谷冰埋术，仙田雪覆芝"，写了大雪覆盖下的灵芝；再如陆龟蒙《寄茅山何威仪二首·其一》"闲傍积岚寻瀑眼，便凌残雪探芝芽"，陆诗描绘灵芝新芽露出残雪的场景，展现一种不畏霜雪、生机勃勃的精神力量。

总之，灵芝形象审美是灵芝审美文化的重要外在表现，其包括灵芝的形状、色泽、气味、姿态等多个方面。灵芝作为一种神话色彩浓厚的真菌生物，尽管在古代科学不够发达的情况下，文献典籍中所描绘的灵芝形象多充满想象成分，但是古代灵芝形象依然是一个重要而有价值的研究课题。

第四章　中国古代文学的审美体系与价值

第一节　中国古代文学的审美体系

一、中国古代文学的审美特征与形态

(一) 中国古代文学的审美特征

"中国古代文学历经几千年的传承和发展,在每一个阶段都有自己不同的创作风格,但是,其审美理想却一脉相承,始终秉承着对自然的崇尚,对平和思想的追求,对营造意境的探索,在人物刻画上也有很多的共识"。[①] 中国古代文学的审美特征如下。

1. 诗词形式与韵律的独特

中国是个公认的诗的国度,尤其是诗词自然表现出一种整齐而严谨,铿锵且具有音韵之美。其实只要从唐诗及宋词中拿出那么一两首来,你就都能发现其中所蕴含的美乐。譬如以"平平仄仄平""仄仄平平仄""平平平仄仄""仄仄仄平平"这四种押韵的方式为基础的近体诗,是中国文学样式中特别的形式。而这种文学样式,从形式上来讲,它有明显的抑扬的腔调和铿锵的音韵,是中国诗歌史上独有的。

2. "神韵—意境"的独特风尚

艺术风格在中国文学的样式是极其多样的,而且不同的朝代有着不同的审美追求。中国古代文学中体现出来的审美可以说是一种中和美,是一种含蓄美。这种美包含以下三个方面。

(1) "韵"。即指音乐诗歌的音调,后来干脆用到诗歌中,使诗歌音调和谐,富有节奏,并能给人以美的享受。《说文解字》中的"韵"更多指音乐。到了魏晋时期,"韵"逐渐成为品评人物的一个标准,南朝齐·谢赫在《古画品录》中提出的"绘画六法",第一点就是"气韵生动",主要是让人物的精神状态和性格特征能够在画中表现出来。那么

---

① 楚冬玲. 中国古代文学审美理想的一脉相承性 [J]. 民营科技, 2010 (7): 99.

"韵"就又被拿来品评画作。到了晚唐时期，文学家们就又开始用"韵"来评价文学。清代王士祯提倡"神韵"，再加上一些人的会意，自然把"韵"在诗歌创作中的作用扩大到了前所未有的高度，以至于影响了诗坛近百年之久。我们说"韵"在文学中的作用是得到了大家的认可的，包括现代的人们。

（2）"味"。在中国文学中，"味"通常指的是文学作品的深度和内涵。一篇文章或一首诗的"味"不仅仅体现在表面的文字和句法结构上，更重要的是其背后的意义和情感。这种审美追求强调文学作品必须富有内涵，能够引发读者深思和共鸣。在中国文学史上，许多经典作品因其深刻的思想和情感而被称为"有味道"的作品。这种"味"是文学作品的灵魂，是文学艺术的核心。

（3）"气"。在中国文学中，"气"强调作品必须具有独特的氛围和情感气氛。这包括了作品的情感表达、节奏感和情感张力。一篇文学作品如果能够通过文字和表达方式传达出特定的情感气氛，就被认为具有高度的审美价值。例如，在诗歌中，通过词汇的选择、排列和音韵的运用，诗人可以创造出不同的气氛，如豪放、婉约、哀怨等，以便更好地表达其情感和思想。

3. 拥有深刻的地理艺术文化以及民族艺术

从中国古代文学作品的内容来看，其内容基本上都是符合其所反映的那个时期的生命特点的。比如"小农民主义""和而不同"等，都是以农业为基础的文艺观念的内容。在那个时代，中国可没有现在这么先进的科技，所以，为填饱肚子、穿暖身子，所有的精力都放在了日常的工作上。

在中国古代，种田是维持生计的一种方式，而选择合适的庄稼，就能获得更好的收成。农业生产的持续发展，必须有足够多的人力，所以为生存，农业生产和人力就成了一个很大的组织。因为生产和生存息息相关，所以华夏大地上的霸主们，也就是从内部发动一场又一场的战争。而这种以人类为中心的、以历史为中心的中国的历史，也被记录下来。

在这场战斗中，不断出现分裂和整合，被分割的是一个国家的疆域，而整合的是各个区域的民族、文化、语言、生活习惯等。在战后的早期，不同种族的人与人的交往和融合是不可能的。但在历朝轮番统治下，逐步出现一种由大而小、由小而大的格局，并逐步建立起一种较为稳固的族群架构。而孔子也说过，既来之则安之，这是中国古代文学的中心思想，也是关乎地域和国家的。

4. 拥有丰富的人文艺术精神

在中国的传统中，"人"一直都是被重视的。在古代，人类相信生命所需的所有物质都来自上天，是上天所赐予的礼物。而在中国，人们更倾向于认为自己是在窃取天地之力，承认天地之力，同时也承认自己的实力。而中国古代的那些神仙，也都是以人为基础的。像女娲娘娘、玉皇娘娘，就是以人类为蓝本的。再加上中国民间传说，人类只要经过长久的修行，就能够飞升成仙，可见古人对人类实力的信心。

在中国文明中，"上帝"却是与人类生命发展紧密相连的。比如女娲娘娘，给人类新的生活；比如大禹，治理人类的水灾。他们就是那些行侠仗义的神，他们就是那些从平民中走出来的英雄。在中国的历史上，一直以来，都是以人为中心。

5. 社会教化与个人情感的对撞艺术

在中国古时候，人们常常特别相信和尊敬礼教。君王为彰显自己的权威，必然要将自己的子民分成不同的阶层，这也是一种教育的方式。不光是地位的问题，就连婚姻、孩子、遗产的继承，也是如此。还有一些人把信奉的信条当作自己生命中最基本的准则，以此来论证自己生命中的意义。不过，规矩并不是人们遵守所有规矩的唯一原因。人们之所以接受并遵循这些规矩，不仅是因为外部的压力或强制，更是因为他们内心深处认同这些规矩的价值和意义。他们认为这些规矩是维护社会和谐与秩序所必需的，因此自觉地遵循这些规矩，并将其内化为自己的行为准则。《梁山伯与祝英台》是一部具有批判性的文学著作。在面对感情的时候，任何人都会犹豫。他们更倾向于自己的感情，觉得这个世界太死板，很难融入人性。而这些"碰撞"的手法，正是中国古典文艺所特有的魅力所在。

6. 拥有底蕴深厚的变革艺术

团结、和谐一直以来都是中国人的一种独特的灵魂，但是，团结并不意味着每个人都要遵从一种思想来生活。人类是一种拥有思维的生命，他们拥有审美，拥有判断和分辨的能力。而在这个宇宙中，不同的属性叠加在一起的时候，人都会下意识地选择不同的属性，如果是与自己的理念和性格相符的属性，那么人就会根据自己的理念和性格，来调整自己的属性，让它们成为最适合于人类的属性。书法，音乐，都是如此。

人类收集社会产品中的某些声色要素和意象要素，经过处理，最终构成一个有规则、有结构的内容。而这个输出，其实就是人类在改变自己的生存方式。在《三国演义》中，每一位主角都在进行着一场巨大的改革，这也是为什么小说中会出现"合久必分，分久必合"的原因。这就是中国古典文艺的转折点。

（二）中国古代文学的审美形态

审美形态是文艺体裁或文艺类型，是特定的人生样态、人生境界、审美情趣、审美风格的感性凝聚及其逻辑分类。中国古代文学的审美形态丰富多彩，反映了几千年文化传承的独特魅力，它包括了不同历史时期、文学流派和创作风格中的多种审美表现。

随着中国文化本身越来越受到人们的关注，也随着审美形态研究的深入，什么是中国审美形态、中国审美形态如何分类的问题就摆在了中国美学面前。

中国审美形态有其自身的特殊性，需要遵循独特的路径，尤其需要提高理论认识水平。中国古代没有自觉的审美形态意识，有的只是对构成审美形态要素的风格的诸多论述，而且往往以风格来代替审美形态，又以性情决定风格，学理性不强。

中国古代没有自觉的审美形态意识，可能与中国的审美形态并非来自文艺种类或体裁有关。古希腊的悲剧、喜剧这些审美形态本身就都是剧种。而中国古代对于作为审美形态之关键要素的风格的重视及其分类，恰好说明了中国古代对于文艺内容的特点的重视胜过对于文艺形式的重视。悲剧和喜剧首先是形式，其风格也是在这种形式中存在的。而在中国古代的审美形态中，首先是风格，其次才是形式。而且这种风格并未固定在文艺的形式中，到了晚唐司空图那里，其《二十四诗品》所言二十四种风格，都有超越形式、超越文艺而涵盖一切审美形态的功能。

二、中国古代文学的审美标准

我们要确定最基本的审美形态，需要功能性标准和层次性标准。功能性标准是关于审美形态的普适性、概括性、影响力和流传性的总结，立足于探究审美形态的实际作用及其价值。而层次性标准则是在众多的审美形态中如何按层次排序、确立谱系的问题。

（一）功能性标准

第一，广泛性与普适性的统一。即不仅在某一种类或某一体裁中使用，而且还在其他一般艺术形式中使用；不唯在艺术中存在，还在生活审美中使用。如"典型""意象"，只在文学中使用，不在其他艺术中使用，也不在生活审美中使用，故只作文学的审美形态对待，不做具有普泛意义的审美形态对待。

第二，虽然有些范畴如"自然""淡泊"等不仅在中国诗歌意境中使用，而且在其他艺术，如绘画、音乐、戏剧、小说等中广泛使用，且在生活中、医疗中普遍使用，因而，作为审美形态，似乎更具有广泛性，但广泛性并不等于笼统。"自然"与"内容"、"形式""现实美""艺术美"等范畴一样，其涵盖范围过广，以至无所不包，但又难以确指任何一个具体的审美形态，因而缺乏普适性，也难以成为基本的审美形态。

（二）层次性标准

中国古代审美形态脱离体裁和种类以及集中于风格并以风格代替审美形态表达的特

点,决定了其概念范畴的庞大体积,而且在这个庞大的概念范畴内部,各类概念往往相互交叉、相互包容、关联重合、等级界限不清。就以目前教科书中写到的中国审美形态为例,中和、神妙、气韵、意境、阴柔与阳刚、沉郁、飘逸、空灵,实质上都是至少两个概念的近义或反义组合,不像西方的悲剧、喜剧、荒诞、崇高那么单纯、清晰,而是意义纠葛、模糊。主要表现在以下几个方面。

第一,在同等级别的审美形态之间实际上存在着形上与形下的层次之别,影响人们对中国审美形态的确认。如中和、神妙、阴柔与阳刚、气韵、意境就是一个从"道"的属性中演化而来的,属于与"元""原"有关的次级概念。而沉郁、飘逸、空灵等则属于与"道""元""原"没有直接联系而是只有延伸性联系的范畴,因而表现出概念的兼容性和分类的随俗性特点。但如果将这种兼容性和随俗性不加限制地扩大,则会造成级差混乱。

第二,广泛衍生,在形成族群性和家族相似性的同时,造成了中国古代审美形态的诸多亚种。如从"神"中衍生出神采、神情、神貌、神韵等,从"韵"中派生出气韵、风韵、神韵等。从而形成近义词之间的亲属关联,极具家族相似性。其中就有叔侄关系的,如风神、风韵等,有舅甥关系的,如气韵、风韵等。但在这个亚种里往往会主从不分、高下不明,影响到对中国审美形态范畴的取舍。最后只能以"神"和"妙"这两个一级元概念的组合为此类中的最高审美形态。

三、中国古代文学的审美感知与情趣

(一)中国古代文学的审美感知

中国古代文学的审美感知是一个令人着迷的主题,它反映了几千年来文化、历史和哲学的深厚积淀,塑造了中国文学的独特风采。

第一,中国古代文学的审美感知体现在审美情感的丰富表达上。中国文学以其对情感的深刻体验和表达而著称。古代文人常常以自然景物、人生百态等为素材,通过文字来表达他们的情感。他们以笔墨激荡出丰富多彩的情感画卷,无论是表现爱情的激情澎湃还是表达乡愁的思绪万千,都充分展示了审美情感在古代文学中的独特地位。例如,李清照的《如梦令》通过细腻的情感描写,表达女子对爱情的期盼和思念,让人感受到了深切的情感共鸣。

第二,中国古代文学的审美感知体现在审美价值观的传承和发展上。中国文学强调了儒家的伦理道德观念,将审美与道德紧密相连。古代文人追求文学作品的内在价值,认为文学应当具备教化作用,能够提升人的道德修养。这一价值观在中国古代文学中深深植根,塑造了作品的价值观念,使文学作品更具内涵和深度。例如,《红楼梦》作为中国文学的巅峰之作，通过对人性、家族伦理等问题的深刻探讨，反映了中国古代文学中的伦理审美观。

第三，中国古代文学的审美感知还体现在审美表达的多样性和精湛技艺上。古代文人善于运用修辞手法、象征等文学技巧，通过文字的巧妙运用来勾画出丰富的意境和情感。他们注重文学作品的语言和形式，追求辞藻的优美和结构的精湛。这种表达方式不仅丰富了文学作品的层次，也增添了审美的深度。例如，苏轼的《水调歌头》以其流畅的文笔和对人生的深刻思考，成为中国古代文学中的经典之作。

总之，中国古代文学的审美感知是一个广阔而深刻的领域，涵盖了审美情感、审美价值观和审美表达等多个方面的内容。这些元素共同塑造了中国古代文学的独特风采，使其在世界文学史上占有重要地位。通过深入研究和传承这一丰富的审美传统，我们可以更好地理解中国古代文学的精髓，同时也能在现代文学中汲取灵感和启发。

（二）中国古代文学的审美情趣

文学的形式美，主要是通过言语形式表现出来的。古代中国人追求的形式美，首先是整齐对称、方正笔直。建筑群体的布局如此，舞蹈队形的设计如此，言语作品的结构形式也如此。整齐言语形式的一个重要表现是"重复"，语词、语句、语段的重复，运用得好就能使人产生美感。整齐之美的另一个重要表现是"对称"。有语词的对称，如南辕北辙、柳暗花明等；也有语句对称的，如"持家但有四立壁，治病不蕲三折肱"（黄庭坚《寄黄几复》）。最具有中国特色的对称的文学样式是"对联"，即刻写在楼台亭榭、书斋居室楹柱两侧的文字。可诗可文、可长可短，具有文学和书法的双重功能。较为著名的如清代大学者纪晓岚书斋门前的："书是青山常乱叠，灯如红豆最相思。"除夕之夜，老百姓总喜欢在大门两侧贴上对联，辞旧迎新，称为"春联"。据《解人颐》载，朱元璋很喜欢对联，更喜欢为人题联。他定都南京那年的除夕，上街私访，发现一家"屠户兼阉猪"的店门上贴了副白联。提笔便写道："双手劈开生死路，一刀割断是非根。"这类春联故事，颇有审美意味。

古代文人看惯了直线，也想看看曲线。故又追求参差的言语形式，追求语句、语段在空间架构、时间架构上的流动变化，追求韵散错杂、多样统一的文体。于是，创造出句式长短不一的词、曲和阶梯诗、宝塔诗、扇形诗、圆形诗等富于曲线美的诗歌形式，以及诗、词、曲、赋和散文交混杂糅的小说形式。在言语形式上，古代文人着意追求音乐美和图画美。汉语是一种独特的音响艺术，古人充分地运用汉语固有的语素、节奏、平仄等音响功能，使之产生优美和谐的艺术魅力。又巧妙地用语言描述音乐抽象的旋律，使之产生"大音希声"的效果。同时，古代文人还精心选用那些表示赤、橙、黄、绿、青、蓝、紫等色彩的文字符号来表情达意,从中可以看出中华民族尊"黄"、敬"玄"、贱"蓝"的审美文化心态。考察某个作家对某些色彩符号的使用频率,可以了解他(她)的审美情趣和创作心理。如果众多作家都喜欢使用某种色彩符号,就可以了解这一类或一派作家的审美倾向和风格特点。大凡受老庄、道教、佛教思想影响的作家,诗文中"绿"字符号出现的频率就较高,以致形成影响深远的山水田园诗派。

古代作家作品的风格众多,而普遍追求的有明晰、含蓄、典雅、素朴等几种。

第一,明晰,是用通俗而又具有包容性的言语,塑造出生动而又具有代表性的艺术形象,让读者"闭目如在目前"。如柳永的词,"执手相看泪眼,竟无语凝噎"(《雨霖铃》);"衣带渐宽终不悔,为伊消得人憔悴"(《蝶恋花》),就撕破了封建士大夫那块温情脉脉的面纱,给人以明晰之美的感受。

第二,含蓄,是作者有意把自己的真实意图隐藏起来,让人在寻觅、思索、咀嚼、回味中获得美的感受。宋末吴文英的《风入松》:"听风听雨过清明,愁草瘗花铭。楼前绿暗分携路,一丝柳一寸柔情。……愁怅双鸳不到,幽阶一夜苔生。"东一句,西一句,"碎拆下来,不成片断"(张炎《词源》)。仔细琢磨,才知道作者是在追忆昔日与情人在"西园"幽会的甜蜜情景,抒写想"她"想得精神快分裂的惆怅之情。只不过,作者巧妙地运用了时空交错的手法,把梦幻与现实交织在一起,呈现出扑朔迷离、委婉深致的风格。明晰与含蓄,是儒道两家共同追求的语言风格,而它们还有自己特殊的追求。

第三,典雅。儒家和受儒家思想影响的作家,大多追求典雅的言语风格。从作家的人格到作品的风格都显得文质彬彬,古朴端庄,优美秀丽。喜怒哀乐爱恶欲等情感欲望一般不轻易表现,即使有所表现也是恰如其分,符合道德的规范。如《诗经·关雎》中那个小伙子,对"窈窕淑女"动了真情又无法得到;但也仅仅是翻来覆去地睡不着觉,并没有做出什么过分的举动。所以孔子认为是"无邪"的,是符合"中和"之美的。

第四,素朴。道家和受道家思想影响的作家,大多又追求素朴的言语风格。他们认为,"素朴而天下莫能与之争美"(《庄子·天道》),作品如能达到文辞淡泊、文心淳真、文法自然的审美境界,就能给读者以无法抗拒的巨大魅力。

四、中国古代文学的审美传承与创新体验

(一)审美理想的传承

1. 自然

自然,常常与自然景物、自然山水有关,因为它们最没有人为的痕迹;而人的生活、

人的情感意愿真实地表现出来，古代也叫自然，大约相当于真实。自然是中国古代最重要的文学审美理想。如《诗经》，从审美角度考察，"都是一种朴厚的自然美，是作者心声的自然表达，较少修饰雕琢，作为文学作品，它们可以称作不自觉的文学作品。钟嵘的《诗品》更是将自然作为文学的最高审美理想，主张"自然英旨""真美"。司空图《诗品》论"自然"说："俯拾即是，不取诸邻。俱到适往，著手成春。"这是对自然的诗意描写。对于文学艺术中对于自然的追崇，从古到今的观点始终没有大的改变，总体美学理想是一脉相承的。

2. 平和

平和即是适中、和缓。古代要求文学作品必须给人以平和的审美感受。这种观念最早在春秋时期就提出来了。《左传·襄公二十九年》曾有对《诗经》的欣赏，就明确提出了平和对于诗歌创作的重要性，如"忧而不困、乐而不淫、思而不贰、直而不倨、哀而不愁……"等，它具体分析了《诗经》中人们丰富的情感，非常推崇它们在表现上的平和、节制和适度，所谓"五声和，八风平，节有度，守有序"。孔子也有这种主张，他明确指出："温柔敦厚，诗教也。"而他的中庸之道更是影响深远。

后人对平和的观点同样认同，如刘勰主张"情深而不诡"《文心雕龙·宗经》，黄庭坚认为："诗者，人之情性也，非强谏争于廷，怨忿垢于道，怒邻骂座之为也……"所以他批评苏轼说"东坡文章妙天下，其短处在好骂"（《答洪驹父书》），他认为苏轼的文章缺乏平和之美。虽然后人对平和的承继有一定的借鉴，但姜夔爱却认为《诗经》始终是这方面的典范，他说："喜辞锐，怒辞戾，哀辞伤，乐辞荒，爱辞结，恶辞绝，欲辞屑。乐而不淫，哀而不伤，其惟《关雎》乎。"在后来中国文学发展史上，对于平和的追求始终就没有停止过。

3. 意境

古代认为，意境是境的一种，是文学作品中的一种境地，但又不是一般的境或境地，是具有意蕴的境地。意境强调通过文字创造出读者心灵深处的情感和感悟。宋代的辛弃疾在《青玉案·元夕》中运用了意境的手法，通过烟火、欢笑，勾画出了元宵节夜晚的浪漫氛围，引导读者沉浸其中。意境的审美追求强调文字的艺术性，鼓励读者通过阅读感受到更深层次的情感共鸣。明代艺术理论家朱存爵提出了"意境融彻"的主张，清代诗人和文学批评家叶燮认为意与境并重，强调"舒写胸臆"与"发挥景物"应该有机结合起来。近代文学家林纾和美学家王国维则强调"意"的重要性。林纾认为"唯能立意，六能创建"；王国维认为创辞应服从于创意，力倡"内美"，提出了诗词创作中的以意胜的"有我之境"和以境胜的"无我之境"两种不同的审美规范。总之，遍看中国古代文学作品，即使在没有明确提出"意境"一词之前,意境仍蕴含在很多作品之中,而其不断承继不断的发展,也使中国古代文学作品具有了独特的魅力,也与世界其他国家的文学有了显著的差异,具有鲜明的个性特征。

4. 性格

性格是叙事文学的审美理想,中国古代的叙事文学主要是唐宋以后开始发达的戏剧和小说。清代的金圣叹特别注重人物性格,而且第一次将"性格"一词用于小说论。但在其评论之前其实很多作家在自己的作品中已经开始注重刻画人物性格。

古人在叙事类文学创作中对人物性格刻画的重视,中国文化历经数千年的发展变化,在各个历史阶段都打上了不同的时代烙印,虽然从事的艺术领域不尽相同,但是,古代艺术家们却都在追求共同的审美理想,那就是对自然的崇尚、对平和思想的追求、对作品意境的探索和对人物性格的刻画等。这些古人智慧和艺术实践的结晶,将会继续影响当代中国文学的发展并将永远都不可磨灭。

(二) 审美创新的体验

涵泳是中国古代文学理论批评的重要范畴之一,作为古典学术语境中的一种艺术认知手段,在文学创作论中也有着广泛的存在,具体表征为学诗之法。从文学创作的角度,考察涵泳作为学诗之法的艺术思维过程,从学诗者的维度探究涵泳范畴的审美体验思想。

作为学术话语与理论范畴的涵泳源自理学,而至清代桐城派将其发扬光大。在理学语境下,涵泳不仅作为学者体道时的一种物我观照方式,在文学理论批评话语中亦作为一种艺术认知手段连接了文学创作与批评鉴赏两个文学活动的中心环节,并作为审美体验思想广泛地存在于文学审美活动中。

1. 诗以声为用:诗艺学习中的声律讽诵

涵泳于学诗创作准备阶段之初,在于主体通过吟咏讽诵的方式来求得"唇吻遒会"的音声之助,诗文美感的获得离不开对文本本身音乐性特质的把握,通过唇齿抑扬顿挫、轻重缓急的反复吟诵以促进诗歌声色情意的呈现。

声律讽诵本源于中国文学理论批评中的音声之论。在传统文学观念中,诗文的创作与鉴赏往往与声律音乐有着密切的联系,所谓"诗者,声诗也,出于情性"。

音声在古代文学艺术作品中有着举足轻重的地位,它是主体情感与外物世界相感而成的产物,反映着主体的内心欲求,是人性中普遍具有的"形式情绪",情绪情感的反应直接形成了音声形式的异同殊致。特别是作为艺术样式的诗文词赋,因其对节奏与音调等形式美感的关注,而成为中国传统文学中不可或缺的理论要素。古人撰写文章特别是诗词创作往往追求音声格律，讲求作品的音乐性，不论是陆机所言"暨音声之迭代，若五色之相宣"的创作准则，还是沈约"四声八病"诗律定制，这些创作要求总的原则就是保证诗歌具有圆美流转的特质，从抑扬顿挫的讽诵中体现出音声迭代、摇曳多姿的声音效果。

"诗成于音，音成于声"，从发生学的角度而言，音韵声律关乎语音形式的美感与作者情志的抒发；那么，就创作技巧的习得与模仿角度来看，对语音节奏与形式情绪的接受反映出的是一种普遍的艺术知觉与心理能力。诗的节奏是音乐的，亦是语言的，古歌而今诵，讽诵随之而成为诗文创作学习过程中对音声节奏等形式美感因素领会体察的主要途径。

在创作准备阶段，对经典作品的声律诵读具体落实于字句与唇齿筋肉的两相厮磨，音律节奏与知觉系统的相互鼓荡。艺术作品中的声色及语言文辞中的力的轮廓一旦被发现，且与有意味的生活情境中所产生的审美愉悦相对应，记忆便会介入感官知觉。通过对诗歌文本抑扬顿挫的吟咏诵读，可以在喉舌筋肉上留下唇齿运动的痕迹，进而使音声节奏沉潜入筋骨中去，使气脉神韵沉潜入主体心灵中去。审美体验的发生特别强调视知觉的感性因素，文学艺术确实也存在着这样一种特殊的选择：只有从生理上感到愉快的直觉刺激，或者在时间、空间上相互配合的刺激才被允许直接或者替代地进入审美活动。诗文创作学习时的声律诵读，就是对古人言辞声律的"内模仿"，久之而形成的一种惯性知觉运动。主体对"声中难写、响外别传"之妙的领悟即是在抑扬顿挫之际，喉舌筋肉在运动冲动中获得的美感。声律讽诵的直接理论依据，即是文章神气寓于文辞音声。

2. 因声求气：涵养文机之际的主体性研摩

在文学创作的诗艺学习阶段，涵泳的审美体验思想更加深入地表现为创作文机的涵养，主要指主体通过对文学及和文学相关的经典的吟诵和揣摩，逐步能够会悟而得其神气，因声更在于得气。

音节是连接神气与字句的桥梁，而神气最直观的形态就是作品中的音声字句，由最粗处的字句而见于最精处的神气，体现出了文学创作由"字句"至"音节"最终达于"神气"的赋形过程。

文章神气是驾驭声调、节奏、用字和句法等创作技巧要素的主要因素，相对于神气而言，音节为实而神气为虚，以实求虚才是诗文创作的必由之路。据此，创作发生前对于经典的研摩学习即凭借音声诵读摄取文章神气，这也正是刘大櫆所言的"学者求神气而得之于音节，求音节而得之于字句"。文学因气而赋形，经典作品因气而感动读者，若能够把握古人作品感动人心之气的所在，便自然掌握了创作的技巧与法则。以诗文技艺的钻研而达于经典之气与研习主体之气的耦合，这也正是杜甫"晚节渐于诗律细"的关键所在。

— 109 —

文学创作中文气的赋形最直观感性地表现为声音字句,而学习古人经典的涵泳之法正是从文辞音声所显示的生命之气入手,对古人辞章的吟咏揣摩实际上是学习其以气感人、以获得感染力为原则,学习的核心在于得古人诗文之魂魄精髓。

学古人诗由魄入魂即是从文字记诵入手而摄取古人神气,最终体现的是所研摹的经典之气与创作主体之气在建构过程中的相互推求。气同则应,气类相同才能实现文气从作者到读者的传递,诗文以气化而赋形,作品感人至深处也源于文章所宣导出的主体情志。因声求气之于诗文创作技巧习得的关键处,即在于主体通过这种主体性的研摹学习,最终能够获得与所学者气脉的沟通,摄取古人创作的神气精华,并形成创作赋形的势能。

3. 自然有入处:诗法技艺的锻造与提升

"因声求气"作为涵泳在学诗创作准备阶段的主要表现方式,是主体凭借对经典文本字句、音调以及节奏的讽诵研摹,来实现主体之气与所学者之气的沟通,从而落实文学创作的文机涵养。汉学家刘若愚先生将这种类似技艺习得的创作实践归结为文学的"技巧理论",即以经典作品技巧或规则的学习模仿而落实对诗法的沿袭和尊崇。艺术审美固然需要以对"法"的尊奉为前提,但又不能被"法"所束缚。在创作技巧研习的完结处,涵泳即以"悟入"的形态实现了由重技巧研摹到直觉体验的转型,具体表现为对于诗法技艺的锻造与超越。

"悟入"之"入",是以公认的前人佳作为范本,长时间地沉潜其中,对文本妙义和诗法技艺的摸索。"悟入"的着眼点在于古人文字,通过对古人文字的声律诵读而逐渐获得"不传之妙",领悟艺术的精髓,从而提高主体的创作能力。同时,"悟入"的重心在于句法、命意等诗法技巧和气韵格调等抽象精神层面,是由浅入深,由艺进道的渐进功夫,创作中的"悟入"境界为以涵泳为中心的审美体验提供了直觉化与形上化的艺术思维。

文学创作讲求诗法技艺研摹与因袭,"自然有入处"即表现出了在一定的规矩之中尽量发挥艺术的创新意识。涵泳在审美创作领域乃是一种智性的诗法技艺功夫,文法规矩都需要主体投入较多的智性功夫去领悟和学习,因不涉于艺术直觉和想象而表现为纯技艺的活动。在此基础上,涵泳更是一种艺术性的审美直觉思维,所谓"诗涵泳得到自有得处"则是以悟入之旨强调对于诗法技艺的超越,由师法而求妙。"自然有入处"作为涵泳功夫的大端,不仅是学诗的向上一路,而且也是诗文创作实践中"有定法而无定法"的体现。在诗文创作技巧研习过程中,有涵泳才有"悟入";而有"悟入"才有圆活通透的艺术境界,在技巧规律的定法之上,往往意味着主体由自出机杼的创新而达于妙造自然的创作宗旨。这也是涵泳范畴在诗文创作中所表征出的具有辩证色彩的艺术精神。

读书治学既为学者体道的入门功夫，也是诗文进境的入门手段，通过涵泳古人经典，以胸中万卷，融化为诗，最终才能入于作诗门径。在诗文技法研习的完结处，涵泳以悟入之旨表现出了其在诗学创作论中既重功力，又重自然；既重诗法技艺，又重风格独创的艺术思维。解脱了规矩、法度和技术的束缚，涵泳的诗学创作论体验思想最终彰显出了自由舒展的美学内涵，它以"灵心妙悟，觉笔墨之中，笔墨之外，别有一段深情妙理"。

第二节　中国古代文学的认识价值

一、中国古代文学认识价值的构成

中国古代文学是中华文化宝库中的瑰宝，它不仅是文学史上的辉煌篇章，更是对中国历史、哲学、道德、审美等多个方面的认识和反思的源泉。中国古代文学的认识价值是多层次、多维度的，下面主要从文化精髓、思想启发和情感传递三个方面进行探讨。

第一，文化精髓。中国古代文学是中国文化的精髓之一，它融汇了儒、道、佛、文学、艺术等多个方面的元素，反映了中国人的思维方式、价值观念和审美情趣。例如：《论语》中孔子的言行举止传达了儒家的仁爱之道，而《道德经》中的哲理则表达了道家的虚无缥缈。通过阅读古代文学作品，我们可以深入领略中国文化的博大精深，理解中国传统价值观念的内涵，这对跨文化交流和文化自信都具有重要意义。

第二，思想启发。中国古代文学作为智慧的结晶，充满了深刻的思想和哲学内涵。古代文学作品中的人物形象、情节设计、对话对白等元素都蕴含着丰富的思想。例如，《红楼梦》中的贾宝玉、林黛玉等人物形象塑造了丰富的人性，反映了人生百态；《庄子》中的寓言故事启发了人们对于生命、自由、幸福等问题的思考。通过品味古代文学，我们可以汲取智慧，拓展思维，对生活和社会有更深刻的理解，提升自己的思辨能力。

第三，情感传递。古代文学作品通过丰富的情感表达，能够触动人心，引发共鸣。不论是《红楼梦》中的爱情悲剧，还是《诗经》中的深情款款，这些文学作品都能够唤起读者内心的情感共鸣。古代文学作为一种艺术形式，通过语言、形象、音乐等多种方式，传递着人类情感的丰富多彩。这不仅让我们感受到了人性的深度和广度，还让我们更好地理解了自己和他人的情感体验，促进了人际沟通和情感交流。

总之，中国古代文学的认识价值在历史传承、文化精髓、思想启发和情感传递等多个方面都表现得淋漓尽致。它不仅是中国文化的瑰宝，更是对人类智慧和情感的珍贵记录。因此，我们应该珍惜和传承古代文学，通过深入研究和广泛传播，让这些珍贵的文化遗产继续发挥其独特的认识价值，启迪人们的心灵，丰富人类文明的宝库。

二、中国古代文学认识价值的实现路径

第一，认识中国古代文学的价值，我们必须深入研究古代文学作品。古代文学作品包括诗歌、散文、小说、戏剧等多种形式，如《诗经》《红楼梦》《庐山谣》等。通过仔细阅读和分析这些作品，我们可以了解古代人民的思想、情感、生活方式以及道德观念。例如，从《红楼梦》中我们可以窥见封建社会的荣辱观念，从《庐山谣》中我们可以感受到人民对美好生活的向往。通过深入研究这些作品，我们可以更好地理解古代文化的精髓，认识其对今日社会的启示和影响。

第二，了解古代文学作品背后的历史背景是认识其价值的重要途径。中国古代文学作为历史的产物，紧密地与时代背景相连。不同时期的社会、政治、经济环境都对文学产生了深远的影响。通过研究古代文学作品所处的历史背景，我们可以更好地理解文学作品中的情节、人物以及表达的思想。例如，了解中国古代文学中的士族文化、儒家思想、佛教传入等历史背景，有助于我们理解《红楼梦》中的人物关系和道德纠葛。

第三，品味文学之美是认识古代文学价值的又一重要途径。古代文学作品常常以精致的语言、深刻的思想和感人的情感吸引人们。通过欣赏文学作品的艺术之美，我们可以更好地体验到其中蕴含的文化情感和智慧。诗歌的音韵、散文的意境、小说的情节都可以带给我们愉悦的阅读体验。同时，通过品味文学之美，我们也能更深刻地感受到古代文学作品所传递的价值观念和情感共鸣。

第四，传承古代文学是认识其价值的关键。中国古代文学作为文化传统的一部分，需要通过教育、研究和文化传媒的手段得以传承和弘扬。学校教育应该注重古代文学的教学，培养学生的文学素养。同时，研究机构和文化团体应该积极推动古代文学的研究和传播，使更多的人能够了解和欣赏古代文学的价值。此外，文化传媒可以通过各种方式将古代文学作品呈现给大众，促进文学的传承和发展。

总之，实现中国古代文学认识价值的路径是一个综合性的过程，需要通过研究作品、了解历史、品味美感以及传承文化来完成。通过这些途径，我们可以更好地认识古代文学的深刻价值，从而更好地理解和传承中华文化的精髓。古代文学不仅是文化的瑰宝，更是对人类智慧和情感的珍贵记录，我们应该珍视并传承这一宝贵的文化遗产。

第三节 中国古代文学的教育价值

中国古代文学，作为中华文化的瑰宝，蕴含着丰富的教育价值。下面我们将探讨中国

古代文学所具备的四个重要教育价值,它们分别是历史传承价值、语言文字价值、爱国主义价值以及学术研究价值。这些价值不仅丰富我们的文化遗产,也对当代教育和社会产生深远影响,值得深入研究和传承。

一、历史传承价值

文学作品中蕴含着丰富的历史信息,反映了不同历史时期的社会风貌、文化演变和思想观念。通过研读古代文学,学生可以更好地理解中国的历史进程,从中吸取宝贵的历史教训,同时也能够培养历史意识和文化自信。

中国古代文学具有丰富的教育价值,这种价值与其历史传承紧密相连,对于个人、社会和文化的教育都有着深远的影响。

第一,价值观念的传承。中国古代文学反映了古代中国社会的伦理道德观念,如孝道、忠诚、正直等。通过阅读古代文学作品,人们可以深入了解这些价值观念的演变和重要性,培养正确的道德观念,塑造积极的价值观。

第二,文化传统的保护。古代文学作为中国文化的重要组成部分,有助于保护和传承中国的文化遗产。通过研究古代文学,人们可以了解中国的历史、哲学、艺术和社会制度等方面的信息,从而保持和传承这些重要的文化传统。

第三,语言和表达能力的提升。古代文学作品的语言和文学风格常常较为精致和复杂,阅读和研究这些作品可以提高人们的语言能力和表达能力。学习古代文学作品中的修辞手法和文学技巧有助于培养写作和沟通的技能。

第四,智慧和思想的启发。古代文学中包含了许多深刻的思想和哲学观念,如儒家、道家、佛教等。通过阅读和研究这些作品,人们可以启发智慧,深化对生活和人性的理解,培养批判性思维和思考能力。

第五,艺术审美的培养。中国古代文学作品中常常包含了诗歌、散文、戏剧等多种文学形式,这些作品的艺术性和审美价值是独一无二的。通过欣赏和分析古代文学作品,人们可以培养艺术欣赏能力,提高对文学艺术的鉴赏水平。

总之,中国古代文学的教育价值与其历史传承价值相互交织,通过研究和传承古代文学作品,可以培养人们的道德观念、文化认同感、语言能力、智慧和审美观,对个人的成长和社会的进步都具有积极作用。

二、语言文字价值

古代文学作为语言文字的载体,具有重要的语言文字价值。古代文学作品的语言优美、表达精湛,对于培养学生的语言表达能力和文学鉴赏能力具有积极作用。通过学习古代文学，学生可以提升自己的写作能力，扩展词汇量，提升语感，同时也能够更好地理解和运用汉语这一重要的语言工具。

第一，语言学习和提高文字功底。古代文学作品的语言往往具有高度的文学价值，包括丰富的修辞手法、优美的句法结构以及多义和隐喻的运用。通过阅读、研究和分析这些文学作品，学生可以提高自己的语言表达能力，积累词汇和语法知识，培养文字功底，从而更好地表达自己的思想和情感。

第二，文学创作启发。古代文学作品中的文学技巧和表达方式可以启发学生的文学创作潜力。通过模仿古代文学中的修辞手法、叙事结构和情感表达，学生可以培养自己的写作技能，创作出更具有文学价值的作品。

第三，文化传统的语言载体。古代文学作为中国文化的一部分，反映了不同历史时期的社会、伦理观念和思想。通过研究古代文学，学生可以了解古代中国社会的语言和思维方式，加深对中国文化传统的理解。

第四，跨文化交流。中国古代文学作为中国文化的代表，具有全球影响力。学生通过学习古代文学，可以更好地理解中国文化，并与世界上其他文化进行对话和交流。这对于国际化教育和跨文化交流具有重要价值。

第五，批判性思维培养。分析古代文学作品需要深入思考和批判性分析。学生需要理解作者的意图、背景和社会环境，这有助于培养批判性思维和文学分析能力，使他们更有能力分辨信息和表达方式的质量。

总之，中国古代文学的语言文字价值不仅有助于语言学习和提高文字功底，还促进文学创作、加深文化传统理解、促进跨文化交流，并培养批判性思维能力。这些价值对于学生的综合发展和文化素养的提升都具有重要作用。

三、爱国主义价值

爱国主义是个人或集体对祖国所持有的一种热爱与支持的情感和态度，是对自己所生活的祖国之国土、民族和文化的归属感、认同感、尊严感与荣誉感的统一。爱国主义是中国古代文学的重要主题之一，饱含对中国国土、中国文化以及中华民族的归属感、认同感和荣誉感。通过对古典文学中爱国题材作品的学习，可以有效加深学生对祖国的理解和认知，从而培养出持久、深沉、理性、自觉的爱国主义情感。因此，中华民族对中国国土的热爱，也就不仅仅是对中国自然地理空间的热爱，更是对中国古代文学所塑造的人化精神空间的热爱。

可见，中华大地上的山川河流、草木鸟兽、亭台楼阁、一城一池，都在古典文学那里化作一个个诗化意象，这些意象共同构筑了一个具有中华民族独特审美心理和情感体验的人化空间，成为一代代中华儿女记忆中的"中国"。因此，学习中国古代文学的过程就是接续民族记忆的过程，就是重新赋予自己所生存的自然空间以精神性的过程。如此，我们就不难理解为何学习古代文学能够极大地增强学生的爱国主义情感了。

任何文学作品都是特定时代政治、经济、文化、社会状况的集中反映，中国古代反映忠君爱国、抗御外侮、保家卫国等主题的文学作品也不可避免地打上了时代的烙印。因此，在挖掘此类文学作品爱国主义教育价值的同时，也需要引导学生，正确看待并仔细分辨古代爱国主义思想。对此，我们应当超越其不合时宜之内容与形式，抽象地继承其爱国主义精神。

总之，中国古代文学的爱国主义价值意味着引导学生去爱自己所生存于其中的国土空间、爱自己所置身于其中的文化传统、爱自己所归属于其中的中华民族。中国古代文学对空间之中国的意象化塑造，对文化之中国的充分承载，对主体性之中国的丰富表达，都使得中国古代文学成为对大学生开展爱国主义教育的最好载体和形式之一。

四、学术研究价值

古代文学作品蕴含了丰富的文化内涵和思想，是文学批评、历史研究、社会学等多个学科的重要研究对象。通过深入研究古代文学，学生可以培养批判性思维和研究能力，为学术界的发展做出贡献。

第一，历史考察与社会洞察。中国古代文学作品通常反映了其所处历史时期的社会、政治、经济和文化情境。通过深入研究古代文学，学者可以还原历史背景，洞察古代社会的发展和变迁，从而拓展了对历史的理解。

第二，文学风格和流派研究。中国古代文学有丰富多样的文学流派和风格，如诗歌、散文、戏剧、小说等。学者可以深入研究这些文学形式的演变、特点和传承，从中发现文学发展的脉络和规律。

第三，文学批评与艺术审美。古代文学作品常常包含了精致的修辞手法、深刻的思想和复杂的叙事结构。学者可以通过分析这些文学要素，探讨作品的艺术价值、审美标准和文学批评方法，从而拓宽了文学研究的领域。

第四，思想与哲学探讨。中国古代文学中融入了众多思想流派，如儒家、道家、佛教等。学者可以通过分析文学作品中的哲学思想，深入探讨古代哲学观念的演化和影响，为哲学研究提供重要线索。

第五，文化交流与跨文化研究。中国古代文学不仅在国内有重要地位，在国际文化交流中也占据一席之地。学者可以通过研究文学作品的翻译、传播和影响，拓宽跨文化研究的视野，促进不同文化之间的对话与理解。

第六，教育与传承。学术界不断研究中国古代文学，将其知识传递给新一代学生。这不仅有助于保持和传承文学传统，还培养了学生的研究能力和批判性思维，为他们的终身学习提供了基础。

总之，中国古代文学的学术研究价值丰富多彩，涵盖了历史、文学、哲学、文化等多个领域。这些研究有助于丰富学术知识、推动文化传承、促进文化交流，对于学术界和社会大众都具有深远的影响。

第五章 中国古代文学的视觉传播与现代发展

第一节 中国古代文学的视觉传播功能与目的

一、中国古代文学的视觉传播功能

中国古代文学传播的功能是多种多样的。总体说来，其功能有政治功能、经济功能、抒情言志功能、娱乐功能、社会功能、文学鉴赏功能、文学追求功能，具体如下。

第一，中国古代文学传播的政治功能。主要体现为介入政治和影响政治。古代文学传播干预政治主要体现在两个方面：①民间作家的文学创作表达，比较典型的就是汉朝乐府诗词，由统治者采集汇编而成，以便了解和知晓老百姓的生活状况。②当政者通过文学创作，表达自己对时政的看法。

第二，中国古代文学传播的经济功能。主要体现为文学创作者出于维持基本生存需要而著书立说。这一方面比较典型体现在明清时期小说的创作与传播中，此一时期作家写作基本是出于商业目的，维持自己基本的生活需要，传播小说的目的也是为了赚取一定的经济利益。

第三，中国古代文学传播的抒情言志和娱乐功能。文学创作首先源于作者自身的思想情感世界和生活世界，所以在很大程度上是表达作者的理想、梦想等之类的东西。我国古代文学传播比较典型的是两大类，一是古代诗歌，二是古代小说。

第四，中国古代文学传播的社会功能。主要体现为对社会风气有巨大的感染和净化作用。这主要体现在文学传播打破了文学创作个体的自娱自乐和孤芳自赏状态，能提高全社会的文化水平和道德水平。

第五，中国古代文学传播的文学鉴赏和文学追求功能。这主要是中国古代已经形成一批专门沉浸于文学追求的高层作家群，比如，较为典型的是形成一些文学传播团队，相当于今天的文学沙龙。

二、中国古代文学的视觉传播目的

中国古代文学作为一种非常重要的文化遗产，不仅仅是一种文字的表达方式，更是一种视觉传播的媒介，具有深远的传播目的。这些古代文学作品，包括诗歌、小说、戏剧等，通过文字的艺术表达，传递了丰富的视觉信息，旨在实现多方面的传播目的。

第一，中国古代文学的一个重要传播目的是反映历史和社会。古代文学作品通常在特定历史时期创作，以文字的形式记录了当时的社会风貌、文化习惯、政治制度等各个方面的信息。例如，《红楼梦》通过对清代封建社会的描写，反映了当时社会阶层、家庭关系、文化传统等方面的情况。通过阅读这些文学作品，读者可以了解古代社会的变迁和发展，从而增进对历史的理解。

第二，古代文学作品在传播道德观念和价值观念方面也具有重要的目的。许多古代文学作品以故事情节和人物塑造为手段，传递了各种道德和价值观念，如孝顺、忠诚、仁爱等。这些价值观念在文学作品中通过形象的视觉描绘更加生动而深刻地呈现出来，以引导读者思考和接受这些观念，从而对社会产生积极影响。

第三，古代文学还有教育的传播目的。许多文学作品被用作教育教材，以启发学生的思维、培养他们的文学鉴赏能力。这些文学作品通过文字的形式，传达了文学语言的美感和表达技巧，帮助学生提高写作和表达能力。

第四，中国古代文学也具有传播文化的目的。这些文学作品中包含了大量的文化元素，如神话传说、传统习俗等。通过阅读这些作品，读者可以更深入地了解中国的文化传统和精神面貌，从而促进文化的传承和弘扬。

第五，中国古代文学还有娱乐和享受的传播目的。许多古代文学作品以其精彩的情节、丰富的想象力和深刻的人物刻画，为读者提供了一种娱乐和享受的途径。通过文学作品，读者可以融入各种精彩的故事世界，感受到文学艺术的魅力。

总之，中国古代文学作为一种视觉传播的媒介，具有多重传播目的，包括反映历史和社会、传播道德和价值观念、教育培养、传播文化以及提供娱乐享受。这些传播目的使古代文学成为一种不可或缺的文化遗产，对中国文化的传承和发展产生着深远的影响。

第二节　中国古代文学的视觉传播影响

中国古代文学是世界文学的瑰宝，其视觉传播影响深远而广泛。这种影响不仅体现在文学作品本身，还表现在艺术、文化、社会等多个领域。在中国古代文学中，通过文字的形式传达的思想、情感和价值观，不仅通过书写传承，还通过视觉媒体如绘画、雕塑、戏剧等方式传播，对中国文化的发展和演变产生了深远的影响。

第一，中国古代文学的视觉传播影响表现在语言文字方面。语言文字作为中国古代文学传播的最主要方式,它的地位与作用是毋庸置疑的,在文字传播中,它主要有题壁传播和文本传播两种形式。对于题壁传播来说,主要与我国古代文人雅士喜好山水的习惯有关,题壁的重点不是单纯地为了传播我国古代文学,同时,我国古代的文人雅士在题壁过程中往往会注重山水的景观结构,既要保证题壁的内容意味深长,又要注重题壁与山水景观的融合。在构成上不仅具有文学作用,还表达了一种万物归于自然的景观思想。与此同时,印刷术的传播主要提高了我国古代文学的传播效率,改变了我国古代文字的传播方式,为我国古代文学的流传做出了重大贡献。

第二,中国古代文学的视觉传播影响表现在书法艺术方面。中国古代文学作品的书写是一门独特的艺术,通过汉字的结构、笔画的运用,表现了文学作品的内涵和情感。这种书写艺术不仅传承了文学作品的思想,还弘扬了汉字的美感。著名的书法家如王羲之、颜真卿等都以他们对文学作品的书写贡献了杰出的艺术价值。他们的书法作品被传颂千古,影响了后代的书法艺术,并成为中国文化的重要象征。

第三,中国古代文学的视觉传播影响还体现在绘画艺术中。中国画以山水、花鸟等为题材,常常与文学作品相互融合。诗画合璧的艺术形式在中国古代非常流行,文人画家常常以文学作品为灵感,将文学中的意境通过画笔表现出来。例如,明代画家文徵明的《神仙图》就是以道教经典《神仙传》为题材创作的,画中融入了文学作品中的神话元素,展现了文学与绘画的深刻结合。这种绘画形式不仅传递了文学作品的内涵,还丰富了中国绘画的题材和风格,对后代绘画艺术产生了广泛的影响。

第四,中国古代文学的视觉传播影响还表现在戏剧领域。中国古代戏剧如京剧、豫剧等常常以古代文学作品为剧本,通过演员的表演、舞台的布置等方式将文学作品呈现给观众。这种形式不仅让文学作品更加生动地展现在观众面前,还将文学作品的情感和价值观传达给观众。同时,戏剧也反过来影响了文学,激发了文学创作的灵感,创造了许多经典的戏剧文学作品。

第三节 中国古代文学的视觉传播方式

中国古代文学的视觉传播方式在古代文学的发展中扮演了重要角色。视觉传播方式包括文字书写、书法艺术、绘画、雕刻等多种形式,它们不仅传承了文学精髓,还赋予了文学作品更深层次的意义和魅力。

一、文字书写的视觉传播

文字书写,是古代文学的主要视觉传播方式之一。在古代,文字书写被视为一门艺术,文字的形状和笔画都具有美学价值。古代文学作品以书写方式传世,通过纸张、竹简、兽皮等媒介被保存下来。古代文人笔耕不辍,精雕细琢,使文学作品具备了永恒的价值。

古代文学作品的文字书写首先表现在书写媒介的多样性上。在古代,人们使用石刻、竹简、纸张等不同的材料来记录文学作品。例如,中国古代的竹简和丝绸书籍是珍贵的载体,它们被用来保存和传播文学作品。古埃及的墓葬中,壁画和石刻上的文字也是保存文学作品的方式。这些不同的书写媒介赋予了文学作品不同的视觉形态,丰富了其传播的形式。

古代文字的书写技艺也在传播中起到关键作用。古代书法是一门精湛的艺术,不仅强调文字的美感,还注重意境的表达。中国的楷书、行书、草书等书法风格,都对文学作品的传播产生了深远的影响。书法家通过他们的作品,为文学作品赋予了独特的艺术价值,吸引了更多读者。

古代文学作品的文字书写也与信仰紧密相连。在欧洲中世纪,基督教修道院是文学传播的中心,修道士们抄写并保存了许多古代和中世纪的文学作品,它们成为文化传承的桥梁。类似地,古印度的梵文文学作品也通过寺庙的抄写和传授传承下来,成为传统仪式和信仰的一部分。

视觉传播的另一个重要方面是装饰和装潢。古代文学作品常常通过精美的装饰来吸引读者的眼球。在中世纪欧洲,经过精心装饰的手抄本成为贵族和富裕阶层的象征,它们不仅包含了文学作品本身,还包括了插图、边框和精美的装饰元素。这些装饰增强了文学作品的视觉吸引力,使其成为珍贵的艺术品。

总的来说,古代文学作品的文字书写在视觉传播方面发挥了重要作用。通过多样的书写媒介、精湛的书法技艺、信仰的支持以及精美的装饰,古代文学作品得以保存和传播至今,留下了丰富的文化遗产。这些古代作品的视觉传播不仅满足了人们对文学的欣赏需求,还承载着历史和文化的记忆,为后人提供了宝贵的学习和思考资源。

二、绘画的视觉传播

绘画,是古代文学的视觉传播方式之一。中国古代文学作品常常伴随着绘画,如《山水诗》《山海经》等。绘画通过图像的方式表现文学作品中的景色、人物和情感,为读者提供了更加直观的感受。中国画家通过绘画,将文学作品中的意境具象化,使之更加丰富多彩。

第一,古代文学作品的插图可以提供故事的重要信息。在古代手抄本中,常常会出现插画,这些插画呈现了文学作品中的关键情节、角色和场景。例如,中世纪的《亚瑟王传奇》手抄本中的插图描绘了亚瑟王与圆桌骑士的冒险，帮助读者更好地理解故事情节。这些插图不仅为故事增色添彩，还帮助读者更好地沉浸在文学作品的世界中。

第二，古代文学作品的插图可以展示当时的文化和历史背景。通过细致的插图，读者可以了解古代社会的服饰、建筑、风俗和风景。例如，古希腊的史诗诗人荷马的作品《奥德赛》中的插图展示了古希腊的城市和海岛风光，帮助读者感受古代希腊的文化和环境。

第三，古代文学作品的插图还有助于理解角色的性格和情感。插图可以刻画角色的面部表情、动作和姿态，从而传达出他们的情感状态。这对于理解文学作品中的角色动机和决策过程非常重要。例如，莎士比亚的戏剧作品常常伴随着插图，这些插图有助于观众更好地理解角色之间的互动和情感纠葛。

第四，古代文学作品的插图也可以增强读者的想象力和情感共鸣。插图可以唤起读者的视觉和情感感受，使他们更深入地投入文学作品中。当读者看到插图中的角色、场景或情节时，他们的想象力会被激发，使他们更能够产生共情和情感共鸣。这种情感联系可以使文学作品变得更加生动和有趣。

总的来说，古代文学的插图是一种重要的视觉传播方式，它不仅丰富了文学作品的表现形式，还帮助读者更好地理解故事情节、文化背景和角色情感。这些插图为古代文学赋予了新的维度，使其更加引人入胜，也为后人提供了珍贵的文化和历史资料。通过插图，古代文学作品的魅力在不同的时代和文化中继续传播和演绎，延续了其不朽的价值。

三、雕刻的视觉传播

雕刻艺术，将文学作品刻在石碑、木刻版等媒介上，使之得以广泛传播。例如，唐代的《玄奘大师大藏经》就是一部通过雕刻方式传世的古代文学巨著，它不仅保存了大量佛教文献，还记录了当时的社会风貌。

第一，题壁传播。现如今我国古代文学作品中，大多数都是通过题壁的摘录获得的，为丰富我国的文学作品做出了贡献，唐代的《开成石经》又被称为《唐石经》，就是通过题壁保留和传播下来的。

第二，文本传播。古代印刷术的不断发展促进我国文学书籍作品的发展越来越迅速，人们在进行作品的借阅和抄写过程中也更加便捷，在古代有许多家境贫寒的学子为了求得功名利禄，只能通过借阅和抄写的方式读书，除此之外，大部分经典书籍在一开始都是孤本，古代的文人雅士为了藏书就对其进行抄写，而后抄写的数量逐渐增加，才能够在民间进行传播，例如，《文选注》这类型的作品的传播就是依靠抄写收藏才得以进行。并且在古代有一部分禁书不能够在民间流传，而为了防止其失传只能够通过手抄的形式进行保留，增加了我国古代文化的完整性。

第四节　中国古代文学的视觉传播现代发展

一、中国古代文学的新媒体视觉传播

（一）新媒体的优势

新媒体是新兴媒体，是相对于书信、报刊、广播、电视等传统媒体而言的新媒体。与传统媒体相比，新媒体最为明显的优势表现如下。

1. 信息的海量化与共享化

由于传统媒体存储介质容量有限，所以广大受众通过这些媒体所能获得的信息也是有限的。

以数字化信息存储与传播的新媒体，却能在微小的存储介质（如光盘、硬盘、云盘等）里长时间保存海量的数字化信息，尤其在通过网线把世界各地单个计算机连接起来以后，所形成的国际互联网上，所有连线和在线的计算机所存储的信息就变成了一个浩瀚无边的信息海洋，所有在线网民都可以在这个信息的海洋里冲浪。

从宏观上说，即使在传统媒介社会里，信息也是庞杂和海量的，但是从单个的媒体信息容量来看，却是极其有限的，同时受众所能够获得的信息也是极为有限的。可是在新媒体社会里，不仅单个媒体自身存储的信息近乎海量，而且各个单个的媒体连接起来的网络里所拥有的信息更像一个汪洋大海。更为重要的是，每个受众只要在线联机就可以在跨国界、跨疆域的有线或无线网络里分享彼此所拥有的信息，从而实现全球海量信息的共享，并且这种全球性新闻信息的共享是不受时间与空间限制的。

2. 技术数字化

传统大众媒体，多以纸张、磁带和胶片为主要介质，虽然能保存相当长的时间，但是往往有失真的现象，尤其是对于传统电子媒体来说，不仅在长时间的保存当中会失真，而且在信号传播过程中，其模拟信号也容易失真。

新媒体是以数字化技术为基础的大众传播媒介，以体积小、容量大的光盘、硬盘、云盘等为介质，以字节比特为信息的最小单位，不仅信息的存储数字化，而且信息的传送与接收也要数字化，所以，这从根本上就保证了新媒体信息本身的稳定性、高保真与高清晰。同时，数字化技术也是新媒体其他特征与优势的前提与保证。

3. 形式的多媒体与超文本

传统媒体的信息多以较为单一的符号作为表现形式，以网络与手机为代表的新媒体信息的保存、表达与传播，则兼容了文字、图片（表）、声音、动画、影像等多种传播符号。

新媒体是以多媒体形式展示，以节点为单位的超文本呈现，以超链接组织，每一个节点之间则通过关系加以链接，组织上呈网状结构。这一方面既便于新媒体海量信息的存储，又便于受众对信息的浏览与检索。

4. 使用个性化与交互化

与传统媒体的大众传播相比，新媒体是个性化的小众传播。在以网络与手机为代表的新媒体传播中，受众可以根据自己的需要通过搜索和检索工具来选择信息，还可以自由地选择信息接收的时间、地点以及信息的表现形式，甚至信息的生产与传播者还可以利用"信息推送技术"，根据用户的特殊需求提供订单式服务。同时，新媒体也不再像传统媒体是单向传播模式，而是进行交互式传播。

（二）新媒体对中国古代文学传播的影响

"中国古代文学既是我国传统文化发展状况的生动见证，也是当前传递、推介中国古代文学作品的重要素材"[①]。中国古代文学传播时，应当契合新时代信息传播规律，合理发挥出新媒体传播载体的优势，如开展自媒体传播、网络平台传播、视频媒介传播等，通过多样化的传播形式，推动中国古代文学的现代传播，对古代文学中的文化精髓进行传承。在新媒体时代的发展背景下，为推动中国古代文学的传播，应当创新传播工作方式，根据受众的实际诉求，创设针对性的文学传播工作计划，实现古代文学的现代传播预期目标。

当前新媒体快速发展，其具有开放性、共享性等优势，为了更好地传播这些古代文学作品，完全可以将它们传输到网络平台上进行展示，人们也可以通过网络平台对这些文学作品进行下载和观看。

新媒体时代的文学作品在传播过程中，为了吸引更多的受众，经常会对作品进行改编，例如，将古代文学作品改编为影视作品，但是这种改编需要改编人员有着较深厚的文学素养和文学功底，否则就会导致改编效果不尽如人意，传播这样的文学作品也会给观众留下比较差的印象。在新媒体时代，传播古代文学作品需要我们正确、全面认识新媒体的作用，既要看到其带来的优势，也要警惕其可能带来的不良影响。

---

① 刘梅思. 新媒体背景下中国古代文学传播现状——评《文学与文化传播研究》[J]. 热带作物学报, 2021, 42 (6): 1839.

新媒体的发展对于中国古代文学的传播既是一次挑战，也是一次机遇，所以，我们既要把握趋势，借此扩大中国古代文学的传播范围与传播受众，同时也要提防出现恶意抹黑历史人物、扭曲历史事实的情况。

（三）中国古代文学在新媒体时代的渠道

1. 网络平台传播

现代科学技术发展背景下，新媒体成为古代文学传播的全新载体。"推动中国古代文学的现代传播，对古代文学中的文化精髓进行传承"[①]。在中国古代文学传播过程中，网络平台传播形态的出现，使得传播效率得到极大提高，传播范围得到极大扩张。

互联网平台传播打破时间与空间的限制，使得文学作品的传播实效性得到有效提升。中国古代文学进行网络平台传播时，应当由专业的管理人员进行监管，对意识形态错误的言论进行及时修正，避免错误言论引发更大的负面影响。在中国古代文学传播过程中，应当坚守文化阵地、突出文化自信、完成文化认同，引领受众正确地接受认知古代文学作品，从中汲取更多文化精髓，不断提高受众的文学修养与个人素养。

（1）借助论坛进行传播。随着新媒体的不断发展，论坛已经成了人们进行交流互动的主要平台之一，所以论坛也可以成为宣传古代文学作品的渠道。通过论坛进行传播对于传播形式没有什么限制，但是为了吸引更多的人观看，最好是采用音频、视频的方式进行传播。

当前很多由古代文学作品改编的影视剧都会通过论坛进行宣传，就是因为讨论可以实现和读者的交流互动，而且宣传方式比较多样。需要注意的是，现在很多改编古代文学作品的影视剧都没有忠于原著，而是在其中加入了一些商业或娱乐元素，这样改编出来的作品已经和传统文化发生了脱离，这种现象需要制止。

（2）借助微博进行传播。微博是随着网络技术发展而发展起来的，现在已经被很多人所接受，受众非常多，影响力也比较大，随着其不断发展，涌现出了很多有着大量粉丝的微博博主和人数众多的微博群。在新媒体时代，完全可以通过微博平台宣传古代文学作品，可以成立古代文学微博讨论群，通过微博群进行古代文学相关话题的探讨和分析，还可以借助古代文学博主的力量进行古代文学宣传。

通过微博进行古代文学宣传不仅可以通过图片进行宣传，还可以通过音频、视频等多种形式进行宣传，这样能够吸引更多的人关注，让更多的人都能正确认识古代文学作品。可以说微博在传播古代文学方面有着很大优势，例如，微博博主可以选择一些古代文学作

[①] 张莉萍. 中国古代文学在新媒体时代的传播路径探究 [J]. 文化创新比较研究，2021, 5 (34): 65.

品中的内容进行改编，改编可以采用一些艺术表达方式，如为文章内容配上背景音乐，将文字改编为视频等，这样既可以让文学作品变得更具生动形象性，还可以达到引导人们对古代文学作品进行深入思考的目的。微博传播方式是新媒体时代最有效的一种传播方式，而且可以起到改变人们对古代文学固有认知、凸显传统文化价值的作用。

（3）视频媒介传播。古代文学的受众较广，但仍以学生为主要群体，因为学生在学业时期，拥有大量的时间接触古代文学，成年后文学学习的时间则会被极大地压缩。多数个体接触古代文学时，主要基于影视节目，进而对古代文学产生兴趣，但在视频媒介传播过程中，中国古代文学的文化将脱离原有的理性主义形态，因为在影视作品中加入了很多感性主义形态。

为推动中国古代文学的传播，应当合理开展视频媒介传播，契合现代受众的生活与情感，进而达到预期受众的审美需求。如对中国四大名著进行现代传播时，相关电视台将其文学作品拍成影视剧，通过视频创作的方式，使得文学作品形象化、直观化，有效提高了受众对古代文学的学习兴趣，促使更多受众了解古代文学。在实际影视作品创作时，由于受到商业利益的驱使，出现对古代文学进行随意更改的现象，严重影响到古代文学的文化传承，不利于中国古代文学的传播。为此，在新媒体传播视域下，必须对古代文学演变的影视作品进行有效甄别，传播经典优质的影视作品，推动中国古代文学的传播发展。

2. 教育领域传播

学校作为教育基地在培养学生未来全面发展的过程中扮演着重要的角色，新媒体的快速发展为学校教育工作提供了新的发展方向。在新媒体时代，中国古代文学应当在学校教育过程中得到更为广泛的传播，从而在学生时代就加强国民文学素养教育，培养国民传承并发扬中国传统文化的意识，并为实现中华文化复兴的伟大使命而不懈努力。

学校应当为中国古代文学的传播搭建更好的传播平台，将传播的主体逐渐由传播者转变为受众，培养受众逐渐变为传播者，从而实现全民阅读、全民传播的局势。教育工作者应当跟上时代的浪潮，使教育教学工作始终贴近新媒体时代发展方向从而更好地传播优秀的中国古代文学。

教育工作者的教育教学过程应当结合时代教育理念，采用新媒体技术，综合利用新媒体教学资源来丰富教学内容，使中国古代文学的传播适应新媒体时代的发展与转变，从而发挥学校课堂教学在古代文学传播中的重要作用。

（1）搭建传播平台。在教育领域开展古代文学传播时，为充分发挥出新媒体传播优势，应当进行古代文学传播平台的搭建，围绕学生的实际诉求，开展针对性的古代文学传播，使得中国古代文学真正意义上完成传播，充分引领学生的意识形态、文化价值观、民族认同感等,促进学生身心健康成长,实现预期古代文学传播效果。如对中国四大名著文学作品进行传播时,为促使学生进行举一反三的学习思考,教师可基于学生的兴趣爱好,为学生在线上教育平台开辟专属的"名著专栏",并上传相关专家学者的讲解视频,引导学生从多个视角对名著进行解析,促使学生对古代文学著作进行深度思考,推动古代文学的传播。

(2)丰富教学内容。为了培育学生文学创新思维,应当在古代文学传播时,合理应用新媒体技术,丰富教学内容,对课内外的文学教学资源进行整合,开阔学生的思维视野,如网络教育资源、媒体教育资源的融入,发挥出课堂教学主阵地的作用。与此同时,教师在实际教学工作开展时,必须对教学工作模式进行主动创新改革,丰富教学内容、优化教学方式,不断激发学生学习积极性与热情,合理利用现代教育辅助工具,如手机、笔记本电脑、计算机等,打破古代文学传播模式的约束,不断提升中国古代文学传播的时代效能,提升学生的民族文学认同感与自豪感。

3. 声音媒介传播

早先中国古代文学以戏曲的形式表现并传承。新媒体时代为戏曲的呈现形式增添了新型元素,例如在戏曲舞台上表演的时候可以利用多媒体技术制造舞美,用生动形象的舞台背景给观众以直接的视觉冲击,让观众仿佛置身于真实情境中,从而引起观众对戏曲的兴趣。通过融合戏曲与古代文学让观众在追求艺术美的同时能深刻了解古代文学的内涵,不仅便于将观众带入文学意境中,更便于中国古代文学在新媒体视域下得以可持续发展。

音乐是新媒体时代最为流行的艺术表现形式。新媒体的普及和完善使得音乐与中国古代文学完美融合,例如,苏东坡的《水调歌头》通过作曲和音乐混编之后广为流传,朗朗上口的韵律和音律使得古代文学在新时代得以广泛传播。

数字音频技术是新媒体时代技术创新的代表,古代文学原本经过声音传播后才以文字的形式记录下来。而数字音频技术实现了将文字转化为音频的逆向操作,各种电子书、评书等新兴艺术形式为古代文学的传播贡献了一份力量。例如,《三国演义》等各种文学作品通过语音朗读这种便捷读书方式重回大众视野,充分考虑到现代人的工作和生活方式,在给予人们便利条件的同时保证了古代文学的传播。

二、中国古代文学出版 IP 研究

目前,我国的文学 IP 运营已经形成一定的产业模式,自内容源头起,经过各产业主体的开发运营,针对不同层次、不同需求的受众群体,形成不同形态的产品内容,以期达到 IP 价值的最大化。

在现有的 IP 产业链模式中，IP 产品正是在多元化的开发与运营过程中，展现出内容价值的丰富性，不断吸纳来自不同群体的受众，提升自身的影响力，古代文学出版 IP 也更需要主动在不同媒体形态中寻求新的机会。经典的文学作品并非在创作之后以始终如一的面目展现在世人面前，恰恰相反的是，富有震撼力与影响力的作品更应当随着时代环境的变化与推移进行不断深入的再次阐述与演绎，在多种形式与途径的传播过程中，形成符合社会与群众所需要的新内涵，由此保证优秀作品的内涵不断得到开发挖掘，实现更为长久的发展。

对古代文学出版 IP 进行多元化的开发与运营，提高出版社在文学 IP 市场中的参与度，发挥其内容资源优势与专业人才优势，使其参与到产业链中更多的环节，在互联网时代以更加丰富、多元化的姿态呈现，正是重新挖掘、继承发扬古代文学出版作品的深刻内涵和思想艺术价值的有效策略。

（一）中国古代文学出版 IP 的运营类型

中国古代文学出版 IP 的开发体现出鲜明的多形态性。一部可塑性强的古代文学出版作品不仅能够实现文字到影视作品或游戏产品之间的转化，也可以在改编、再创作的过程中以话剧、综艺、纪录片、短视频、有声读物、网络直播等具有新兴媒体时代特色的形态出现，这种 IP 运营的可能性也充分展现出了文学与其他形式艺术作品的互联性。在网络技术与媒介形式日趋多样化的背景下，古代文学出版作品如何利用新媒体的传播优势，实现多元化 IP 开发的生态体系，拓展生存空间，加强产品影响力度，也是中国古代文学出版 IP 要取得长足发展必须探析的课题之一。

近年来，我国以电影、电视剧、游戏、直播、动漫等为代表的文化娱乐产业一直保持着良好的发展势头。文化娱乐产业展现了巨大的潜力，在我国政策支持、资本涌入、产业融合的背景下，传统出版业寻求机遇，拓展产业领域成为共识。

1. 影视化运营

在当代，影视传媒已经成为传播信息的主流方式，电影、电视剧作为其中的主要艺术形式，逐渐融入社会大众的日常生活，成为举足轻重的传播方式之一。

影视剧作为大众乐于接受的艺术形式，成为内容创作、改编、制作与传播的重要形态，经过多年发展，社会大众对电影产业的热情不减，数量庞大的观众群体为各类型电影产品的制作与放映提供了可能，但与此同时，观众对电影作品的内容质量、制作水准、艺术水平的要求也逐渐在提高，意味着 IP 电影的筛选、改编与制作亟须转型与调整。

电视剧产业的发展状况受到电影、游戏、网络剧等产业的冲击，同时也受到移动互联网迅速发展的影响，大量用户倾向于使用移动设备接收信息而放弃传统的电视设备，因此部分用户仅仅是转换了观看渠道，并非流失。电视剧是我国文化产业中不可忽视的艺术形式之一，其受众群体广泛，群众根基扎实，内容创作空间广阔，在当下的 IP 产业链中，仍然是兵家重地。

文学能够为影视艺术提供用之不竭的题材和观念，如不同的叙事结构、叙事风格、思想主题、情景意蕴和美学观念。我国的古代文学经典作品，思想价值高超，文化内涵博大精深，是各类文学作品的中流砥柱，拥有广泛稳定的读者群体。古代文学作品，尤其是众多古代文学作品对读者的语言文字能力、阅读理解能力要求较高，需要读者付出较多的时间与精力进行揣摩，才能理解作品的内容与含义。在生活节奏日趋紧张、传媒手段日趋多样化、碎片化阅读占据主流的现代社会中，仅以文字形式进行传播的古代文学作品越发难以在文化领域中打开新的市场，而针对古代文学出版 IP 开发为影视作品能够弥补文字阅读的短板，展现直观的魅力，获取新的受众和市场空间。

古代文学作品凭借其卓越的思想价值和长久积淀的文化感染力，成为影视作品的优质内容源头，通过对文本的二次解读与改编，经过合理的创新，重塑文学作品的经典人物形象与文化内涵，在与影视的交互诠释过程中，呈现出新的艺术表现形态。影视作品独具的视听感受冲击力强、直观体验代入感高的特点，使不同层次、不同群体的读者与观众有了更多重的选择，也更加便于人们理解与感受古代文学作品的魅力，从而再现了古代文学作品的经典魅力和恒久的文化价值。

进入 21 世纪以来，人类在传播媒介方面的研究与创新飞速发展，其中更不乏有突破性的成果。虽然影视作品至今仍需要在屏幕上呈现，但终端设备不断更新迭代，信息传播的手段方式、文化产品消费的模式和理念都发生了深刻的变化。功能日趋成熟完善的移动设备几乎可以承载所有传递信息内容的任务，微博、微信、微视频和其他专业的客户端成为不同年龄段人群获取内容的重要途径。电影不仅是艺术，还是信息手段和大众传播手段，是社会生活的最重要因素。能够反映广泛社会现实，具有高度文学性和思想性的古代文学出版 IP，在富于严谨和创新精神的影视改编制作后，可以借助新媒体在传播力度和广度上的优势，将优质的内容推广到更多层次的人群中，形成良好的 IP 效应。

2. 游戏运营

我国网民规模的持续扩大为促使互联网产业的进一步革新提供了坚实的基础，互联网成为人们获取信息、传播内容、休闲娱乐的主要平台，而以智能手机为核心的终端设备，不断完善功能，提供更加丰富多元的服务场景，移动互联网端口产生的消费迅速增长。网络文化娱乐产业在互联网时代发展迅猛，进入全面繁荣期，客户端网络游戏和移动网络游戏成为其中重要的收入来源。众多依据各类文学 IP 进行改编与开发的游戏进入市场，吸引了大量玩家，并由此引发了其相应的图书、影视等产品销售量的再次增长。

在合理的利用下，游戏产业能够助推古代文学 IP 向产业链下游延伸转型，以"文化为核，娱乐为表"的形式，借助互联网经济向更广泛、更年轻人群渗透。

为了不断开发、维护、更新游戏产品，国内各类型游戏开发商和游戏运营商，都在竭尽所能地寻找内容丰富、特色鲜明、影响力广泛的文学出版作品和影视作品进行游戏改编。这些文学出版作品或影视作品大多数具有流传度广、内容情节丰富、人物形象鲜明的特点，在此前的传播过程中也积累了一定数量的受众，以此作为游戏改编的内容源泉，可以在很大程度上将原先的读者与观众直接转化为游戏玩家，也降低了游戏开发和运营的风险。

从内容市场的占比分析，古代文学 IP 类游戏的可开发性逐渐受到重视，然而相比于一些以玄幻、仙侠、言情等为主要题材的网络文学 IP，我国古代文学出版 IP 在游戏市场的表现则显得谨慎保守。其中的主要原因有几个方面：首先，古代文学出版作品的语言艺术概括性强、抽象度高，以游戏的形式还原场景、情节的难度较大。其次，古代文学作品寄托着深邃的思想价值，需要时间和精力不断揣摩，但目前无论建立在何种平台、运营何种类型的游戏，都仍以娱乐性和趣味性作为吸引用户的主要特色，如何将古代文学作品的深刻内涵与游戏的娱乐化形式结合在一起，寓教于乐、不失本色，仍是当下进行古代文学出版 IP 游戏开发、设计与运营亟须解决的难题。最后，以古代文学出版 IP 为内容源头进行设计制作的游戏，需要制定富有特色、具有针对性的宣传与推广模式，才能发挥古代文学在内容性、思想性、艺术性等方面的优势，对运营能力的要求也更加严苛。

3. 话剧改编与制作

一部优秀的文学作品需要具备充实丰富的内容、矛盾迭生的高潮和引人深思的内涵，具有强烈震撼力的文学作品，也往往能够在舞台上以话剧、歌剧的形式直接呈现，观众通过直面演员的全部表演过程，短短几个小时之内就能够切身体验作品的核心精神。尤其是已经阅读过文学作品的人，身兼读者与观众的双重身份，更容易产生对作品的深入思考。由古代文学出版 IP 改编的优质话剧可以挖掘出文学作品的潜在价值，影响更多的读者与观众，扩大作品的影响力和传播范围。

从文字作品中认识剧中人物，了解故事背景，又在舞台下体会了高潮迭起的精彩表演，反过来加深对文学作品本身的理解和感悟，丰富的艺术形式使古代文学出版 IP 在产业链中占据更多的有利地位，获得良好的经济效益与社会效益，实现古代文学出版 IP 的发展。

4. 纪录片制作与推广

纪录片作为一种重要的艺术形式，将文学作品、摄影技术、音乐效果等多种表现方式融合在一起，凭借精美的视觉画面、高度提炼的内容主旨和深刻的文化底蕴赢得了人们的喜爱。纪录片特有的优势，正是古代文学出版 IP 亟须补充的艺术形态，原本深奥的内容可以通过通俗易懂、深入浅出的解说词进行阐述，原本需要读者想象的文字内容也可以借助画面拍摄和媒体技术得到直观的呈现。古代文学出版 IP 中所包含的元素如作家本人、作品创作历程、作品涉及的文化历史背景、作品的核心内容等都可以通过纪录片的形式得到有效的总结与推广。

纪录片通过在各卫视和网络平台的播出，预先检验了作品的市场影响力，同时借助社交媒体的互动进一步得到口碑的宣传与优化，积累了大量的观众和潜在的受众群体，从而反作用于推动上游图书出版业务的开拓与发展。在各类艺术形式中，纪录片独具充满理性与哲思的特点，也逐渐成为当下受到人们更多关注的一种表现形式，古代文学可以借助影像、解说词等方式，将原本抽象的概念转变为具体的感官体验，借助纪录片的传播，可以预先了解社会大众对作品内容的评价，而收集的反馈信息又可以反作用于促进古代文学出版 IP 在图书出版、影视作品等其他领域的发展，从而降低古代文学出版 IP 在多元化形态开发中的风险，有助于获得良好的社会效益与经济效益。

5. 网络直播探索

网络直播起初仅是个人通过电脑、手机或其他移动设备，在互联网直播平台直播以娱乐活动为主的内容，发展至今，多种业态都已经开始使用直播工具进行社交化的传播。在网络直播如火如荼的发展背景下，部分勇于创新实践的出版社也尝试利用网络直播，对古代文学出版 IP 进行改编制作或宣传推广，从而宣传作品内容、塑造作家形象，为多元化打造古代文学出版 IP 进行探索。

（二）中国古代文学出版 IP 的运营战略

运营战略在企业发展过程中的地位举足轻重，合理有效、机制完善的运营战略有助于企业确立中长期发展目标，确立指导思想，明确发展路径，预判风险因素并制定具体策略与措施，是助力企业提高市场竞争力、实现健康良好的生态发展体系的重要战略支撑。我国 IP 运营提出了全产业链布局战略，提高出版企业在 IP 运营中的参与程度，拓宽出版产业的盈利面，为古代文学出版在互联网时代中实现价值转型、延伸产业链条提供了发展思路。

各类型企业凭借自身不同的内容优势、渠道优势、资本优势等，明确 IP 运营的战略思想，汲取不同运营模式的精华，打造 IP 品牌形象，提高自身在 IP 市场中的核心竞争力。

1. 全产业链布局战略

目前我国古代文学出版 IP 的主要运营战略之一是进行 IP 的全产业链运营，全产业链运营需要建立在 IP 内容孵化的基础上，形成由图书、影视作品、动漫、游戏、周边衍生品等多个文化产业领域共同组成的产业链布局。从传统出版业 IP 开发业务的内部来看，全产业链布局需要企业利用内容优势，主动研发相关文化产品，进行传播推广。

全产业链布局有助于 IP 资源得到充分开发，优秀的古代文学出版 IP 不仅能够为企业提供持久的发展驱动力，也有助于在产业链各环节形成良好的口碑效应。同时，全产业链布局涉及较多文化产业领域与相关传统产业，拥有高认知度的 IP 也能够辅助企业在各产业领域内提升竞争能力，打造品牌形象，提高社会影响力，也为日后文化内容在国内外的进一步传播奠定了基础。

由此看来，在长期以来"内容为王"的呼声下，企业也需关注市场竞争越发激烈、优质内容来源逐渐减少、IP 内容同质化更加明显的趋势，既要注重提高 IP 内容的核心价值，也需要积极进行全产业链布局的战略规划，拓宽古代文学出版 IP 的发展渠道，提高古代文学出版 IP 的传播能力。企业也需主动借力互联网媒体与大数据分析，深入分析市场需求与受众心理，完善古代文学出版 IP 开发、制作与运营的全产业链结构，实现经济效益与社会效益双赢的目标。

2. 精品内容战略

精品内容战略思想来源于文化产业"内容为王"的发展态势，通过对优质的 IP 内容精耕细作、创新挖掘，能够充分发挥 IP 资源的影响力。我国的古代文学作品数量众多，内容题材丰富，思想价值深远，艺术风格各有不同，值得进行 IP 开发的内容并不在少数。因此，对我国古代文学出版 IP 运营而言，精品内容战略更有助于展现古代文学深厚的思想文化价值，传达社会主义核心价值观，提高古代文学出版 IP 的社会认同感。精品内容战略既是对古代文学出版 IP 深层价值的充分挖掘，也是对我国社会主义文化传承的必要保障。

（三）中国古代文学出版 IP 的运营提升策略

1. 传播先进文化

（1）深耕出版产业，传承文化成果。中国古代文学出版 IP 在文学性、思想性、艺术性方面具有得天独厚的优越条件，古代文学出版 IP 运营不仅为我国人民提供了形式更加丰富、内容更加精彩的文化产品，也是在新时代背景下重构我国传统文化思想与民族精神内涵的重要途径，承载着传播我国先进文化的使命。随着 IP 产业规模的扩大和产业布局的完善，文化产品以多元化的媒体形态在各个社会层面流通，在作品流通的过程中，作品所承载的文化意识形态也随之扩散到各个群体，影响力不可忽视。因此，古代文学出版IP在内容创作、产品制作、媒体传播等过程中，应时刻注重其文化传承功能，将我国优质的文化产品推广到国内外更加广泛的人群中，提高我国古代文学出版IP的国际影响力。

（2）推动文化输出，促进国际交流。对古代文学出版IP的文化创新并非割裂其内在与民族精神的统一，而是对国家文化、民族精神的凝聚与重构。在我国古代文学出版IP产品的传播与推广方面，除了通过常规市场运行进行产品销售，也可以借助由国家政府部门、相关科研单位、企业交流活动等平台进行推广。由政府部门或其他非营利性机构主导，举办图书、影视作品、周边衍生品等文化产品的交流活动，通过低价销售、免费赠予、设置展览等方式，将文化产品推广至国内外的相关单位、群体或个人。对我国内部而言，有利于通过各类型IP产品推广优秀的古代文学作品，提高知名度，贯彻我国优秀的传统文化思想内涵，加强民族精神的凝聚力，也为原本市场渠道难以涉及的地域、人群提供接触古代文学、了解民族文化的机会。对于国际社会而言，建立古代文学出版IP产品的展示平台，拓宽传播渠道，加强对外宣传与推广的力度，资助有关文化产品的生产、经营与出口活动，有助于为优秀古代文学出版IP赋予国家形象，使古代文学出版IP承担起传播我国先进文化、促进国际间文化交流的责任。

2. 提高内容水准

传统出版业可以主动尝试从较为容易改编创作的热门小说，转向挖掘古代文学中戏剧、散文、诗、词、歌、赋等体裁的作品。这些作品拥有语言文字灵动活泼、思想价值深邃、艺术感染力强大的特点，也因作品本身具有鲜明的历史与文化烙印，能够引起人们强烈的情感共鸣。例如，我国传统的诗词歌赋中，曾有过《洛神赋》《孔雀东南飞》《木兰诗》等脍炙人口的作品，经过影视、歌曲、戏曲、舞台剧等形式的IP开发，能够将阅读难度较高的文学作品，转化为丰富多彩的艺术形式，把原本高度概括的时代背景和故事情节用通俗易懂的方式表现出来，更易获得读者和观众的共情心理，取得良好的社会反响。以《木兰诗》改编的各类游戏产品，则改变了一直以来人们旁观者的身份，使玩家更加真切地体验花木兰的人生经历。通过对一首乐府诗歌的IP开发，不仅为IP市场提供了优质健康的内容，实现经济效益的收获，更促进了古代文学的新发展，为传承和发扬中国传统文化添砖加瓦。

加强对古代文学出版作品内涵的挖掘与创新力度，并不仅仅是出品商和运营商的商业职责，到民族文化传承和文化建设问题，牵涉到精神文明和艺术规律的问题，也是牵涉到尊重读者和观众，因此，我们迫切需要重视与提高古代文学出版IP各类型作品的质量，显示出古代文学出版作品在新时代仍然具备高远的立意。现当代文学出版作品作为我国古代文学的重要组成部分，内容题材丰富，思想价值深远，拥有广泛的读者群体。

由于大量现当代文学作品尚未进行初次 IP 开发，受众渗透率往往较之古代文学作品偏低，仅以纸质图书的销售为基础难以预测市场风险，也成为阻碍现当代文学出版 IP 开发的因素之一。

提高古代文学出版 IP 的内容水准，需要对古代文学出版作品进行全面的改编与创新，同时不失原著内涵与风貌，就要求从业者具备深厚的文学修养和艺术修养，同时还要掌握一定的媒体技术理论知识，从而使创新作品保持较高的艺术水准和实现的可能性。

3. 提升出版质量

借助媒体技术的优势，丰富多元的艺术形态为创新性改编提供了更广阔的空间，原本抽象度、文学性较高的作品，能够以通俗易懂、直观的形态面向受众，拓宽了古代文学出版 IP 的选择范围。

《红楼梦》作为我国古典小说的巅峰之作，四大名著之首，拥有悠久的文化历史和广泛的读者群体，作为影响力卓越的古代文学作品 IP 备受关注。作品共刻画了数百个丰富精彩的人物形象，人物心理描写细致入微，作品内涵深远，给作品的各类型改编带来了很大难度。古代文学出版 IP 可以借助各类型媒体的技术优势，将文字记叙的内容以直观的形式呈现出来，通过改编和创新，传播至更广泛的社会群体，产生新的艺术价值。

面对古代文学出版作品内容流传广泛，经典人物深入人心的现象，迫切需要大胆进行创新解读，从新的视角阐释人物，从而延伸作品内涵，引起人们的关注与思考。近年来我国不少古代文学出版 IP 中，正是通过对经典人物形象进行合理创新，引起了人们对古代文学、历史文化的重新思考。

4. 加强渠道建设

（1）拓宽运营渠道，扩大受众范围。传统出版业掌握了数量最多、质量最优的古代文学作品，经过合理的筛选机制，拥有一定受众基础，能够产生"粉丝经济"效应并且具有多元化 IP 开发可能性的作品，更有可能实现古代文学出版 IP 的价值变现能力。

平台经济是互联网企业在成熟的渠道基础上整合了无边界的内容资源，唯有提升自身的竞争力，开辟新的市场空间，争取新的消费群体，才有可能实现古代文学出版 IP 的多元化发展，实现经济效益的增值。通过渠道建设、渠道合作等方式，有助于促进我国古代文学出版 IP 体量和效益的提高，但与此同时也需要明确，拓宽运营渠道并非单纯地改变内容呈现、产品发行等形式，而是深入结合各媒体平台的内容优势和传播特征，对 IP 内容进行深加工，并根据不同产业形态调整与完善传播途径、呈现效果、业务架构与质量检验的模式，形成古代文学出版IP在各产业领域兼容并蓄、彼此相融、互为裨益的良好生态循环。

在扩大受众、培养"粉丝"群体的过程中，网络文学可以通过长时间在各大网络平台上进行连载，即时与读者互动，根据反馈信息不断调整内容，进而增加读者的数量。古代文学作品虽然受制于作者独立创作完成定稿、整书发行、创作过程缺少互动等因素，但仍可以借鉴网络文学在推广中注重互动性、即时性，以及关注读者心理需求的思路。在当今的互联网世界中，大数据的应用已经越来越广泛，技术也逐渐成熟，通过数据分析能够较为准确地得到人们的心理偏好、阅读需求、艺术爱好、消费习惯等相关信息。因此，在进行古代文学出版IP的受众分析过程中，同样也可以运用来自不同渠道的大数据技术，借助相关工具，对不同人群的阅读兴趣、偏好以及习惯等进行综合分析，为古代文学出版IP的内容选题、改编创作、传播推广提供支撑，为不同内容题材的古代文学作品在创作初期，就能够准确定位受众人群，挖掘潜在读者，也为后续的IP开发与运营预先培养自己的"粉丝"群体。

（2）借助"三微一端"，拓宽传播渠道。在移动互联网的背景下，传统媒体的传播能力和效果逐渐被削弱，而媒介融合则促进了传播形态的革命性更新。随着互联网的应用普及，移动设备功能的日趋完善，微博、微信、微视频、客户端"三微一端"的传播新态势已经形成。互动平台优质的交互性和用户体验感为内容呈现、跨平台联动、打造IP品牌实现了内容和技术层面的飞跃。因此，古代文学出版IP要拓展运营渠道，提高传播能力，必须加强在"三微一端"的传播力度。在自媒体的影响力日益扩大、社会大众的话语权逐渐凸显的背景下，整合新媒体传播途径能够与"粉丝经济"效益相结合，对实现古代文学出版IP价值产生重要的推动力。企业可以通过培养专业的人才，提高古代文学出版IP运营过程的专业性和趣味性，定位受众人群，进行点对点精准推广，挖掘潜在受众，扩大传播范围。如由作家出版社出版、赵兰振所著的《夜长梦多》在进行营销宣传时，通过与影视联动，促进了IP的双向转化。

古代文学出版IP在传播推广的过程中，积极利用新兴网络媒体平台进行宣传，可以弥补过往方式的诸多不足，但与此同时也要清楚认识到，传统媒体与新兴媒体的传播方式只是各有利弊，并没有高下之分，在运营过程中仍要将传统媒体的优势主动融入其中，而不能全盘抛弃。

5. 培养专业人才

（1）提高出版意识，锻炼职业技能。加强中国古代文学出版IP的市场竞争力，使其在各类艺术形态的产业中得到顺利呈现，形成良性的发展机制，实现可持续发展，必须提高队伍建设水平，转变思想观念，培养专业的 IP 人才，不仅仅是为某一类文学 IP 的长远发展提供保障，也为文化产业的发展方向与发展水平提供了人才储备力量。

优秀的文化产业人才是推动我国文化事业发展、提高我国精神文化发展水平的重要贡献者，因此，明确专业人才的培养目标、培养理念、培养方式，建立科学合理的人才培养机制，是 IP 产业以至文化产业健康发展的重要保障。在我国古代文学出版 IP 运营的领域内，优秀的专业人才应当具备几个方面的能力：①一般文化产业从业人员都应具备的坚定政治立场与文化立场，在日常工作中能够秉持良好的职业素养与道德素养。②具备深厚的文化修养与广泛的知识储备，古代文学出版 IP 蕴含我国的历史人文、思想价值等丰富的文化内涵，无论以何种形态呈现，都需要专业的人才对 IP 产品的内容性、思想性和艺术性进行严格的把控，同时因古代文学涉及知识面广博，也需要专业人员对其有一定掌握程度。古代文学出版 IP 运营过程中，应当具备专业的 IP 开发与运营的知识储备，涉及内容改编、技术效果、传播推广、产业链整体规划布局等多方面工作，因此也要求从业人员能够掌握相应的专业技能，并且能够从宏观层面掌握 IP 开发与运营的全部流程。此外，在古代文学出版 IP 运营的专业人才培养过程中，也需要注重创新精神、挑战精神、风险意识等方面素养的培养。

（2）完善培养体系，促进人才发展。加强对古代文学出版 IP 产业专业人才的培养，提高队伍建设的水平，不能单纯依赖现有从业人员的自身学习与提高，还需要依靠建立科学系统、合理完善的多元化人才培养体系，为相关人员提高文化修养水平、运营能力和技术水平提供平台，也是为 IP 产业源源不断输送人才做好工作。在培养方式方面，相关产业主体可以从加强与高校的合作、设立专业学科、安排实践岗位等方式着手，为人才的理论学习、实践锻炼提供长期的平台。同时，针对部分内容价值深刻、艺术形式丰富等具有典型性的古代文学出版 IP 课题，也可以通过委托专业的科研机构进行研究，总结理论思想，吸收经验教训，相关人员通过参与研究、学习研究成果等方式，提高自身对 IP 产业和文化行业的宏观认识水平。

由于 IP 产业的运营模式以多元化、多维度的开发为主，一部古代文学出版作品从纸质图书出版开始，既需要在艺术形态上向影视作品、游戏产品、动画、现场演艺等形式进行转变，还需要考虑作品载体向各类荧幕、银幕、智能终端设备转化，其中涉及在作品内容、技术手段、传播手段等多方面的专业要求，目前 IP 产业的社会分工也更加细化。因此，在相关从业人员的培养机制上，首先要确保知识储备扎实和专业技能精深的培养方向，同时还需要了解 IP 产业的全部流程与各环节的互动关系，以提高从业人员的专业素养和宏观意识。

各类高校作为为社会培养人才的主体，通过设置专业院系或学科，培养 IP 产业的相关人才，能够为产业的持续发展提供源源不断的人才活力。在学科设置上，既需要考虑安排与古代文学直接相关的语言、文学、文化等课程，也需设置 IP 产业中细分环节的相关专业技能课程，同时还需进行理论知识的传授，而不同院校对相关人才培养的侧重点，也可依据院校的教学重点、教学目标等有所区分。在专业人才进入 IP 产业之后，各类文化企业也需注重继续教育与培训的任务，通过加强专业培训、加强校企合作，以理论课程、实践课题、科研项目等形式，不断提高从业人员的专业能力与理论水平。通过院校、企业、研究机构与其他社会力量的合作，建立科学、系统、专业、可持续的人才培养机制，既是为古代文学出版 IP 的发展提供人才驱动力，也是为日后文化产业的创新与发展积累理论和实践的经验。

6. 推动跨界融合

（1）发挥出版优势，突破行业壁垒。打造古代文学出版 IP 需要出版业从源头做起，将 IP 的概念贯穿始终，既需要依据市场需求、读者需求、社会实际进行新作的创作，也需要在已有的内容积累中，挖掘具有 IP 开发潜力的作品。根据古代文学作品的内容特点和艺术风格，积极筹划相适应的全媒体产品，通过独立制作或与其他产业进行合作，开发影视、动画、游戏、网络节目或衍生品等，全方位提高 IP 的知名度和影响力。通过针对具有代表性的古代文学出版 IP 进行开发与运营，积累经验，总结规律，最终致力搭建起完善顺畅的运营模式，帮助更多的优质古代文学作品能够迅速、专业地实现 IP 运作。

传统出版业或其他文化产业主体可尝试在保持主干业务的同时，主动通过媒体信息积累、研究不同层次读者的爱好与需求，并尝试依据市场信息进行定制化打造文化产品的业务模式。尤其是对于出版行业而言，对古代文学出版 IP 内容的掌握全面完整，对文化内涵的研究较为透彻，也需要将业务模式"从内容生产转变为产品开发，推动内容产品化、产品服务化"主动依据不同艺术形态的要求与特点优化重组内容，满足不同类型受众精神文化需求，加强自身在文化产业各个领域的社会影响力。

同时，也可尝试建立古代文学作家孵化和古代文学作品孵化的机制，由专门的业务部门负责，从源头培养可长远发展的优质 IP 来源，积累 IP 内容优势，树立企业文学形象。对于发展有余力的传统出版业，利用打造自己的自媒体平台、互联网直播节目、知识服务平台等都能够有效优化自身业务结构，提高企业竞争能力。

从我国古代文学出版 IP 的长远发展来看，出版业调整业务结构，转变 IP 发展理念势在必行，其中既包括将古代文学作品出版业务延伸至多元化的媒体平台，重组加工 IP 内容，使 IP 内容满足多种艺术形态的需求和多类型终端设备的特征，也包括从 IP 源头的内容生产走向新兴文化产品生产与产品服务的发展途径。

（2）发挥政策优势，促进产业融合。随着影视、游戏、动漫、文创等文化产业的日益兴起，IP 产业的影响力日渐扩大，发展中国古代文学出版 IP 也应当秉持立足文化产业大格局的观念，积极与各类产业跨界融合，提高文化内容的生产能力和文化产品的传播能力。

从古代文学出版 IP 的产业融合发展过程来看，培养创新意识、大胆突破固有思维的束缚是关键，但在具体的运营过程中，也需注意循序渐进，逐步向其他产业领域延伸。对于古代文学的各类 IP 开发而言，突破原先的行业分工，在新的产业领域进行创作无疑是创新行为的体现，但由于受众群体已经具有稳定的审美倾向和消费习惯，毫无预热地推出新的 IP 产品风险较大，因此可以尝试激进性创新和渐进性创新相结合的方式，由传统的图书业务转向相近文化产业，通过重点 IP 的试点、针对人群的推广活动、各文化产业的联合互动等，为古代文学出版 IP 向文化产业全面布局做好准备。

总之，文化产业的跨领域合作已经成为一种显著的发展趋势。这种合作不仅推动了出版行业的内部创新和发展，也促进了出版行业与互联网、金融、地产、旅游等行业的深度融合。这种跨领域的融合正在消弭各行业间的界限，为文化产业内部以及与传统产业的融合提供了可能。这种融合有助于激发文化活力、突破行业壁垒、促进 IP 市场的长期稳定发展。同时，优质的古代文学出版 IP 也为传统产业注入了情感共鸣的能力，有助于传统产业优化业务结构、提高发展水平，并实现社会效益。

第六章　中国古代文学的文化建设与自信发展

第一节　中国古代文学在广告视觉创作中的应用

随着我国市场经济的飞速发展,当前我国的广告产业在发展的过程中,也逐步呈现出独特的中国文化韵味。在我国悠久的文化历史传承过程中,中国古代文学作为我国传统文化的重要构成要素之一,是中国古典文化不可或缺的构成部分,有独特的美学价值。通过将中国古代文学引入广告创作,能够提升广告创作的文化意蕴,促使我国的广告创作呈现出独特的东方意蕴。

在我国现代文化产业发展的进程中,广告是其中一个非常关键的构成部分。在广告创作的过程中,广告本身不仅有经济层面的宣传价值,同时也是我国独特民族文化的载体,通过广告能够更好地实现中华文化以及民族精髓的传承。

一、广告创作和中国古代文学的关系

广告是现代商业经济发展的产物,通过广告,可以有效地进行商业价值的传递,从而对目标受众产生一定的消费引导,让消费者在进行商品消费的过程中,能够基于广告的引导,进行目标商品的购买。

在现代广告创作的过程中,为了更好进行商业价值的传递,创作者所采取的创作方式和手段十分多样,而且在过程中,也实现了对传统文化的融入。广告创作也承载了西方欧美国家独特的文化理念和文化意蕴。从我国的广告创作来说,我国在进行广告创作之初,更多是受到西方欧美国家的影响,因此在广告的创作表现上,也有较为浓郁的西方文化色彩。随着广告产业的不断发展,以及国内广告市场的逐步成熟,国内的许多广告创作者也开始逐步突破西方文化思维的束缚,在进行广告作品创作的过程中开始重视中国传统文化的融入,促使许多广告作品呈现出浓郁的东方韵味。

在我国传统文化发展的历程中,古代文学是传统文化不可或缺的构成要素之一,是中国古典美学的体现。通过对中国古代文学的美学意境解读,能够让我们更好地理解中国古典文化的美学特质。对于现代广告作品的创作来说,通过融入中国古代文学,能够提升广

告创作的古典韵味，促使广告作品创作呈现出较为浓郁的中国传统文化意境和特质，提升广告作品创作的古典之美。

二、中国古代文学中广告创作的审美对策

为了更好地在广告作品创作中融入中国古代文学的美学意境，在实现中国古代文学的融入上，要合理地进行相应审美借鉴对策的筛选。通过合理的对策运用，促使更多广告创作者在进行广告作品创作的过程中，能够充分实现中国古代文学意境的融入，提升广告作品的中国古典文化内涵。

（一）合理进行情感切入点的寻找，彰显广告作品发现之美

立足本质视角来看，中国古典之美和西方美学之间一个较为突出的差异是，中国古典美学更强调意境的营造和表现，而西方美学强调的则是借助多种表现方式，实现美的意境的再现。所以从这一点来看，西方在进行美的营造上，更多的是针对存在之美的模仿和再现。所以在西方很多知名的艺术作品创作上，通常都是造型之美。

和西方国家不同，中国古典美学强调的是意境之美，重视通过艺术的方式去进行美好意境的创造。在中国很多古代文学作品，尤其是古诗创作上，往往是借助一种文学呈现方式，表达创作者内心的情感，以及创作者自身对美的向往和追逐，彰显的是一种"在心为志、发言为诗"的表现之美。通过对众多中国古代文学的解读和剖析，不难看出，在进行中国传统的文学创作上，无论是诗歌作品，还是文言文作品，更多的是用来进行创作者志向的表述，或是进行创作者内心情感的传达。这一点，从"窈窕淑女，君子好逑"，到"莫道不消魂，帘卷西风，人比黄花瘦"，再到"小舟从此逝，江海寄馀生"，其中，从甜蜜思念，到伤感哀怨，再到淡定洒脱，无一不是以"情"为主导，所以这也充分证实了在中国传统的古代文学作品创作上，最突出的审美特质之一便是以情动人。

回归到广告创作本身来看，无论是西方还是中国的广告作品创作，实际上都是和其自身的文化传承有密切关联的。西方的很多广告创作强调的是逻辑表达，强调的是意境的再现。但是从中国的古代文学作品创作来说，则是强调以情动人，重视的是意境的营造。在进行中国广告作品创作的研究上，我们也很容易发现，许多作品的诉求点都落在了情感层面。所以这也正是迎合了我国古代文学创作的基本逻辑。通过这种情感的表述，不仅有助于更好激发目标受众的关注，同时也能够有效激发目标受众的情感共鸣，促使观看者更容易接受广告所要表达的思想和内容。

因此，在进行中国广告作品创作的过程中，要想更好实现对中国古代文学审美意境的借鉴，其中一个最关键的要素就是要重视情感诉求的把握，立足情感视角进行广告表达内

容的切入，能够更好地拉近广告商品和目标受众之间的距离。

（二）重视独特意境的营造，展现广告作品的含蓄之美

在中国古代文学作品的创作上，含蓄之美是一个非常突出的特点。纵观中国古代文学作品，很多创作者在进行文学作品的表达上，强调情感的融入，值得一提的是，在进行情感融入上，文学创作者并没有直抒胸臆地进行情感的抒发，往往是借助一种含蓄的方式，通过婉转迂回的表述来进行情感诉求的表达。而这一点，恰好也是中国人含蓄特点的最好写照。在中国古代文学作品中，如孔子所说的"乐而不淫，哀而不伤"实际上就是一种非常含蓄的情感表述方式。又如那句人人耳熟能详的"众里寻他千百度，蓦然回首，那人却在灯火阑珊处"，表达的是一种含蓄的幸福。综合以上来说，中国人在进行情感表达上，习惯用比较含蓄的方式展现。

从广告作品的创作来说，创作者在进行广告意境的营造上，应该充分考虑到中国人含蓄的情感表达方式，在进行广告意境的营造上，不应该过于直白，要充分借鉴中国古代文学的意境营造方式，强调含蓄之美的展现。这一点，和西方奔放的情感表达方式有质的区别。结合中国古代文学的创作来说，很多文学创作者于"意境"的营造有独特的理解，如水中月、镜中花，虽美却不可直接触碰，强调的是言尽意不尽的意境之美。所以在中国古代文学里，意境实际上应该是作为中国含蓄情感表达的方式，是情感的承载。这也就要求广告创作者在进行广告作品创作的过程中，不应该采取过于直白的情感表达方式进行商品价值的传递，而应该充分考虑到中国含蓄的情感表达方式，在进行广告内容的创作上，重视意境的营造。通过意境的营造，去进行广告内涵的承载，让广告受众通过独特的广告意境创造，去感受广告作品所要表达的含蓄情感。所以从这个角度来说，我们在进行广告作品创作上，应该重视虚实结合。所谓虚，指的是广告作品在进行情感的表达上，应该通过虚的方式，借助广告意境的营造实现，也就是说，广告的主题设定应该是"虚"的。所谓的实，即实实在在的广告内容呈现。通过实实在在的场景营造，让受众在进行广告内容浏览的同时，借助实实在在的场景去揣摩"虚"的主题内涵。以白沙集团的广告作品创作为例，在进行广告画面的塑造上，结合白沙集团四个字，应该能造出白鹤翱翔的场景，一男子遥望远处的白鹤，配上背景音"鹤舞白沙，我心飞翔"。整个画面干净、整洁，通过真实的场景塑造，展现出白沙集团积极向上的品牌理念和品牌意境。通过这种意境的营造，让目标受众在观看广告作品的同时，也能够领悟到广告所要传递的情感意义，及品牌的核心价值理念。

总之，就当前我国广告产业的发展来看，随着目标受众对于广告作品的审美品位不断提升，要求广告创作者在进行广告作品创作的过程中，要充分立足目标受众视角，结合目

标受众的情感表达来进行广告作品的创作。中国古代文学创作的这种模式也为当前广告作品的创作指明了方向和思路。我国现代广告作品的创作应该充分借鉴中国古代文学作品的审美意境，实现中国古代文学创作精髓的吸纳和借鉴，摒弃西方广告创作思维模式，立足中国传统文化进行广告创作养分的汲取，提升广告作品创作民族内涵和文化意境。

（三）寻求情感切入点，凸显"在心为志，发言为诗"的表现之美

从本质论的角度上看，中西方美学最根本的区别在于"表现"与"再现"，西方从古希腊时期开始就强调艺术是一种"模仿"，因此，西方最早的艺术大都是造型艺术，以肖似为美，而文学则以冷静客观地再现生活为主，因此史诗和悲剧奠定了西方文学中叙事的重要地位。与之相对，在中国古代文学中，最重要的文学样式是以诗歌为代表的抒情性文学，《尚书·舜典》中载"诗言志，歌永言，声依永，律和声"，陆机《文赋》中又言"诗缘情而绮靡"，这就奠定了中国式的美并不是面向外界求肖似，而是面向人心内部，目的是"言志"和"传情"，"志"为思想，"情"为情感，二者之中，诉说人生感受的"情"更是占据主要地位，中国文学史上的名篇，不管是"窈窕淑女，君子好逑"的甜蜜思念，还是"岂曰无衣？与子同袍"的慷慨激昂，不管是"莫道不消魂，帘卷西风，人比黄花瘦"的伤感哀怨，还是"小舟从此逝，江海寄余生"的淡定洒脱，都是将"情"放在首位的，由此可见，以情感人是中国传统审美标准之一。

中国的广告创作应该更多地发扬表现传统，以情感为诉诸点，尤其是国人更重视的亲情、乡情、爱国之情等，这种从古代文学中形成的表现传统，不但更加适合我国创作者的思维逻辑，同时也更容易为消费者接受。

因此，在广告创作中更多地寻求情感切入要比直截了当地推销产品更加有效。可以通过营造温馨和谐的家庭氛围，构建日常生活中的情感叙事，凸显商品在拉近人与人之间距离中的作用等方式作为广告的基调。如雕牌洗衣粉广告以孩子偷偷帮下岗的母亲洗衣服为切入点，以"妈妈，我能帮您干活了"为广告词，既强调了该产品的用量节省和清洁能力，又让消费者感于母女之间的殷殷情深。这种创意看似与古代文学无关，但实际上传承的正是古代文学中"诗缘情"的表现特征，符合国人重情感、求和美的传统心理，并给产品带来了附加价值。所以在广告创作中应在推介产品的同时、更重视作品中传递的情感以及情感的表现方式，以情动人，这些已经形成传统的特质即使采用现代的场景去表现出来，仍然可以深深地打动人心。

（四）注重意境创造，展现"温柔敦厚"的含蓄之美

虽然中国文学善于表现情感，但这种表现绝不是过分强烈的，而是温柔敦厚的，从

《诗经》开始,我国文学创作就形成这个美学传统,即孔子在《论语·八佾》中所说的"乐而不淫,哀而不伤"。"求之不得,寤寐思服,悠哉悠哉,辗转反侧",虽相思而不逾矩,"抽刀断水水更流,举杯消愁愁更愁",虽忧愁而不哀号,"众里寻他千百度,蓦然回首,那人却在灯火阑珊处",虽幸福而不狂喜,中国传统式的情感是欲语还休,深沉舒缓的。由此联系到广告创作上可知,中国式的广告并不适合直接照搬西方式过分强烈和明显的情感表达,应该适可而止,展现出"温柔敦厚"的审美特质。

从表现情感的方式上看,在古代文学作品中,这种亲近浑融的审美情感是与含蓄的形式表现紧密相连的。在中国古典美学领域,"意境"这个词占据了极其重要的地位,这是一个纯粹中国式的美学概念,中国古代的文学家和美学家用了众多文字来诠释这种美感:司空图"诗家之景,如兰田日暖,良玉生烟,可望而不可置于眉睫之前也";严羽"盛唐诸人惟在兴趣,羚羊挂角,无迹可求。故其妙处透彻玲珑,不可凑泊,如空中之音、相中之色、水中之月、镜中之花,言有尽而意无穷"。简而言之,所谓"意境"其实是中国式情感的表现方式,并非是如西方式的直接表白,而是在形式上注重情景交融,在结构上讲究虚实相生,以达到"言有尽而意无穷"的审美效果。在古代经典文学作品中,无一不是将情感与景物紧密交织,并且以有限表现无限,构建出精妙意境的。因此在中国古代文学中,一花一物皆有情,表现分离之苦,不说心碎,而是"碧云天,黄花地,西风紧,北雁南飞。晓来谁染霜林醉?总是离人泪",回忆相聚之欢,不说繁华,而是"舞低杨柳楼心月,歌尽桃花扇底风",苏轼悼念亡妻,将肝肠寸断之思寄予明月松冈,杜牧抚今追昔,将百年兴衰之叹付诸烟雨楼台,这种情景交融的表现方式奠定了中国文学的基本样貌,决定了中国式情感的表现应是含蓄传神,并且诉诸具象表现的。

另外,中国文化的含蓄之美还表现其大多采用以有衬无、以实写虚的方式。如绘画艺术中的"留白""点染",总是可以用简洁的笔触将最重要的部分描绘出来,而更多的情感和景致交给读者去自行体会,比如杨慎的《临江仙》,一句"青山依旧在,几度夕阳红"短短十个字中包含的是无限苍茫的古今之思,这与西方式的详尽写实手法完全不同。即使是叙事性作品,中国文学也同样会重视构建这种含蓄的意境之美来烘托氛围、表达感情,如《水浒传》中写景阳冈"一轮红日,厌厌的相傍下山",林冲夜奔前"纷纷扬扬地卷下一天大雪",只几个字就将当时的情境展现出来,同时表现人物的处境和心理。

中国文学的这种美学特征也同样可以给广告创作以启示,当前中国很多广告都是通过赤裸裸的宣传甚至重复广告词的方式出现的,虽能够给人以深刻的印象,达到营销效果,但并不能给人美感,甚至引人厌恶。如果说西方广告淋漓尽致地发挥了其开放自由的文化特征的话,中国式的广告更应该表现传神含蓄的意境美,在产品优势的宣传上,不是直接陈述,而是尽可能地以简短的场景或事物去呈现,追求"实者逼肖,虚者自出"的效果,这里的"虚"指广告的主题,"实"指广告的内容。如白沙集团的广告:宁静如镜的湖面,灰暗的天空,一个中年男子重重的脚步迈向湖边,远处,几只白鹤在浅水处嬉戏、助跑、腾空、振翅飞向蓝天;随着白鹤的腾空飞翔,画面逐渐明亮,男子凝望飞向远方的白鹤,双手并举舒展地做出飞翔的手势,伸向天空,画外音响起"鹤舞白沙,我心飞翔"。这则广告主要目的是凸显白沙集团创想、自由、向上的品牌理念,正是通过含蓄优美的意境营造展现出来,广告使用的主要意象:白沙、白鹤、湖水,既是集团所在地湖湘文化的代表,同时也是在传统绘画诗词中常出现的意象,整个画面动静结合、错落有致,人与自然和谐共处,给观赏者一种天人合一的美感。最重要的是,通过人心随白鹤起舞的描绘,突出了"飞翔"的企业核心,将想传达的内容含蓄地表现在短小的场景中,给人无穷的想象空间。另一则中国银行的广告则选取了静谧的竹林作为背景,一黑衣少女在竹林中冥想、漫步,"竹动""风动""心动"的字幕接着出现,最后,在一片青绿的竹林之前,出现"有节,情义不动"字幕。没有画外音,也几乎没有背景音乐,整个画面本身就带有中国传统的含蓄蕴藉特质,而且,在中国文化中,竹子一直是君子风骨的象征,作为银行的广告,以竹子为视觉符号,巧妙地避免了财富、金钱等俗套,强调了刚直不阿、重信重义行业精神。

意境美的创造需要对古典作品有一定程度的了解,尤其李煜、王维、苏轼、纳兰性德等人的作品都是很好的例子,在大量阅读的基础上反复欣赏和比较,理解情景交融和虚实相生的特征。还可以尝试将经典的诗词用广告场景的方式描绘出来,再从已有的广告作品中寻找有意境的作品,对其进行分析赏鉴,这样由模仿到创作,慢慢地摸索出意境创造的方式和思路。

(五)引用和借鉴古诗文,彰显"文抽丽锦""拍按香檀"的形式之美

国学大师钱仲联在《梦苕庵论集》论及古典诗词的鉴赏中,强调必须抓住两个关键:诗词的"声"与"色"。所谓"色",即诗词的文采与藻饰,诗人通过修辞设色,描绘生动的形象。"声",即诗词的声调和音节表现于格律之中,呈现声韵和谐的美感。这两个方面对于中国文学来说是缺一不可的。中国传统文学以诗词为主,最早的诗歌形式是"诗""乐""舞"三位一体的,从它产生的那天开始就注定了其形式上的美感在于辞藻华美和韵律和谐,古代文学一贯重视语言文字的锤炼,汉语之美在中国古典作品中展现得淋漓尽致。先秦时期相对简朴稚拙,但刘勰也赞美其"'灼灼'状桃花之鲜,'依依'尽杨柳之貌,'杲杲'为日出之容,'瀌瀌'拟雨雪之状,'喈喈'逐黄鸟之声,'喓喓'学草虫之韵;'皎日''嘒星'一言穷理;'参差''沃若',两字穷形。"这种质朴平易的语言风格到汉大赋时期就已演变得浓墨重彩,宋人刘克庄在《后村诗话》中也说:"诗至三谢,如

玉人之攻玉，锦工之织锦，极天下之工巧组丽，而去建安、黄初远矣。"至唐代之后，字词的锤炼之功达到了炉火纯青的地步，辞藻的表现力，风格的多样性都已十分成熟，所以文学史上一直流传着如"红杏枝头春意闹""云破月来花弄影"这样精辟而美丽的佳句。除了文字本身的优美，古人也重视音韵的作用，现代心理学证明，声音的高低错落、起承转合与人的情感表现能够达成同构，可以说，韵律是文字的"情绪"和"个性"，字调的刚柔、长短、轻重、平仄、韵律不但能与内容结合起来更有效地表现情感和思想，更能够呈现出一种独立的音乐的美感，这一点在格律诗和词中表现得最为突出。

  对于广告中的文案而言，应该挖掘和发挥出汉语的美感。具体来说，可以采用两种方式：一种是直接引用和依托古典诗文作为软推销文案，如酒类广告可以引用李白众多关于酒的诗句，景区或楼盘也可大胆引用山水佳句，有的商品品牌名字也可嵌入诗文中，如"借问酒家何处有，牧童遥指杏花村"（杏花村酒）；"唯有牡丹真国色，花开时节动京城"（牡丹电视）；"春来江水绿如蓝"（春兰空调）。这是比较浅层次的，需要丰富的诗文储备。另一种要更难，但也更深刻，就是并非直接引用，而是借鉴和模仿古典诗文来创造文案，这就要求创作者有较深厚的古文功底，能够驾驭文言字词，懂得基本句法，掌握诗词格律的基本要求，这需要长时间的积累和训练，对创作者提出了更高的要求。如"一品黄山，天高云淡"和"悠悠岁月酒，滴滴沱牌情"采用诗词的平仄、韵脚、声律，既有古典诗文的形式美，又精确地表达出品牌的文化内涵；青岛啤酒的藏头诗广告"青翠纷披景物芳，岛环万顷海天长。啤花泉水成佳酿，酒自清清味自芳"更是以完整的诗歌创作为广告增加了吸引力和文化感，读起来朗朗上口；中国银行系列广告的广告语"止，而后能观"巧妙地化用了《大学》中"知止而后有定，定而后能静，静而后能安，安而后能虑，虑而后能得"的形式和内涵，彰显出深厚的品牌文化，达到了"文质彬彬"的审美效果。

  总之，在当前中国广告业飞速发展，面临新的挑战的时代背景下，要想走出西方模式，创作出有中国特色的广告作品，需要从中国传统文化中吸取经验，以上仅尝试讨论广告创作在审美层面上对中国古代文学的吸收和借鉴，求教于方家。

第二节　中国古代文学在服装视觉设计中的应用

  "古代文学作品中描述服饰色彩、服饰纹样、服饰材质的字词和诗句不仅展示了我国古代服装文化的绚丽多彩，更给现代服装设计带来了深刻启示和积极影响。"[①] 服饰文化

---

① 苏俊倩. 古代文学对现代服装设计的启示 [J]. 化纤与纺织技术, 2022, 51 (7): 150.

在历史发展进程中不断变化、创新，为时代和历史文化增添了不少光彩和亮点，也给当今服装设计提供了更多的思路和启发。尤其是当今社会，国潮、汉服等传统元素兴起，并受到越来越多年轻人的喜爱和追捧，传统文化散发的光芒越来越引人注目，古代文学中服饰文化的审美元素和艺术价值也受到了更多关注。因此，探究古代文学对现代服装的启示十分必要且有积极意义。

一、先秦两汉文学对现代服装设计的启示

（一）先秦两汉文学的服装色彩借鉴

色彩是服装设计中的重要组成部分，服装色彩不仅展示了整体服装的艺术品位和美学特点，而且表达了服装的视觉效果和审美体验，是服装灵魂的间接反映。古代文学作品中描写服饰色彩的诗词数不胜数，服饰色彩搭配反映了各时代人们的色彩喜好和审美眼光，不少经典的色彩搭配也启发和影响了现代服装设计搭配。

中国古代语言文学与服装的联系十分紧密。特别是到了秦汉时期，大量诗词作品中包含描写服饰的文字和语句，反映了秦汉时期的民族特色和服饰风格。其中，不少文学作品描写先秦两汉时期服饰的色彩搭配、样式等内容，展示了丰富多彩的服饰文化，也展示了当时服饰色彩搭配体系的独特之处。

在《齐风·著》也有描写服饰色彩的词句，如"充耳以素乎而""充耳以青乎而"、"充耳以黄乎而"，其中素色、青色、黄色的色彩展示了男子的华丽服饰，也给了现代服饰配色更多的启发。另外，汉乐府《陌上桑》中也有描述服饰色彩搭配的词句，如"头上倭堕髻，耳中明月珠。缃绮为下裙，紫绮为上襦。"意思是头上梳着堕马髻，耳朵上戴着宝珠做的耳环；浅黄色有花纹的丝绸做成下裙，紫色的绫子做成上身短袄。这种黄色和紫色的搭配给人们留下艳丽、活泼的印象，也得到很多现代服装设计师的关注和引用。

（二）先秦两汉文学的服装材质借鉴

先秦两汉文学中有不少关于服饰材质的内容，这些内容不仅反映了秦汉时期的服装工艺水平，还展示了服装风格和服装搭配艺术，给现代服装设计师带来不少新想法和新思路。如在先秦诗经《国风·曹风·蜉蝣》："蜉蝣之羽，衣裳楚楚。心之忧矣，于我归处。蜉蝣之翼，采采衣服。心之忧矣，于我归息。蜉蝣掘阅，麻衣如雪。心之忧矣，于我归说。"其中"麻衣"是指古代达官显贵日常穿的衣服，是由白麻皮缝制而成，这种麻纱材料质地轻薄，清凉舒适，健康无害，能够满足人们对服装的需求。

再如先秦时代民歌《国风·鄘风·君子偕老》中"瑳兮瑳兮，其之展也。蒙彼绉绤，

是继袢也"等记载也反映了当时的服装材质,其中"瑳"字是指玉色鲜明洁白,"展"是指古代夏天穿的纱衣,"绤"是指细葛布,葛布主要是从植物纤维中提炼制作,质地细薄,除了用作衣料,还可以用来制巾。此外,《楚辞·招魂》中"篸阿拂壁,罗帱张些"等诗句也描写了服饰材质,罗帐是一种网孔状织物,通常用作贵族服饰。

二、唐代文学对现代服装设计的启示

(一)唐代文学的服装色彩借鉴

唐代是我国历史长河中至关重要的节点,盛代的经济、文化发展生机勃勃、繁荣昌盛,给后世社会发展奠定了坚实基础。随着唐代经济的蓬勃发展,服饰文化发生较大变革和创新,服装色彩从侧面反映了当时的经济特征。特别是唐代物质资源逐步丰富,人们也更偏好艳丽华贵、绚丽多彩的服装搭配。在服装色彩方面,唐代展示了别具一格的审美情趣和喜好,呈现了独特的艺术美感和美学效果,对于现代服装设计有积极影响和启发。

唐代是我国诗歌创作的高峰期,很多文学作品中都描写了当时的服饰色彩,带给人们精美绝伦的视觉盛宴。"罗衫叶叶绣重重,金凤银鹅各一丛""郁金香汗裹歌巾,山石榴花染舞裙"等诗词中,都描写了唐代的服装配色特点,其中备受关注的是极具美感的石榴裙,其色如石榴红,飘逸艳丽,展现了女子亭亭玉立的风韵,备受年轻女子的青睐。石榴裙色彩浓郁大胆、鲜艳亮丽,与其他朝代的服饰色彩有明显区别,展现了强烈的视觉美感,让人印象深刻、耳目一新,应用到现代服装设计也能呈现独特的艺术效果。

(二)唐代文学的服装样式借鉴

唐代经济发达、政治开明、思想开放,被誉为"大唐盛世"。唐代的文化呈现百家争鸣、百花齐放的良好发展态势,大量诗歌、传记、散文多产于这个时期。文化的繁荣给人们的思想带来很大进步和创新,尤其是随着世界各地的交流沟通频繁起来,让唐代人思想更加开放,接受度和包容性更强,这在一定程度上也推动了服装文化深入发展。唐代的服饰受到经济文化和思想观念的冲击,呈现了新颖独特、大气开放的特征,展示了别具特色的服装设计美感和艺术魅力。

唐代服饰不仅材质、颜色与众不同,而且样式更具独特性和开放性。这可以从唐代服装领口多宽大且呈袒胸状的设计中得到充分证明,且从侧面反映了当时社会风俗的自由开放。很多文学作品中都描述了唐代的流行服装,这些服饰呈现出别样的审美情趣和艺术效果。现今服装设计中,不少设计师沿用袒胸装的设计风格,设计出很多别具特色的低胸装,不再局限于高领口设计,展现了女性独特的魅力。

三、明清时期文学对现代服装设计的启示

(一) 明清时期文学的服装色彩借鉴

明清时期,最负盛名的文学作品是《红楼梦》,作者曹雪芹不仅仅是伟大的文学家,更是伟大的服装设计师。其笔下人物的服饰极具审美价值和艺术价值,对于衬托人物形象发挥不可忽视的作用,也使文学作品更加丰满、立体。《红楼梦》中不同人物的服饰有不同的色彩搭配,这些色彩不仅反映了人物的身份地位,还反映了人物的性格特征、心态情绪等,使得人物形象更生动、饱满。如:"银红袄儿,青缎背心,白绫细折裙";"身上穿着桃红百子刻丝银鼠袄子,葱绿盘金彩绣绵裙,外面穿着青缎灰鼠褂";"藕荷色绫袄,青缎掐牙背心,下面水绿裙子"……这些细腻的服饰描述既反映清朝服饰特点和着装风貌,又反映了作者的服饰审美观,彰显出作者的独具匠心和美学素养。

(二) 明清时期文学的服装纹样借鉴

《红楼梦》中的服饰不仅色彩十分丰富,服饰纹样也别具特色。其服饰纹样与人物地位、文化背景有密切关系,对现代服装图案设计也有很强的借鉴意义。如描写北静王服饰"江牙海水五爪坐龙白蟒袍"中"江牙海水"寓意深刻,海水纹样寓意"四海清平",江牙纹是寿山石,有"江山万代"的寓意,呈现了龙纹的威严气势,也彰显了北静王的显赫地位。

又如"宝玉穿一件二色金百蝶穿花大红箭袖,束着五彩丝攒花结长穗宫绦,外罩石青起花八团倭缎排穗褂",其中的八团纹样呈现了清代贵族出席正式场合的礼服形式。再如,"缕金百蝶穿花"也是贵族女性的常用纹样,图案主要是由花卉和蝴蝶组成,层次分明,颜色复杂,富丽堂皇,彰显了服饰的奢华。此外,《红楼梦》中还有数十种服饰纹样,这些纹样不仅起到了装饰作用,还丰富了中华优秀传统文化内涵,在现代服装设计中研究和应用中具有积极意义。

总之,古代文学中,不同时期、不同风格的服饰描写展现了丰富的文化内涵和审美意蕴,是中华传统文化宝库中的璀璨明珠。积极探究和解读古代文学作品中的服饰描写,不仅能够了解相关时代的服饰文化和语言文化,还能从那个时代的服饰设计风格中汲取更多设计思路和设计灵感,进而推动现代服装设计实现历史性的突破和新的发展。

四、中国古代文学在服装视觉设计中的应用策略

中国古代文学在服装视觉设计中拥有广泛而深刻的应用潜力。通过深入挖掘文学作品

中的情感、艺术、历史和文化元素，设计师可以创造出充满深度和创意的时装作品，为时尚界注入更多的文化内涵和故事性。这种创新和融合不仅丰富了服装设计的层次，还有助于传承和弘扬中国古代文学的卓越魅力。中国古代文学在服装视觉设计中的应用策略如下。

第一，情感色彩的诠释。古代文学充满了浓厚的情感和人生哲理。设计师可以挖掘文学作品中的情感线索，将其中的爱情、孤独、悲欢离合等情感元素转化为服装设计的灵感。通过选取特定的色彩、质感和剪裁，服装可以成为情感的表达媒介，让穿着者能够深刻地体验古代文学中的情感世界。

第二，字体与文字艺术。汉字是中国文化的瑰宝，古代文学中的文字充满了艺术性。设计师可将古代诗文的文字或书法艺术融入服装设计中，创造出独特的字体图案或印花。这不仅增加了服装的文化深度，还为人们提供了一种与文字互动的方式，使服装不仅是一种视觉享受，还是文化的传承。

第三，历史时代的还原。古代文学作品通常背景丰富多彩，反映了不同历史时代的生活和风俗。设计师可以选择特定的历史时期作为灵感来源，还原那个时代的服饰风格和元素。通过研究历史细节，服装可以成为一种时空穿越机器，将穿着者带入古代文学作品所描述的世界。

第四，故事线索的演绎。古代文学中的故事情节和角色可以成为服装设计的有力灵感。设计师可以选择一个故事中的关键场景或角色，并将其演绎为服装元素，如服饰细节、装饰品或图案。这种方式不仅赋予服装故事性，还为穿着者提供了参与文学世界的机会。

第五，文化符号与象征。中国古代文学中充满了各种文化符号和象征，如龙、凤、莲花等。设计师可以将这些符号巧妙地融入服装设计中，赋予服装更多的文化寓意和神秘感。这些符号不仅丰富了服装的视觉效果，还传达了深刻的文化内涵。

第六，可持续性与传统工艺。古代文学中描述了许多传统工艺和材料的运用，如丝绸、绣花、宝石等。现代服装设计可以将这些传统工艺与可持续性原则相结合，创造出具有历史传承感的可持续时装，传达出对传统文化的尊重和对环境的关注。

第三节 中国古代文学在旅游资源开发中的应用

一、文学和旅游的双向互动

文学和旅游原本是两个毫无交集的不同系统，但一旦联姻，就能满足作为读者的旅游者和作为旅游者的读者的双重审美需求。二者的有机融合最终为文学塑造实体，也为旅游提升了品位。

文学以其文字描述和传扬了山川景物的独特魅力，同时也因为文学内涵的渗透而提升旅游景观的文化品位；而旅游又满足了旅游者的审美享受需求，在其旅游活动中又进一步传播了作家作品。可见，文学和旅游的联姻，无论是对提升景区的文化品位、满足旅游者的多元需求，还是对文学遗产的保护都将带来意想不到的积极效果。

文学旅游资源以独特的底蕴强烈地吸引着对某一作家及其作品感兴趣的旅游者，许多具有丰富背景和深刻意味的文学作品，可以成为旅游景观生产的文化资源和核心主题，从而在旅游中由文学作品转化成为旅游产品，对当代旅游产业的发展发挥更主动的建设作用。而通过文学旅游，又进一步加深了旅游者对作家作品的体认和理解，从而也拓展了文学的文本内涵和深度。由此可见，文学和旅游是"意义互参，现场共享"的。

文学和旅游相结合的方式主要有三种情况。

第一种情况是文学和旅游互为依存。文学资源是一种重要的旅游资源，它能成为旅游景观生产的重要主题，能催生具有较高文化品位和精神内涵的文学旅游产品；而通过复原作家生活、学习、工作场景，还原或再现作品中的人物经历、场景、情节及其所描绘的乡土景观、民风民俗等，则可以使旅游者通过真切的体验加深对作家作品的感性认识和理解。从这个角度而言，文学和旅游是有机融合的。

第二种情况是文学和旅游互为广告。借助著名作家或经典作品开发旅游景观，可以起到事半功倍的效果；而这样的文学旅游资源一旦打出名气，与之相关的作家作品就会得到更大范围的传播，作家身上的人文精神也会得到更大程度的传承。从这层意义上讲，文学和旅游互为传播媒介。

第三种情况是文学和旅游互生互利。文学资源可以依托众多的读者提高建立在它基础上的文学景观的知名度，从而推动当地旅游业的发展；而众多依托作家作品资源开发的文学旅游商品也能够助推文学的传播和文化创意产业的发展，并极大地促进文学遗产的保护。从这个层面上看，文学和旅游是互动互利的互生过程。

可见,"旅游行业的发展促进了区域性的经济增长,在其发展过程中,重视餐饮文化资源的开发及应用,有助于提升区域性经济资源以及旅游市场的开发,从而推进旅游行业的进一步发展"①。文学和旅游之间是一种互为依存、互为广告、互生互利的双向互动关系。作家作品资源进一步丰富了旅游资源,提升旅游的文化品位,促进了旅游景观的内涵提升;而通过旅游景观的还原或再现作品中的人物经历、场景、情节及其所描绘的乡土景观、民风民俗等,则使旅游者通过真切的体验对作家作品有了更加感性的认识,加深了对作品的理解,从而有助于更好地传播文学,同时从旅游的角度来观照文学的状貌,也有助于开阔文学研究的视野。概而言之,文学能通过旅游者的传播而扩大自身的影响力和知名度,从而更好地发挥社会价值;而旅游中融入文学元素,则可以拓展旅游的深度和广度,提升旅游景观的竞争力和社会影响力,从而推动旅游经济的发展。

二、文学旅游资源

文学旅游是指旅游者通过观赏作家生活地、求学地、工作地、作品诞生地、故事发生地以及体验作品中的人物经历、场景、情节等,从中得到精神愉悦、文化熏陶的旅游活动。旅游资源是指能够强烈地吸引旅游者前往参观,并且能够加以开发利用的各种资源。文学旅游资源是指具有文学价值的作家生活地、求学地、工作地、祠馆、墓葬、作品诞生地、故事发生地以及作品中的人物经历、场景、情节等与作家作品相关的、可供旅游开发并能够吸引旅游者前往参观游览的资源。而浙江文学旅游资源则是指根据浙江作家所留下的文学遗迹、所创作的文学作品等加以开发的、能够吸引旅游者前往参观游览的资源。

(一)文学旅游资源的特征

第一,资源的丰富性。我国历代作家辈出,经典文学作品不胜枚举。这些丰富的文学资源,具有潜在的旅游开发价值,是当地旅游开发的一笔宝贵财富。

第二,思想的教育性。文学最大的价值在于它能赋予自然万物以人的情感和文化内涵,从而使旅游者在旅游过程中得到心灵的洗礼和文化的熏陶。文学的思想性,很容易唤起人们对于历史、现实和人生的感悟。而通过文学旅游获得的人生感悟,往往要比阅读文学作品来得更真实、更深刻。文学旅游的最大目标群体是对作家作品感兴趣的文学爱好者,与著名作家相关的地点具有特殊的迷人之处,可以促使读者成为朝拜者:参观著名作家的出生地;对其童年成长的环境浮想联翩;目睹激发撰写诗篇或著作灵感的地方;在墓

---

① 张笑薇. 旅游餐饮文化资源的开发和应用——评《餐饮旅游文学选编》[J]. 中国油脂,2021,46(6):153-154.

碑前或公共纪念碑前缅怀该作家等。文学名胜是作家们生活过的真实世界与其描述的虚幻世界之间的融合点。很多文学旅游者会在开展亲子游过程中不失时机地用作家人生经历激发同行孩子的求学和向上积极性。

第三，内容的审美性。众多流传至今的经典作品和名人逸事，都可以生发成为文学旅游景观或者丰富原有景观的文学内涵，并且为文学旅游者提供重要的文化价值判断标准。不同的文学资源，具有特色各异的艺术风格，在旅游开发过程中也就能营造出特定的文学氛围，从而使文学旅游资源增添深层次的内涵和情趣，使文学旅游者在游览过程中、在文学作品和实地的两相对照中不知不觉获得丰富、独特的审美感受。文学具有一种兴游效应，它既可以增强旅游者的游览兴趣，增添其游览情趣，同时又可以使旅游者得到独特的审美感受。通过旅游获得美好的文学体验和愉快的文学回忆，是广大文学旅游者的终极目标。

第四，开发的高效性。文学在很大程度上具有宣传旅游景观的作用，历代名家所创作的经典作品的广泛传播会带来旅游景观的声名鹊起，从而引得后人竞相造访。文学旅游者一般精读相关作家的经典作品，同时对游览作家生活地、求学地、工作地或作品中所涉地具有浓厚的兴趣。因此，在对文学资源进行旅游开发时，相较于其他旅游景观，可以节省很多宣传成本，并且可以快速地将文学爱好者变成目标旅游者。

（二）文学旅游资源的价值

第一，人文价值。旅游是文学交流的重要载体，它向旅游者提供了一种了解历史和社会现实生活的个人体验。对文学资源进行旅游开发，可以让更多的人了解作家的人文精神和作品的文化内涵。不朽的文学作品往往会赋予旅游景观以一种精神或气概，并传递给到此游览的旅游者，从而提升其人文精神。

第二，历史价值。旅游者通过目睹作家生活、求学或工作过的地方，可以产生某种怀旧感和崇敬感。旅游是对过去进行使用的一种形式，重新演绎名人和事件经常被认为是吸引游客记住人物、日期以及特定时间和地点所发生事件的有效工具，尤其是在游客自己被鼓励参与这些演绎的时候。因此，文学资源在旅游开发过程中，要尽可能准确地反映历史，为旅游者提供学习历史的环境和氛围。

第三，审美价值。如今，人们的旅游方式已经由观光游逐渐转向文化游，旅游者更希望通过旅游进一步完善自身的知识结构，进而使心灵得到洗礼。文学作品中往往蕴含了作家抚今追昔时的思想情感和审美情趣，它们所传递的美，往往可以调动旅游者的审美感，使之在游览过程中获得审美愉悦，陶冶自身情操。给景观涂抹上一层奇丽色彩的同时，也使旅游者产生了超越历史和地域的共鸣和亲近感，扩展了对于美的探寻视野和欣赏深度。

文学作品所传递出的关于美的信息，能够调动起旅游主体的审美感觉，与其原来所具有的知识、经历和情感相吻合，使旅游者产生和谐、共鸣、亲近和充实的感觉。旅游者的审美需求也使文学旅游资源开发成为一种高层次的审美。建立在文学作品基础上的文学旅游资源，总是能够吸引旅游者前往探寻文明、品味文化。近年来兴起的绍兴鲁镇、南京秦淮河、苏州寒山寺等旅游热，无不因其形象地还原或再现了文学作品中的民情风物，让旅游者在游览过程中获得了文学和旅游的双重审美体验，产生了情感共鸣，因而总是游人如织、生意红火。

第四，经济价值。作家作品是旅游景观的免费广告，在它们的传播过程中，可以凭借作家的人格魅力和作品的艺术魅力对旅游景观起到很好的宣传作用，从而提升旅游景观的吸引力和知名度。文学名著往往可以通过"因文成景"和"景因文得名"两种形式丰富旅游景观的文化内涵，并在很大程度上激发旅游者的旅游动机。文学作品中虚构或虚实相生的人物经历、场景、情节可以变成实实在在的旅游产品，从而为地方旅游业的发展别开蹊径。

三、浙江文学旅游资源开发利用

浙江自古文化氤氲、名家辈出，文学家在为后人留下经典文学作品的同时，也为后人留下可资追忆和体认的文学旅游资源。因此，浙江文学旅游资源开发利用，为其他地区开发利用文学旅游资源提供了重要的启示。

（一）完善开发利用机制

整合各地文保、旅游、文化等领域的力量对浙江文学旅游资源开展一次全面普查，明确各大文学旅游资源的分布状况，摸清其所处位置、所属年代、保护现状、周边环境等基本信息，整理出值得保护的浙江文学旅游资源清单，同时留下图片、影像等一手资料，建立浙江文学旅游资源动态镜像系统。在此基础上，从旅游客体（文学旅游资源）、旅游主体（参观者）、旅游媒介（旅行社、各类传播媒介等）三方面加以评估，区分各自级别。要构建资源所有者、利用方、政府部门、旅游者等利益相关者共同参与的浙江文学旅游资源管理模式，并根据文学旅游资源特点加以开发利用。要建立文学旅游资源保护的应急机制，加强危机管理，防止出现拆除等恶性破坏现象。要采取多向度开发模式，或与休闲旅游、乡村旅游等相结合推进深度旅游，从而满足不同旅游者的需求；或与文学节庆活动相结合打造旅游品牌，从而凸显节庆活动的文化内涵。

（二）加以差别化开发

树立"因地制宜，合理利用"的理念，进行差别化开发。可以活化和功能置换并举。

由政府部门向社会推出拟活化的文学旅游资源名单，并成立由规划、文物、土地、文化、经济、法律等方面专业人士组成的浙江省文学旅游资源活化专家委员会，承担文学旅游资源活化的指导工作。

对于保存基本完整、结构没有重大破坏、风貌保存完好，尤其是一直作为原有用途，从未间断使用且内涵价值较高的文学旅游资源，可以继续沿用原有的用途和功能。如辟为作家故居、纪念馆或其他专题展览馆，复原当年的原貌，复原当时的历史画面，达到教育、感召后人的目的。对于历史、艺术和科学价值并不是很大的文学旅游资源，则可以对原有功能进行置换。此外，还可以推出教育修学游，让中小学生在文学家故居、纪念馆身临其境感受文学名著的创作氛围、感受文学家身上的人文精神。

文学旅游资源可以作为中小学校的实践教学基地，学生参观完后可以顶替选修学分。为了鼓励更多的旅游者前往文学旅游资源参观，除了对未成年人实行免票政策，对其他人群则可以实行"通票"制度，购买一张门票一天内可以多次使用；也可以实行"年卡"制度，购买"年卡"后，一年内可以随时免费参观全省所有的文学旅游资源。

（三）细分文学旅游市场

文学旅游是一种高品位的文化旅游方式，对旅游者具有较高的文学知识方面的要求，因此其旅游主体主要有三大类：①专业研究人员；②文学爱好者；③学生。对专业研究人员而言，文学旅游是一条深入作家作品的重要途径，也就是说他们往往会因为"工作所需"而产生文学旅游动机。这类群体参与文学旅游，往往具有的明确的目的，属于深度旅游。

对文学爱好者而言，文学旅游是一条走进作家作品的重要途径，他们往往会因为不同的审美取向、价值观念对某一位或某几位作家产生强烈的内心认同，由了解他们的作品进而产生了解他们生平乃至他们足迹所到之处凭吊的愿望，无论是作家的出生地、求学地、工作地、墓地，还是作家的祠馆（纪念馆）、文学事件的发生地、作品的背景地等，都是这一群体的主要参观对象。这类群体是文学旅游最忠实的群体，也是购买文学旅游商品的主要群体。对学生而言，文学旅游是一条将书本中所学在现实中得到印证的重要途径，他们往往可以借以了解更多的文学知识，同时也可以提高学习积极性。这类群体因为尚没有稳定的经济能力，因此在参与文学旅游时往往会精挑细选一些知名度较高的文学旅游资源。

（四）建造浙江文学馆

建造文学馆，对于传承中华民族的优良传统和地域文化传统、彰显深厚的地域人文底蕴,形成一道隽永浑厚的文化风景,并以此打造文化品牌,增强本省文化软实力,具有十分重要的现实意义和深远的历史意义。

浙江文学馆可以综合收藏、展陈、宣传、教育、研究等功能,全方位、多角度地收藏、保护和研究浙江文学资料,生动展现浙江文学成就。根据文学资源的特殊性,可以分设室内展厅和室外展区两部分。室内展厅重点突出浙江文学发展史,主要展示古往今来浙江文学家的相关生活用品、各种与作家作品相关的实物复制品、按比例缩小的作品背景地沙盘,以及资料、影像、图片等。室外展区主要为大型文学景观和实物展示,以及相关浙江文学名家及其笔下人物蜡像展示。浙江文学馆可以下设浙江作家作品陈列中心、浙江作家资料收藏中心、浙江文学研究基地和浙江文学创作基地,对浙江文学资料进行抢救性收集和研究,并使之成为研究浙江文学的重要资料库、学术研究基地和文学新人培育机构。浙江文学馆内还可以开辟鲁迅、茅盾、徐志摩、郁达夫、金庸等浙江文学名家的专题纪念室,以弥补浙江文学资源分布分散之不足。通过浙江文学馆建设,有助于推动浙江文学资源的研究、保护和传承,同时还可以将浙江文学馆建设成爱国主义教育基地、大中专院校教学实习基地等,使之成为浙江新的旅游亮点,进一步充实和丰富文化强省内涵。

(五)建造浙江文学主题公园

将浙江文学旅游资源加以整合,以主题公园形式向旅游者集中展示不同历史时期的浙江文学成就。这类文学主题公园,已经有很多城市的经验可资借鉴。如北京、上海等地均根据《红楼梦》中的大观园建造了"红楼文化"主题公园,山东淄博根据《聊斋志异》中描写的场景建造了"聊斋大观园",武汉根据《水浒传》中的描写建造了"中华水浒城",江西抚州也建造了"汤显祖文化艺术园"等。

浙江文学主题公园内可以开辟作家雕塑园,展示浙籍或入浙文学名家的雕塑雕像,设计制作文学场景图、经典人物形象等,以及历代名人吟咏浙江的著名诗篇的碑刻,展现浙江文学风采,为旅游者提供文学感知场所。在文学主题公园内集中展示文学题材的景观小品,可以给旅游者以更加直观的视觉印象,同时也可以增强可看性。还可以根据某一浙江文学名著设置故事情节旅游线路,让旅游者重温经典名作,加深对作品的理解。

(六)打造浙江文学旅游专线

文学旅游资源在开发过程中,可以加强与旅行社的合作,打造浙江文学旅游专线。可以借鉴北京开发名人故居专线游(涉及鲁迅故居、郭沫若故居、茅盾故居、老舍故居等)的做法,将浙江现代作家故居串联成线,打造多方位、多层次满足旅游者需求的作家故居旅游专线,如推出鲁迅故居—茅盾故居—徐志摩故居—金庸旧居旅游专线等线路。

把浙江现代作家故居旅游专线与已有的黄金旅游线有机结合，加强区域合作，实现资源共享。可以开展"走读浙江现代作家"活动，通过旅游者的走访，对现存浙江现代作家故居作全景式扫描、整理和记录，追怀作家的人生遭际和不凡经历，探究作家与生于斯长于斯的故土间的内在联系。可以围绕某一文学事件开发旅游专线，在研究与这一文学事件相关的文学作品的基础上，系统梳理沿线相关文学遗迹，串点成线，打造"浙东唐诗之路"文学旅游专线、"走读西湖"文学旅游专线。

（七）构建浙江文学旅游网络传播体系

开通"浙江文学旅游"网站。"浙江文学旅游"网站可设置以下栏目：浙江文学溯源——梳理浙江文学的内涵、特征、历史演变；浙江文学家——介绍古往今来的浙江文学家及其创作概况；浙江文学景观——发布与浙江文学家及其作品有关的文学景观介绍，以及相关图片、影像等；浙江民俗——发布浙江文学中涉及的地方风俗民情；走读浙江文学资源——面向网友征集参观浙江文学资源后的体会文章、图片、视频等进行发布。

开发"浙江文学旅游"手机 App。"浙江文学旅游"手机 App 由闻、视、听、评、问五大版块组成。此外，还可以利用城市电子地图、GPS 车载导航等信息技术，设置浙江文学旅游资源方位指引路线及其相关介绍。

四、中国古代文学在旅游资源开发中的应用策略

中国拥有丰富的文化遗产和历史传统，其中古代文学是其重要组成部分之一。古代文学作为中国文化的精髓，不仅反映了古代社会的风貌和价值观，还包含了大量的旅游资源开发潜力。

（一）文学名著的景点化开发

第一，漫游文学名著的原景。中国古代文学作品中有许多以特定地点为背景的经典作品，如《红楼梦》《西游记》《三国演义》等。将这些原著中的景点还原并恢复，使游客能够亲身体验小说中的场景，是一种有效的旅游资源开发方式。这不仅能吸引文学爱好者，还能吸引对中国文化和历史感兴趣的游客。

第二，文学名著的改编演出。将文学名著改编成戏剧、音乐剧、电影或舞台剧等形式，然后在原著中的地点举办演出，吸引游客观看。这样的演出不仅能够传达原著中的文化内涵，还能创造就业机会，促进当地经济发展。

第三，文学名著的主题游。设计以文学名著为主题的旅游路线，让游客在游览名著中的地点的同时，能够深入了解故事情节、人物性格和历史背景。这种主题游吸引了文学爱

好者，同时也为游客提供了一个富有教育性和娱乐性的旅行体验。

（二）文学节庆活动的举办

第一，以文学名著为主题的节庆。举办以经典文学作品为主题的文化节庆活动，如"红楼梦文化节"或"西游记艺术节"。这些活动可以包括文学讲座、戏剧表演、书法展览等多种文化活动，吸引游客前来参与，增加当地的旅游吸引力。

第二，文学创作比赛。组织文学创作比赛，鼓励作家和文学爱好者创作与古代文学相关的作品。这不仅有助于传承和发展古代文学，还可以吸引文学界的关注，提升旅游资源的知名度。

（三）文学文化村镇的建设

第一，文学主题小镇。创建以古代文学作品为主题的小镇，建设古代风貌的建筑和景点，提供与文学相关的旅游体验。这种小镇可以成为游客的旅游目的地，吸引他们来探索中国古代文学的魅力。

第二，文学艺术村庄。在乡村地区建设文学艺术村庄，吸引作家、艺术家和文学爱好者前来创作和生活。这不仅有助于保护乡村文化遗产，还可以为当地经济带来新的增长点。

（四）文学教育与推广

第一，文学教育活动。开设文学课程和工作坊，向游客传授中国古代文学知识。这可以增加游客对文学名著和文化的理解，提升他们的旅游体验。

第二，文学旅游推广。通过各种媒体渠道，如互联网、社交媒体、电视等，推广文学旅游资源。制作宣传片、文章、博客和社交媒体内容，吸引更多游客前来体验中国古代文学的魅力。

第四节 中国古代文学在文化创新产业中的应用

一、文学与文化创意产业的融合意义

文学艺术是文化创意产业的原创地，对具有原创意义或经典的文学作品进行产业化开发，有望生成一条可观的文化创意产业道路。文学在经济社会中走向文化创意产业，尤其

是将经典的中国古代文学元素引入文化创意产业，不论对文化创意产业的发展还是文学自身，都具有重要的意义。文学与文化创意产业的对接，有望形成一种双赢的格局。

（一）为文化创意产业的发展提供丰富的资源和养料

文化创意产业是精神生产的凝聚形态，其最大的特点就是将文化、科技、经济、教育等因素融为一体，生产出既具有物质意义又具有精神内涵的产品或服务。文学作为艺术的母体具有为文化创意产业提供丰富的精神和智力资源的能力，理解和挖掘文学资源，尤其是经典文学资源，有助于为文化创意产业的发展提供丰富的营养。从长远来看，按照文化产业化的路子再造文学经典作品，会形成一个具有巨大发展潜力的可持续再造的产业链或产业群。

文化的产业化，使文化生产对整个文化创意产业链的建设越来越重视，进而让文化产品市场形成广泛的延伸性和关联性。一种文化产品的成功，往往可能带动相关产业链上很多其他产品的发展与兴盛，从而获得可观的经济效益，带来大量财源。文学经典有着很高的知名度，因此它作为一种特殊的文化资本进入市场后，更容易引发文化创意产业的连锁反应。

（二）对提高文化创意产业的发展层次具有重要作用

文学本身具有很强的审美性，经典文学更是如此。文化创意产业致力生产富有审美属性的文化产品，借助经典文学充实文化创意产业，有助于文化创意产业审美水准的提升，让文化产品更具魅力。此外，文化产品需要个性，也需要富有经典意味的底蕴，因此将文学经典融入文化创意产业，有助于增强中国文化创意产业的民族个性，充实文化创意产业的文化内涵。

中国文化创意产业唯有植根于中华民族的文学艺术沃土，从中汲取强大的能量，才能真正与世界文化产业相抗衡。我们应该走出效仿跟风的窠臼，有意识地整合属于本民族的传统文学艺术资源，将经典作品与产业形式进行有效的组合嫁接，进而形成文化创造力。文化创意产业的实践也表明，在全球化的背景下重新阐释经典文学艺术，完全可能赢得世界观众的喜爱。

中国有那么多精彩的神话故事、传说、典故，那么多优秀的文学名著、艺术作品，这些都是让我们这个国家具有东方魅力的重要元素，如不加利用或不善利用，无疑是一种巨大的浪费。我们应该看到，在全球化的文化环境中，在发展文化创意产业的过程中，充分利用本土经典文学资源将是我们的优势，把文学经典有效融入现代文化创意产业将有利于提升我国文化创意产业的层次和国际竞争力。

（三）有助于丰富既有的文化体系

以前瞻性的眼光来看，产业化后的文学作品会对以后的文化发展产生影响。作为一种新的文化积淀，它们也会表现出长久的历史性的文化功能，会使既有的文化体系更加饱满。在文化创意产业中，融入文学元素，让经典文学在文化创意产业工作者富有激情的头脑中生根发芽，完全有望催生新形态的文学作品。

文学与文化创意产业的碰撞与融合，确实会对原有的文学形态造成冲击，但是在这种冲击动荡之中，新的文学形式也会应运而生，而它们的出现则可以有力地丰富文学的既有形式，有效地充实现代社会的文化体系。

（四）有益于文学作品的保存与弘扬

文学经典经过文化创意产业的运作，能够实现更大范围的传播，得到有效的保存与弘扬，甚至一些濒临灭绝的文学艺术形态或作品，也可能通过文化创意产业被激活。随着信息时代的来临，一个由数字媒介主导的信息化文学社会正在形成。人们往往把更多的时间用在电视、网络这样的媒介上，而开始摒弃传统的阅读方式。所以，站在文化学的角度，大胆地将文学与文化创意产业相结合，将有助于文学经典找到另一种生存状态，从而促成经典的延续与弘扬。

文化产业的发展，使大量留存的中华典籍及人物事迹得以弘扬。无论是传统的文本阅读，还是新兴的视觉影像传播，文学经典都以其丰厚的文学底蕴和丰富的历史内涵而彰显出动人的魅力。经典文学作品是中华民族精神财富的重要组成部分，是建设和发展中华文化的宝贵资源。文化创意产业与文学之间并不是绝对的对立与不可调和的关系，文化创意产业的出现与发展必然会改变文学的存在形态，必然会对文学的创作、传承、发展产生重大影响，我们应该正视这一产业形态所带来的变化，这与各个时代的产业变更所带来的变革有着共通性。文化创意产业的功利性与文学经典的无功利性在结合中难免会有排异反应，二者的结合会带来磨合期的阵痛，甚至会出现二者互相损害，即过分关注经典美感而导致文化创意产业缺少经济效益，或过度追求文化创意产业的经济效益导致文学经典丧失美感的极端情况。但是，应看到文学经典与文化创意产业的联姻能够有效推动双方的发展，应该给二者的结合予以充分的自我完善的时间，以建设性的态度促成其形成良性循环发展机制。一方面，只有科学认识古代文学的精髓，创新传播方式和模式，古代文学才能有更好的发展前景；另一方面，将中国经典文学作为资源，着力打造富有中国特色的文化品牌，有助于增强文化创意产业发展的集聚力、辐射力和国际竞争力。

二、中国古代文学在文化创新产业中的应用策略

中国古代文学作为一门丰富而悠久的文化遗产,拥有着深厚的历史底蕴和独特的艺术魅力,一直以来都在文化创新产业中发挥着重要的作用。其应用策略不仅有助于传承中华文化,还能够为文化产业的繁荣做出贡献。以下将从多个方面探讨中国古代文学在文化创新产业中的应用策略。

第一,中国古代文学可以作为创意灵感的源泉。古代文学作品中蕴含着丰富的思想、情感和人生智慧,这些元素可以激发当代文化创新的灵感。创作者可以从古代文学中汲取灵感,创作出融合了传统与现代元素的作品,既有历史文化的底蕴,又能满足当代观众的需求。例如,电影、电视剧、音乐和文学作品都可以通过引用或改编古代文学经典来吸引观众和读者,从而推动文化创新产业的发展。

第二,中国古代文学可以用于文化创新产业的教育和培训。通过将古代文学融入教育体系中,可以培养更多的文化创新人才。学生可以通过研究古代文学作品来提升他们的文化素养和创造力。同时,文化创意产业从业者也可以参加相关的培训课程,学习如何将古代文学应用到他们的创意工作中。这不仅有助于传承古代文学,还能够培养更多的文化产业从业者,推动产业的不断发展。

第三,中国古代文学可以通过数字化技术和多媒体手段进行创新应用。随着科技的不断进步,古代文学作品可以全新的形式呈现给观众和读者。例如,可以利用虚拟现实技术创造沉浸式的文学体验,让人们仿佛置身于古代文学作品的情境之中。另外,数字化还可以帮助保存和传播古代文学作品,使其更广泛地传播到全球各地。

第四,中国古代文学也可以用于文化创新产业的品牌建设。将古代文学元素融入文化产品中,不仅可以增加产品的独特性,还可以吸引更多的消费者。这种策略可以应用于各种文化创新产品,包括服装、饰品、家居用品等。通过将古代文学与现代时尚相结合,可以创造出具有文化内涵的品牌形象,提升产品的竞争力。

总之,中国古代文学在文化创新产业中有着广泛的应用前景。通过将古代文学作为创意源泉、教育资源、数字化内容、品牌元素等方面进行应用,可以推动文化创新产业的发展,同时也有助于传承和弘扬中华文化。因此,加强对古代文学的研究和推广,制定科学的应用策略,将古代文学与现代文化产业相结合,将会为中国文化创新带来更多的机遇和活力。

参考文献

[1] 陈文新. 中国文学流派意识的发生和发展：中国古代文学流派研究导论 [M]. 武汉：武汉大学出版社，2003.

[2] 楚冬玲. 中国古代文学审美理想的一脉相承性 [J]. 民营科技，2010 (7)：99.

[3] 邓乔华，郭翠平. 漫话灵芝 [J]. 生命世界，2022 (4)：4.

[4] 冯雪娟，胡海燕. 中国古代文学审美视角与当代价值 [M]. 延吉：延边大学出版社，2017.

[5] 傅祖栋. 文学旅游资源开发研究 [J]. 名作欣赏，2019 (29)：71-75.

[6] 郭丽. 今后十年唐文学的研究走向——中国唐代文学学会第十五届年会暨唐代文学国际学术研讨会圆桌沙龙述论 [J]. 文学与文化，2011 (2)：130.

[7] 郭英德. 中国古代文学研究的文化担当 [J]. 文学遗产，2016 (5)：15-18.

[8] 韩再峰，邹文贵. 亚审美背景下的古代文学教学 [J]. 佳木斯大学社会科学学报，2013，31 (6)：153-154.

[9] 黄仲山. 论中国古代文学文本中亭意象的审美意蕴 [J]. 云南社会科学，2012 (1)：156-160.

[10] 李健. 中国古代文学理论范畴的当代价值 [J]. 南京社会科学，2011 (4)：133.

[11] 李经龙，刘鹏程. 文学旅游感应空间、开发实践及影响因素——基于语文教材的分析 [J]. 四川旅游学院学报，2022 (2)：79-83+91.

[12] 李莉. 中国民俗中的松柏意象 [J]. 山西师大学报（社会科学版），2004 (2)：119-122.

[13] 李腾威. 旅游文学及其在旅游发展中的应用 [J]. 营销界，2019 (35)：91-92.

[14] 李甜甜，姜辽. 文学旅游产品的层次结构——基于多案例比较分析 [J]. 四川师范大学学报（社会科学版），2019，46 (2)：93-100.

[15] 李维，吴晓旭. 中国古代文学审美范畴论 [M]. 哈尔滨：黑龙江人民出版社，2008.

[16] 李潇云. 中国古代文学艺术中审美惊奇的三点考察 [J]. 思想战线，2012，38 (1)：137-138.

[17] 李小钰. 中国古代文学多元化研究 [M]. 长春：吉林大学出版社，2019.

[18] 李贞. 中国古代文化中"桃花"的象征意义 [J]. 绥化学院学报, 2021, 41 (5): 63-64.

[19] 李臻. 中国古代菌蕈文化中关于灵芝的记载 [J]. 中国食用菌, 2020, 39 (3): 129-131+134.

[20] 梁力. 基于文学旅游视角的资源开发与体验营销 [J]. 社会科学家, 2018 (11): 102-107.

[21] 刘光明. 文化视角下的中国古代文学研究——评《中国古代文学》[J]. 语文建设, 2022 (07): 83.

[22] 刘海波. 中国灵芝文化的历史溯源与现实思考 [J]. 中国食用菌, 2020, 39 (1): 152-154.

[23] 刘梅思. 新媒体背景下中国古代文学传播现状——评《文学与文化传播研究》[J]. 热带作物学报, 2021, 42 (6): 1839.

[24] 刘原. 立足文化自信的中国古代文学教学——评《弦歌不辍——中国古代文学教学论稿》[J]. 中国教育学刊, 2022 (7): 133.

[25] 罗翠梅, 梁俊仙, 班秀萍. 中国古代文学文化价值的当代阐释 [J]. 河北大学学报（哲学社会科学版）, 2015, 40 (5): 151-153.

[26] 马兰. 古代文学作品中的"诗性"解读——评《中国古代文学名篇导读》（上册）[J]. 语文建设, 2022 (16): 88.

[27] 孟立丛. 从视觉传达的形象符号解读中国文学的文字情结 [J]. 电影文学, 2009 (17): 37-38.

[28] 彭松乔. 文学解码、思辨与审美 [M]. 武汉: 湖北人民出版社, 2022.

[29] 渠红岩. "人面桃花"的原型意义与影响 [J]. 北方论丛, 2009 (2): 22-24.

[30] 饶龙隼. 中国古代文学制度论纲 [J]. 学术研究, 2019 (4): 142-151+178.

[31] 师帅. 中国古代文学的发展 [M]. 北京: 中国大地出版社, 2019.

[32] 苏俊倩. 古代文学对现代服装设计的启示 [J]. 化纤与纺织技术, 2022, 51 (7): 150.

[33] 王艳妮. 中国古代文学的发展研究 [M]. 长春: 吉林出版集团股份有限公司, 2021.

[34] 王永宽. 清代戏曲的雅俗并存与互补 [J]. 东南大学学报（哲学社会科学版）, 2008 (3): 86.

[35] 王羽. 文学旅游地旅游体验初探——以成都杜甫草堂为例 [J]. 旅游纵览（下半月）, 2019 (14): 43-44.

[36] 文且木·买合木提, 阿布力孜·阿合尼牙孜. 中国古代文学作品中的茶文化探析

[J]. 福建茶叶, 2017, 39 (12): 384.

[37] 肖锋. 微信与中国古代文学的传播与创作 [J]. 江海学刊, 2016 (5): 183-187.

[38] 殷杰. 中国古代文学审美理论鉴识 [M]. 武汉: 华中师范大学出版社, 1986.

[39] 殷婕. 中国古代文学的短歌属性初探 [J]. 语文建设, 2013 (21): 59-60.

[40] 虞伟. 中国古代文学理论与典型主题研究 [M]. 天津: 天津人民出版社, 2021.

[41] 张兰芳. 中国古代"意象化"风格品评的发展脉络 [J]. 南京艺术学院学报（美术与设计）, 2017 (1): 10-16+224.

[42] 张莉萍. 中国古代文学在新媒体时代的传播路径探究 [J]. 文化创新比较研究, 2021, 5 (34): 65.

[43] 张笑薇. 旅游餐饮文化资源的开发和应用——评《餐饮旅游文学选编》[J]. 中国油脂, 2021, 46 (6): 153-154.

[44] 张心慧. 论中国古代文学中的德育渗透 [J]. 语文建设, 2013, (21): 71-72.

[45] 张新科. "两创"与中国古代文学经典的建构 [J]. 文学遗产, 2021, (1): 15-24.

[46] 赵欣. 明代中后期文人喜剧特点与审美 [J]. 重庆社会科学, 2016 (4): 80.

[47] 赵耀锋. 中国文学旅游自觉研究 [J]. 社会科学家, 2021 (08): 87-90.

[48] 周明初. 晚明清初文学为中国古代文学高峰说 [J]. 广东社会科学, 2022 (1): 151-161+287.